THE QUEEN OF CRIME
繁體中文版
20 週年
紀念珍藏

巴石立花園街謀殺案

著——阿嘉莎·克莉絲蒂

譯——宋剛

Murder in the Mews

通俗是一種功力

吳念真（導演、作家）

通俗是一種功力。絕對自覺的通俗更是一種絕對的功力。

這樣的話從我這種俗氣的人的嘴巴說出來，大概很多人要笑破褲底了。不過，笑完之後請容我稍稍申訴。這申訴說得或許會比較長一點，以及，通俗一點。

小時候身材很爛，各種遊戲競爭完全任人宰割，唯一隱遁逃避的方法是躲起來看書或聽大人瞎掰。那年頭窮鄉僻壞的小孩能看的書不多，小學二年級時最喜歡的是超大本的《文壇》，老師借的。看著看著，某天老師發現我的造句竟出現：「捧著：朝陽捧著一臉笑顏為群山剪綵」這樣亂七八糟的文字，就拒絕再讓我看那些超齡的東西了。

老師的書不給看，我開始抓大人的書看。一種是厚得跟磚塊一樣的日文書，對我來說那完全是天書，但插圖好看，經常有限制級的素描。另一種書是比較薄的，通常藏得很嚴密，只是裡面有太多專有名詞、重複的單字和毫無限制的標點，比如「啊啊啊」、「……！！！」

老讓我百思不解。有一天，充滿求知欲地詢問大人竟然換來一巴掌後，那種閱讀的機會和樂趣也隨著消失了。

所幸這些閱讀的失落感，很快從大人的龍門陣中重新得到養分。講到這裡，我似乎先得跟一個村中長輩游條春先生致敬，並願他在天之靈安息。

我所成長的礦區，幾乎全是為著黃金而從四面八方擁至的冒險型人物，每人幾乎都有一段異於常人的傳奇故事。這些故事當事人說來未必精采，但一透過游條春先生的嘴巴重現，有時連當事人都聽得忘我，甚至涕泗縱橫，彷彿聽的是別人的故事。

條春伯沒當過日本兵，可是他可以綜合一堆台籍日本兵的遭遇，一如連續劇般從入伍、受訓、逃亡荒島，面對同鄉同袍的死亡，並取下他們的骨骸寄望帶回故鄉，乃至骨骸過多搞不清哪是誰的等等，讓聽的人完全隨他的敘述或悲或笑，彷彿跟他一起打了一場太平洋戰爭。此外他也可以把新聞事件說得讓一個三、四年級的小孩，到現在仍記得當時腦中被觸動的畫面。例如當年瑠公圳分屍案的凶手做案之後帶著小孩到安東街吃麵（這讓我一直以為台北的安東街是條專門賣麵的街道），還有甘迺迪總統被暗殺、賈桂琳抱住她先生、安全人員跳上飛快的車子保護賈桂琳……當然，這記憶全來自條春伯的嘴巴而不是報紙。我的記憶全是畫面，有畫面，是因為條春伯說得精采，說得有如親臨他至死都還搞不清地理位置的達拉斯命案現場。

於是這小孩長大後無條件地相信：通俗是一種功力，絕對自覺的通俗更是一種絕對的功力。透過那樣自覺的通俗傳播，即使連大字都不識一個的人，都能得到和高階閱讀者一樣的感動、快樂、共鳴，和所謂的知識、文化自然順暢的接軌。也許就是因為這些活生生的例子，俗氣的自己始終相信：講理念容易講故事難，講人人皆懂、皆能入迷的故事更難，而能隨時把這樣的故事講個不停的人，絕對值得立碑立傳。

條春伯嚴格地說是有自覺的轉述者，至於創作者，我的心目中有兩個。一個是日本導演山田洋次，一個是推理小說家阿嘉莎．克莉絲蒂。

山田洋次創造了寅次郎這個集合所有男人優點跟缺點的角色，在以《男人真命苦》為名的系列下，總共完成百部左右的電影。它們的敘述風格、開頭、結尾的方法不變，唯一改變的是故事，是時代，是遍歷日本小鄉小鎮的場景。數十年來，看《男人真命苦》幾已成為日本人每年的一種儀式，一如新春的神社參拜。

數十年前訪問過山田導演，他說，當他發現電影已然有它被期待的性格時，電影已經不是導演自己的。他說：當所有人都感動於美人魚的歌聲時，你願意為了讓她擁有跟你一樣的腳，而讓她失去人間少有的嗓音嗎？

人間少有的嗓音與動人的歌聲，都來自山田導演絕對自覺的通俗創造。

再如阿嘉莎．克莉絲蒂，如果我們光拿出她說過的故事和聽過她故事的人口數字，就足以嚇死你。五十多年的寫作生涯，她總共寫出六十六本長篇推理小說，外加一百多篇短篇小說和劇本。其中有二十六本推理小說被改編，拍了四十多部電影和電視劇集。作品被翻譯成一百零三種文字的版本，銷量超過二十億本。

夠了。你還想知道什麼？知道二十億本的意義是什麼嗎？二十億本的意義是全世界平均三個人就有一個人讀過她的書，聽過她說的故事。

說來巧合，她和山田洋次一樣，創造出個性鮮明的固定主角（當然，前前後後她弄出來好幾個），然後由他（或是她）帶引我們走進一個犯罪現場，追尋真正的罪犯。

故事就這樣？沒錯，應該說這是通常的架構。那你要我看什麼？不急，真的不急，克莉絲蒂會慢慢冒出一堆足夠讓你疑惑、驚嚇、意外，甚至滿足你的想像力、考驗你的耐心和智商的事件來。

推理小說不都是這樣嗎？你說得沒錯，大部分是這樣，不一樣的是……對了，她像條春伯，像山田洋次，她真會說，而且她用文字說。

文字的敘述可以讓全世界幾代的人「聽」得過癮、「聽」個不停，除了聖經，也許就是克莉絲蒂。她不是神，但她真的夠神。

數十年前，台灣剛剛出現她的推理系列中譯本，那時是我結婚前，常有同齡的文藝青年來我租住的地方借宿，瞄到我在看克莉絲蒂，表情詭異地說：「啊？你在看三毛促銷的這個喔？」

我只記得他抓了一本進廁所，清晨四點多，他敲開我的房門說：「幹，我實在很討厭那個白羅……再拿一本來看看，我跟你說真的，要不是你的書，我真的很想把那個矮儸壓到馬桶吃屎！」

我知道他毀了，愛吃又假客氣，撐著尊嚴騙自己。克莉絲蒂再度優雅地撕破一個高貴的知識份子的假面具，她的手法簡單，那手法叫通俗，絕對自覺的通俗，無與倫比、無法招架的功力。

昔日的文藝青年如今跟我一樣，已然老去，但不時還會看到他寫一些充滿理念和使命感極重的文章，在報紙和雜誌上出現。我知道他要說什麼，只是常常疑惑他想跟誰說；同樣，我記得他說過什麼，但轉眼間忘記他說了什麼。但請原諒我，幾十年前那個晚上，他在我家看完的那兩本克莉絲蒂的小說內容，我可還記得清清楚楚。

也許有一天再遇到他的時候，我會問他之後是否還看過克莉絲蒂其他的書，如果沒有，我會跟他說，想讀要趁早，因為你會老、會來不及。至於白羅那個矮儸，大概永遠不會消失。哦，對了，還有一個叫瑪波，你說不定會來不及認識……

老派偵探之必要

冬陽（推理評論人，台灣推理作家協會理事長）

「讀者非常喜歡白羅這個人物，表示『那個開朗的小個子，過氣的比利時名偵探』。顯然白羅是這本小說受歡迎的一個原因，雖然白羅可能不贊同用『過氣』二字來形容他。」知名編輯兼作家經紀人約翰・柯倫（John Curran）在《阿嘉莎・克莉絲蒂的秘密筆記》一書如是說，文中提到的「這本小說」，正是克莉絲蒂初試啼聲、名偵探赫丘勒・白羅優雅登場的《史岱爾莊謀殺案》，一部於一個世紀前出版的偵探推理作品。

百年光陰的淬鍊顯然證明了白羅絕無過氣的疲態，連帶讓我聯想起電影《金牌特務》（*Kingsman*）上映後，大眾熱議西裝如何能帥氣俊挺歷久不衰——或許可以從這個切入角度，在這裡跟老書迷、新讀友探究這個蛋頭翹鬍子偵探（我沒有影射哪款洋芋片食品喔）的魅力所在。

且讓我們話說從頭。

「我敢打賭你寫不出好的推理小說。」一九一六年，阿嘉莎．米勒（克莉絲蒂婚前的舊姓）在媽媽的打字機上敲擊，打算回應姐姐梅姬這挑釁的話語。她努力嘗試，但故事寫得不好，於是改從身旁熟悉的事物著手——比方說毒藥。阿嘉莎在藥房工作過，曾在某個夜裡驚醒，匆匆回到調劑室重新配置，因為她不記得有沒有漏做一個重要步驟，否則病患就要去見閻王了——噢，這似乎是個謀殺好點子。

阿嘉莎還記得姨婆對她的叮嚀：要注意他人覬覦她珍藏的首飾，時時留意是不是有人偷偷拉長了耳朵聽她們的竊竊私語。小阿嘉莎不但執行得徹底，還把這個習慣寫進小說裡。同時她還注意到，因為世界大戰爆發，家鄉托基湧入許多比利時難民，不如讓一個逃難到英國的比利時退休警官擔任偵探？一定很有趣！

啊，偵探小說顧名思義，只要塑造出一個教人印象深刻的偵探，大概就成功一半。這個人物必須要有特色、有個性，甚至是怪癖，而且聰明又自負。好幾個名字浮現在她腦海裡：莫里斯．盧布朗（Maurice Leblanc）筆下的怪盜紳士亞森．羅蘋、卡斯頓．勒胡（Gaston Leroux）創造的新聞記者胡爾達必，當然還有那最最知名的夏洛克．福爾摩斯——連帶創造一個華生型的助手好了。該怎麼安排呢……

於是，一位偵探的樣貌漸漸成形：五呎四吋的小個兒，蛋型臉上蓄著保養得宜、梳理有型的鬍子，衣著一塵不染，漆皮鞋擦得錚亮。他有嚴重的潔癖，說話不時夾雜法語，喜歡成雙成對的東西，喜歡方的不喜歡圓的（雞蛋為什麼不是方的呢？），口頭禪是「動動灰色的腦細胞」。阿嘉莎心想，他應該要有個像福爾摩斯一樣響亮的名字，取名「赫丘勒斯」怎麼樣？希臘神話中的大力士。姓氏叫白羅，不過搭赫丘勒斯這個名字好像不配……改一下，赫丘勒．白羅好像不錯？就這麼定了吧！

白羅很聰明，懂得觀察入微沒錯，但這並不表示他就得是台獨尊腦袋、缺乏情感的冰冷思考機器，尤其要在人物關係錯綜複雜的莊園宅邸查案追凶，交際手腕得高明些才行。他不是在謀殺發生、屍體出現後才開始像頭獵犬四處嗅聞，而是憑藉旺盛的好奇心與強烈的同理心接觸各種人事物，進而探入被害者、犯罪者、各個看似無辜但多少都和事件沾上邊的關係者的心靈深處，佐以現今稱作鑑識、法醫等等科學鐵證（哎，證據人人知道，可是要怎麼跟真相合理地連結到一塊，這就是名偵探的功力啦），讓原本叫人束手無策的事件得以畫下完美句點。也因此，白羅偶爾能預測進而制止罪案的發生，甚至對殘酷但值得憐憫的罪行網開一面，這樣才合乎人性不是嗎？

婚後以阿嘉莎．克莉絲蒂為名，推出《史岱爾莊謀殺案》後深獲好評，相隔六年的《羅傑艾克洛命案》更是引發街談巷議，而克莉絲蒂全球暢銷前十大作品中，還包括《東方快車謀殺案》、《尼羅河謀殺案》、《ABC謀殺案》、《藍色列車之謎》、《底牌》、《五隻小豬之歌》，合計八部皆由白羅擔綱演出。讀者不只喜愛這個聰明角色，還臣服於平實流暢的文筆及相對顯得衝突的複雜劇情，冷酷的謀殺動機隱藏在細膩的人際關係裡，穿透看似單純、帶點童話氣息的表象後，端賴名偵探明察秋毫、撥亂反正。尤其讓一個比利時人在英國土地上辦案，是克莉絲蒂的小心思，因為「英國人總是不信任外國人，也不相信睿智」（語出英國偵探俱樂部主席馬丁・愛德華茲〔Martin Edwards〕），讀者同凶手一樣輕忽不設防，卻也得到了參與鬥智競賽的意外驚奇和美好滿足。

這樣的閱讀感受，我稱之為「老派偵探之必要」，因為它純粹簡約，經得起反覆咀嚼，猶如前述的西裝革履，在潮流更迭的時間長河裡維持恆久的優雅風範——呼應吳念真先生寫在「策畫者的話」中的一段文字，那不是惺惺作態的高傲睥睨，而是「絕對自覺的通俗，無與倫比、無法招架的功力」所致。

不信？往下讀去就知道。而且我敢打賭，你有很高的比例會將整個白羅系列嗑完，然後是瑪波小姐系列以及其他系列，當然也不可能錯過像名列暢銷首位的《一個都不留》這類獨立之作……

註　克莉絲蒂推理全集一至三十八冊為「神探白羅系列」，三十九至五十二冊為「神探瑪波系列」，五十三至八十冊包含鬼豔先生、湯米與陶品絲、雷斯上校、巴鬥主任等名探故事。

獻詞

阿嘉莎・克莉絲蒂是世界讀者最眾，也最廣受喜愛的女作家。
身為克莉絲蒂的孫兒，我相信奶奶會非常樂見這次出版，
因為她極以自己作品中的趣味與娛樂為豪。
歡迎所有喜歡本系列的台灣新讀者參與這場饗宴！

——馬修・培察（Mathew Prichard）

巴石立花園街謀殺案

目錄

第一部

巴石立花園街謀殺案

Murder in the Mews

／01

「給兩個小錢紀念火藥事件[1]吧，先生？」

一個面孔髒兮兮的小男孩討好地咧嘴傻笑著。

「想都別想！」傑派探長說，「而且，聽著，小傢伙……」

跟著是一陣訓斥。這沮喪的小淘氣驚慌退卻了，趕忙對他的小朋友說：「嘿，八成是個便衣！」

於是這幫小傢伙拔腿開溜了，一路唱著歌謠：

記住了，記住了

十一月五號

陰謀的火藥事件

絕對不可以……就此遺忘
陰謀的火藥事件

和探長同行的，是一個上了年紀的矮個頭男子，長著圓形腦袋，留著一副軍人的小鬍子，正暗自好笑。

「好極了，傑派。」他評論道，「這番布道講訓太精采了！可喜可賀啊。」

「只是便宜了這些討飯的，這個蓋伊・佛克斯之日！」傑派說。

「有趣的遺俗。」赫丘勒・白羅沉思著說道，「煙火放呀放，劈里啪啦，恆久存在，比他們用以紀念的那個人存活更久，甚至他的事蹟可能都被遺忘了。」

那位蘇格蘭警場的人表示同意。

「別指望那些小傢伙會有人真正知道蓋伊・佛克斯是誰。」

「而且很快地，他們的思考會出現混亂：十一月五日放煙火，這究竟是為讚揚此事還是譴責此舉？炸掉英國國會是一樁罪行呢，抑或一樁崇高的行為？」

1 火藥事件（Gunpowder Plot），一六〇五年十一月五日，一位名叫蓋伊・佛克斯（Guy Fawkes）的人企圖在英國國會地下室暗埋火藥炸掉該會，自此以後每年十一月五日英國都有焚燒此主犯肖像的民俗活動。

傑派笑了。

「有些人會毫不遲疑地說是後者。」

離開大街後，兩人拐入一條靜謐了許多的小街。他們剛剛用過晚餐，現在正抄近路要去赫丘勒·白羅的寓所。

他們一邊走，一邊仍然可以聽得到斷斷續續的爆竹聲響。突然，一簇金色的焰火灑亮了天空。

「一個適合謀殺的夜晚，」傑派的職業病犯了。「譬如說，這樣的一個夜晚，誰也聽不見槍聲。」

「但很令我納悶的是，大多數的罪犯都不曉得要利用這種好機會。」白羅說。

「你知道嗎，白羅，我有時會私下盼望你犯下一樁謀殺案呢！」

「親愛的傑派！」

「真的，我很想看看你會怎麼布局。」

「我親愛的老兄，如果真讓我搞一場謀殺，你根本不會有機會看到我是怎麼布局的！你甚至可能不知道發生了謀殺案咧。」

傑派開懷大笑。

「你真是個狂妄自大的魔鬼，不是嗎？」他縱容地說道。

§

第二天上午十一點半，赫丘勒．白羅家的電話鈴響了。

「喂？喂？」

「哈囉，是你嗎，白羅？」

「是，是我。」

「我是傑派，還記得昨晚我們回家時經過的巴石立花園小街嗎？」

「記得啊！」

「當時我們談到，在爆竹聲中殺死一個人然後逃脫多麼輕而易舉？」

「沒錯。」

「是這樣，那條巷子的十四號發生了一起自殺事件，死者是一名年輕寡婦——艾倫太太。我馬上要趕到那兒去，有興趣一起來嗎？」

「請問一下，朋友，像閣下這樣重量級的人士，通常會被派去處理自殺案件嗎？」

「聰明的傢伙。不會，當然不會，事實上是我們的法醫認為這事有點古怪。你要來嗎？我覺得你應該會有興趣。」

「我當然會去，你是說十四號？」

「對。」

§

白羅來到巴石立花園街十四號，幾乎與此同時，傑派和另外三個人也坐汽車趕到了。十四號這時顯然已成為人群聚集中心。外面圍了一圈人，司機、他們的妻子、跑腿的小孩、流浪漢、衣著楚楚的路人和多得不得了的孩子，全都停下來，張著嘴，好奇地盯著十四號寓所。

一個穿制服的警察站在台階上，竭力阻擋住好奇的人群，機伶的年輕記者們則帶著相機四處拍攝，一待傑派出現，他們立即蜂擁而上。

「目前還無可奉告。」傑派說著推開他們，他朝白羅點點頭。「你來了，我們進去吧。」他們迅速穿過人群，大門立刻在他們背後關上了，然後他們便在一段像是架梯的樓梯腳下擠成一團。

一個已經到了梯頂上的男子認出了傑派，說道：「在這裡，長官。」

傑派和白羅爬上樓梯。站在樓梯口的人打開左邊一道門，他們隨即走進一間小臥室。

「我想您會希望先了解一下大致情況吧，長官？」

「是的，詹森，」傑派問，「是怎麼回事？」

詹森開始講述：「死者是艾倫夫人，長官。她和她的朋友普蘭德萊小姐住在一起。普蘭德萊小姐到鄉下去了，今天早上才回來。她用自己的鑰匙開了門，驚訝地發現房裡沒人。因為平常九點會有一個女人來為她們打掃。她上樓先進了自己的房間（就是這間），然後穿過走廊去她朋友的房間。不過門從裡面鎖上了。她轉動把手，敲門喊叫，可是裡面沒有任何回答。最後她才警覺起來，給警察局打了電話，那是在十點四十五分。我們立即趕到，撞開那道房門。只見艾倫夫人躺倒在地，頭部中槍，她手裡握著一把自動手槍，是零點二五口徑的威利，看來顯然是一樁自殺事件。」

「普蘭德萊小姐現在在哪兒？」

「她在樓下客廳，先生。她是位非常冷靜、能幹的年輕女士，可以說，非常有頭腦。」

「我要跟她談談。不過最好先去和布雷特打聲招呼。」

他和白羅穿過走廊走進對面的房間。一個高個子的老先生和他們點頭打招呼。

「你好，傑派，很高興你來了。這件事挺有意思。」

傑派朝他走過去。赫丘勒．白羅飛快地四處打量了一遍房間。

這個房間比他們剛才進去的那個房間要大得多，它有個外凸的窗戶，相對於那間簡單的臥室而言，這間臥室裝飾得幾近客廳的樣子。它有著銀色的牆壁和翠綠色的天花板，窗簾則是銀、綠相間的時髦圖案，一個長沙發床上鋪著一床閃閃發光的翠綠色絲絨被和好多金、銀色軟墊。還有一張古色古香的紅木書桌，一架紅木高腳衣櫃，幾把鍍鉻的閃亮現代座椅。在一張矮玻璃桌上，放著一個裝滿菸蒂的大菸灰缸。

赫丘勒．白羅靈敏地嗅了嗅空氣，然後和傑派一起俯身察看屍體。

那是個大約二十七歲的年輕女人，身體癱在地板上，姿勢像是從椅子上滑下來似的。她一頭金髮，容貌嬌美，臉上的妝很淡。那是張可愛、懷抱想望但稍嫌蠢鈍的面孔。她腦袋的左側有一大灘凝固了的血塊，右手手指還扣著一把小手槍。她穿了一件式樣簡單的墨綠色上衣，領口齊到脖頸。

「布雷特，問題出在哪兒？」傑派俯視著那個蜷縮在一塊的身軀。

「姿勢沒什麼問題，」醫生說，「如果她擊中自己，是很可能從這把椅子上滑下去躺成那種姿勢。門是鎖著的，窗戶也關得緊緊的。」

「你說得對，那問題出在哪兒？」

「看看這把手槍。我還沒碰它，等著指紋專家來。不過你一看就會明白我的意思。」

白羅和傑派一起跪在地上，從近處檢查那把手槍。

「我明白你的意思了。」傑派點頭說，「手槍扣在手指裡面，看起來好像她拿著它，但實際上她並沒有握住。還有什麼？」

「很多，她是右手握槍。現在看看傷口。槍口靠近頭部左耳上方……左耳，提醒你。」

「嗯，」傑派說，「那就很清楚了。她不太可能右手持槍擊中那個部位吧？」

「應該說絕對不可能，你或許可以把手臂繞過去，但我懷疑你能否開槍射擊。」

「看來相當明顯，有人殺了她並試圖偽裝成自殺。不過，鎖上的門窗又做何解釋？」

詹森警官回答了這個問題。

「窗戶是關上的，並上了門，先生，不過門儘管是鎖著，我們卻沒找到鑰匙。」

傑派點點頭。

「對，那是個很大的漏洞，凶手離開時鎖上了門，而且希望鑰匙不見的事不會被發現。」

白羅低聲說：「太愚蠢了。」

「噢，得了，白羅，你不能老用你那耀眼的智慧去評判別人！其實那是很容易疏忽的細節。門被鎖上了，人們破門而入，發現一個死掉的女人，她手裡拿著槍，很明顯是自殺事件，所以是她把自己鎖在房間裡，於是大家也不會去找鑰匙。事實上，幸好普蘭德萊小姐給警察局打了電話。她本可以叫一兩個司機來撞開這扇門，那時鑰匙問題就會被完全忽略了。」

「是啊，這倒是，」赫丘勒．白羅說，「那是一般人的自然反應。而警察總是人們最後才會求助的對象，不是嗎？」

他依舊注視著那具屍體。

「有什麼可疑的嗎？」傑派問。

問題問得有些漫不經心，但他的眼睛卻流露出熱切和專注。

赫丘勒．白羅緩緩搖搖頭。

「我正在看她的手錶。」

他彎腰用指尖碰了碰它，那是一塊嵌了寶石的雅致飾物，黑色閃光的波紋錶帶，繫在那隻拿槍的手腕上。

「非常漂亮。」傑派注意到了。「一定很值錢！」他彎著頭詢問白羅：「也許這裡面有點什麼。」

「可能吧……是的。」

白羅繞過去走向書桌。它是那種附帶摺板的桌子，做得很精緻，可以和很多顏色搭配。在它的正中央擺了一個挺大的銀色墨水瓶架，瓶架前面又放了一本漂亮的綠色漆皮吸墨紙。吸墨紙左邊則是個翠綠色的玻璃筆盤，裡面裝著一只銀色筆插、一根綠色封蠟棒、一枝鉛筆和兩枚郵票，吸墨紙右邊是個活動日曆，顯示著星期、日期和月份。還有一個裝鉛沙的小玻璃罐，裡面插著一枝華麗的綠色羽毛筆。白羅似乎對這枝筆深感興趣，他把它拿出來，看到筆尖上沒蘸過墨水，顯然是個裝飾品。那枝裝著銀筆插的鋼筆，筆尖殘留有墨水，那才是平常在使用的。

他的目光投向日曆。

「星期四，十一月五日，」傑派說，「就是昨天。」他轉向布雷特：「她死了有多長時間了？」

「她於昨夜十一點三十三分遇害。」布雷特迅速答道，看到傑派一副吃驚的面孔，他咧嘴笑起來。「對不起，老傢伙，」他說，「忍不住做做超人醫生的美夢！實際上我只能斷定，最可能的時間是在十一點左右，前後誤差大概可以有一小時。」

「哦，我想手錶大概也停了吧。」

「手錶是停了，不過是停在四點十五分。」

「但我認為她不可能在四點十五分被害。」

「你可以先持保留看法。」

白羅打開了吸墨本的封面。

「好主意，」傑派說，「可是沒好運氣。」

裡面那張吸墨紙潔白無痕，白羅翻開其他幾頁，也都一樣。他又把注意力轉向廢紙簍。裡面有兩三張撕破的信紙和傳單，它們都只撕成了兩半，很容易再拼起來。一張是幫助某個退役軍人組織來請求捐助，一張是十一月三日晚上一個雞尾酒會的請柬，一張是約裁縫見面的紙條。幾張傳單中，一張是毛皮商的特價廣告，還有一張是百貨商店的商品目錄。

「什麼線索也沒有。」傑派說。

「是的，這很奇怪……」白羅說。

「你的意思是，自殺者通常會留下一封信？」

「正是。」

「事實上，很多證據表明這不是自殺。」他準備離開了。「現在該讓我的人去忙了。我們最好下樓去見見這位普蘭德萊小姐。要一起來嗎，白羅？」

白羅好像仍在為這個書桌和它上面的用具感到困惑。

他走出房間，但在門口又回頭望望那枝華麗的翠綠色羽毛筆。

／02

那狹窄樓梯底部的一扇門，通向一間大客廳……實際上是由馬廄改建的。在房間內部，牆壁用灰泥做成粗糙不平的效果，上面掛著蝕刻的木版畫。有兩個人在房間裡坐著。

其中一個坐在靠近壁爐的椅子上，正伸著手在烤火，那是個深色皮膚、看起來精明強悍的年輕女人，年紀大約在二十七、八歲。另一個女人年紀較大，身材也較寬闊，提著個編織袋。在兩個男人進來時，她正氣喘吁吁地說著什麼。

「就像我說的，小姐，剛聽到發生這樣的事情時，我差點摔到地上。想到正巧今天早上……」

那位小姐打斷了她的話。

「很快就會結束的，皮爾斯太太。我想這兩位是警官先生吧。」

「您是普蘭德萊小姐嗎？」傑派上前問道。

那小姐點點頭。

「我是。這位是皮爾斯太太，她每天來幫我們打掃。」

皮爾斯太太忍不住又說起來。

「就像剛才我對普蘭德萊小姐所說的，正巧在今天早上，我的姐姐路易莎・莫德竟然生了一場病，而身邊剛好只有我可以照顧她，我就說我們畢竟是親人，我想艾倫夫人不會介意的，雖然我也不喜歡惹女主人不高興……」

傑派巧妙地岔開了話題。

「我了解，皮爾斯太太。現在可否請你帶詹森警官到廚房去錄一下口供？」

打發了多話的皮爾斯太太——她一邊往外走，一邊又和詹森警官喋喋不休地說起話——傑派把注意力轉向那個小姐。

「我是傑派探長。現在，普蘭德萊小姐，我想了解有關此事的一切情況。」

「好，從哪裡開始呢？」

她的自制力令人佩服，臉上沒有流露出絲毫悲傷或震驚的表情，只是態度十分僵硬、不自然。

「您今天早晨是幾點回來的？」

「我想是在十點半以前。皮爾斯太太那個愛撒謊的人，那時不在，我發現……」

「這種事常發生嗎？」

珍娜・普蘭德萊聳了聳肩。

「她大概一星期有兩次十二點才會到達，或者根本就不來。她平常應該九點到。實際上，就像我說的，一星期一定有兩次不是頭暈就是家人病倒了。這些鐘點女傭老是這樣，一次又一次放你鴿子。她還算是不錯的咧。」

「你們雇她很長一段時間了嗎？」

「剛過一個月，前一個女傭會偷東西。」

「請繼續，普蘭德萊小姐。」

「我付了計程車錢，提著行李箱，到處找皮爾斯太太，找不到她後，我就上樓進了我的房間，稍微收拾了一下就去找芭芭拉……也就是艾倫夫人，卻發現她的房門鎖著。我轉動門把手、敲門，可是都沒回答，於是我就下樓給警察局打了電話。」

「對不起，」白羅巧妙而且迅速地插進來一個問題。「您沒試著去撞開那扇門嗎，譬如說，找街上的司機幫個忙？」

她的眼睛轉向他——一雙冷冷的灰綠色眼睛——飛快地掃視、品評了他一番。

「沒有，我沒想到這個。如果出了什麼事，我覺得應當去找警察處理。」

「那您當時是認為——對不起，小姐——出了什麼事嗎？」

「當然了。」

「是因為您敲了門而沒人回答嗎？但有可能您的朋友睡得很死或者諸如此類……」

「她不會睡得那麼死。」她馬上答道。

「也許她出去了，而且鎖上了門？」

「她何必鎖門呢？如果是那樣，她也會留個條子給我。」

「所以她沒留條子給您？您能確定嗎？」

「當然確定，否則我馬上會看到。」她很快地加重聲音強調。

傑派說：「您沒有試著從鎖眼往裡面瞧一下嗎，普蘭德萊小姐？」

「沒有，」普蘭德萊想想說，「我沒想到這麼做。但我也可能什麼都看不見，對吧？或許鑰匙就插在裡面。」

她用詢問的天真眼神盯著傑派，白羅暗自笑了笑。

「您做得很對，普蘭德萊小姐，」傑派說，「我想您不相信您的朋友會自殺吧？」

「哦，當然不信。」

「她有沒有顯得異常焦慮或沮喪？」

這位小姐回答之前稍微停了一下。

「沒有。」

「您知道她有把手槍嗎？」

珍娜．普蘭德萊點點頭。

「知道。那是她從印度帶回來的。她常常把它放在她房間的抽屜裡。」

「嗯，她有持槍許可證嗎？」

「我猜有吧，我不確定。」

「現在，普蘭德萊小姐，您願意把有關艾倫夫人的事情都告訴我嗎？譬如說您認識她多久了、她的交友關係等等，任何事情。」

珍娜．普蘭德萊點點頭。

「我認識芭芭拉大概五年了，我是在國外旅行時和她結識的，確切地說是在埃及。當時她正從印度要回英國。我之前在雅典的英國外僑學校待了一段時間，趁回英國之前去埃及玩了幾個星期。我們一起參加遊尼羅河的行程，交上了朋友，彼此都喜歡對方。那時我正在找人合租一間公寓或一間小房子。芭芭拉孤身一人，我們覺得我們應該會處得很好。」

「那你們真的相處融洽嗎？」白羅問。

「非常融洽，我們都有各自的朋友，芭芭拉比較喜歡交際應酬，而我的朋友多半是藝術圈裡的人。或許是這樣才易於相處吧。」

白羅點點頭，傑派接著問：「您知道艾倫夫人從前的家庭、生活狀況嗎？」

珍娜．普蘭德萊聳聳肩。

「不太了解。我想她娘家的姓是阿米塔奇。」

「她丈夫呢？」

「我想他不是那種顧家的人，常酗酒吧，我猜。好像結婚後一兩年就死了。他們曾經有個孩子，一個小女孩，三歲時也死了。芭芭拉很少談起丈夫，我想她是十七歲時在印度和他結婚的。後來他們去了婆羅洲或者哪個被世人遺棄的地方，就是你們放逐那些壞胚子的地方……但這是個令人痛苦的話題，我從不提這些事。」

「您知道艾倫夫人手頭有什麼困難嗎？」

「沒有，我確定她沒有。」

「沒有負債或是類似的事？」

「沒有！我確定她沒那種麻煩。」

「現在我必須再問您另一個問題，希望不會引起您的不快，普蘭德萊小姐。艾倫夫人有沒有關係較特殊的男友或男性朋友呢？」

珍娜．普蘭德萊平靜地答道：「嗯，她已訂了婚並且快要結婚了，如果這算是回答了你的問題。」

「和她訂婚的男人叫什麼名字？」

「查爾斯．拉弗頓—韋斯特，是漢普郡的議員。」

「她認識他很久了嗎？」

「兩……不，三個月左右。」

「據您所知，他們有沒有發生過爭吵？」

普蘭德萊小姐搖搖頭。

「不，如果有那類的事，就太讓我驚訝了。芭芭拉不是愛吵架的人。」
「您最後一次見到艾倫夫人是什麼時候？」
「上星期五，就在我外出度週末之前。」
「艾倫夫人當時仍留在城裡？」
「是的，她打算週日和她的未婚夫出去。」
「那您自己是去哪裡度週末？」
「拉斗司谷，埃塞克斯郡的拉斗司。」
「您和誰一起去？」
「班廷克夫婦。」
「您今天早晨才和他們分手？」
「是的。」
「您應該一大早就動身了吧？」
「是班廷克先生開車送我回來的。因為他必須在十點之前趕到城裡，所以我們很早就出發了。」
「我明白了。」
傑派滿意地點點頭。普蘭德萊小姐回答得既乾脆又確定。
白羅接著又提了個問題：「您本人對拉弗頓—韋斯特先生有何看法？」

這位小姐聳聳肩。

「這很重要嗎？」

「不，不一定重要，但我想聽聽您的意見。」

「我不知道我對他有何看法。他很年輕，頂多三十一、二歲，很有野心，是一個出色的演說家，努力在社會上占有一席之地。」

「這算是正面……還是負面的批評？」

「嗯，」普蘭德萊小姐考慮了一會兒。「在我看來，他很平凡，他的觀點沒什麼創意，並且有點華而不實。」

「那不是很嚴重的缺點，小姐。」白羅笑咪咪地說道。

「您覺得不是？」她的語氣略帶嘲諷。

「對您來講可能是吧。」

他仔細看著，見她露出一絲狼狽，便乘勝追擊。

「但對於艾倫夫人來講就不是了，她根本不在意他那些缺點。」

「您說得非常正確，芭芭拉認為他很了不起，唯他馬首是瞻。」

白羅柔聲問：「您很喜歡您的朋友吧？」

他看見她的手緊抓住膝蓋，下巴繃得緊緊的，回答的聲音則絲毫不帶感情。

「沒錯，我是很喜歡她。」

傑派說：「還有一件事，普蘭德萊小姐，您和她沒吵架吧？你們之間沒什麼不愉快吧？」

「絕對沒有。」

「沒有因為這次訂婚的事……」

「當然沒有。她為這件事感到很快樂，我很替她高興。」

稍停了一會兒，傑派又問：「據您所知，艾倫夫人有什麼死對頭嗎？」

這回明顯隔了一段時間，普蘭德萊小姐才做出回答，語氣也微微改變了。

「我不明白您指的死對頭是什麼？」

「比如說，誰能因她的死撈到好處？」

「噢，不，這太荒謬了，她的財產非常少。」

「那誰可以繼承她的財產呢？」

珍娜．普蘭德萊的聲音聽來略微驚訝。

「我確實一無所知，不過如果那人是我的話，我也不會很驚訝……當然，那是指她有立遺囑的情況下。」

「那她有其他方面的宿敵嗎？」傑派很快轉到另一方向。「有沒有忌恨她的人？」

「我想沒人會忌恨她，她的脾氣非常好，總是以和為貴。她生來就是一副溫柔、可愛的性格。」

頭一次，她那冷硬、死板的口氣略有改變，白羅和善地點點頭。

傑派說：「所以可以這麼說：艾倫夫人近來情緒很好，她沒有任何財務上的問題，她訂了婚，並準備要結婚了，她為此快樂不已。她沒有任何理由走上自殺一途。是這樣吧？」

沉默了一會兒，珍娜答道：「是的。」

傑派站起身。

「失陪一下，我得和詹森警官說句話。」

說完他便離開了房間。

赫丘勒．白羅留下來和珍娜．普蘭德萊一對一。

／03

室內空氣凝滯了好幾分鐘。

珍娜．普蘭德萊飛快打量了這個小個子男人一眼，之後就目視前方，不再開口了。但是，他的在場無疑給她一定的壓力。她的肢體文風不動但全身緊繃，要一直等到白羅打破沉默發出聲音，才讓她鬆弛了下來。他用一種輕鬆閒聊的語調問了個問題。

「您是什麼時候生的爐火？」

「爐火？」她的聲音聽起來茫然而且心不在焉。「噢，今天早晨我剛回來時。」

「那是在您上樓之前還是之後？」

「之前。」

「我明白了。是的，當然了……那個時候爐子裡的木柴已經堆好了，還是您自己堆進去的？」

「已經堆好了，我只是劃了根火柴點著而已。」

她的聲音有些不耐煩，顯然她覺得他是在沒話找話；或許他正是如此。不管怎樣他繼續鬧扯下去。

「您的朋友……我注意到她的房間裡用的是煤氣爐？」

珍娜·普蘭德萊木然地答道：「我們就只有這個燒煤的爐子，其他都是煤氣爐。」

「您做飯也用煤氣爐嗎？」

「我想現在每個家庭都用這個吧。」

「的確，這節省很多力氣。」

這小小的交流戛然而止，珍娜·普蘭德萊用鞋敲著地板。突然她說：「那個人……傑派探長，他非常聰明嗎？」

「他非常優秀，是的，他思慮非常縝密，工作努力，任勞任怨，很少有失誤。」

「我猜……」她囁嚅道。

白羅望著她，她的眼睛在爐火映照下湛綠晶瑩。他平靜地問道：「您朋友的死，對您是個非常大的震驚嗎？」

「偌大的震驚。」她真率地說。

「您完全料不到，或者還好？」

「當然料不到。」

「那您一開始也許覺得無法相信，覺得它不該發生？」

他舒緩、同情的語調似乎突破了珍娜．普蘭德萊的心防，她回答得熱切、自然，不再強硬。

「正是如此，即使芭芭拉真的自殺了，我也不認為她會採取那種方式。」

「但她有一把手槍吧？」

珍娜．普蘭德萊做了個不耐煩的手勢。

「是的，但那把手槍是一個……噢，剛好留下來的東西，她曾生活在蠻荒之地，所以只是出於習慣保存著它，沒有任何其他目的，我敢確定。」

「哦，為什麼您如此確定呢？」

「嗯，憑她說過的那些話。」

「譬如說……」

他的聲音非常溫柔友善，她不知不覺地說了下去。

「嗯，舉個例子，有一次我們談論自殺的事，她說最簡單的辦法是打開煤氣，關緊所有通氣的門窗，然後上床睡覺。我說我認為那不可能……我是指躺在那裡等死。我說我寧願對著自己開槍。而她說，她永遠不會對自己開槍，萬一沒擊中不就太可怕了，而且她很討厭砰砰響的聲音。」

「我懂了，」白羅說，「如您所說，這事想來是很怪異……因為，就像你剛剛告訴我的，她的房間裡就有煤氣爐。」
珍娜．普蘭德萊有些吃驚地看著他。
「是的，是有……那我就無法理解……是啊，我無法理解她為何不用那種方式。」
白羅搖著頭。
「是啊，看起來很奇怪，有點不合常理。」
「這整件事本來就不合常理，我仍無法相信她會自殺。只可能是自殺嗎？」
「嗯，還有一種可能。」
「什麼意思？」
白羅直視著她。
「或許是……謀殺。」
「噢，不！」珍娜．普蘭德萊哆嗦了一下。「噢，不！多可怕的假設！」
「可怕，也許吧，但您不認為有這種可能嗎？」
「但門從裡面鎖上了，窗戶也是。」
「沒錯，門鎖上了，不過我們看不出來是從裡面還是從外面鎖上的。你知道，鑰匙不見了。」
「可是，如果它不見了……」她遲疑了一兩分鐘。「那它一定是從外面鎖上的，否則鑰匙就會在房間裡的某個地方。」

「嗯，或許吧。房間還沒有進行徹底的搜查，也可能它被扔到了窗外而某個過路的人撿走了。」

「謀殺！」珍娜・普蘭德萊說。她開始考慮這種可能性，黝黑而聰敏的面孔快速思索著。「我認為您是對的。」

「但謀殺必定有個動機，您知道會有什麼動機嗎，小姐？」

她緩緩地搖了搖頭。不過儘管她否認了，白羅再度察覺，珍娜・普蘭德萊刻意隱瞞著什麼事。門開了，傑派走進來。白羅站起身說：「我剛對普蘭德萊小姐提出一個假設——她的朋友不是自殺。」

傑派一時間頗感困窘，他向白羅投去埋怨的目光。

「現在下結論還為時太早，」他說，「我們只是必須考慮到各種可能性，你知道。目前任何線索我們都不能放過。」

珍娜・普蘭德萊平靜地答道：「我明白。」

傑派走近她。

「普蘭德萊小姐，您以前見過這樣東西嗎？」

他手上是一個小巧、深藍色的橢圓形瓷藝品。

珍娜・普蘭德萊搖搖頭。

「沒有，從未見過。」

「這不是您的或是艾倫夫人的東西？」

「不，看起來不像是女人戴的東西，不是嗎？」

「哦，您看得出來。」

「嗯，很明顯，不是嗎？那是男人袖口的鏈釦。」

／04

「那個年輕女人難纏了點。」傑派抱怨道。

兩人又來到艾倫夫人的臥室，屍體已被拍完照搬走了，指紋專家取證後也離開了。

「可不能把她當作傻瓜看待，」白羅表示贊同。「她絕對不傻，實際上，她是個相當聰明而且能幹的年輕女子。」

「會是她幹的嗎？」傑派燃起一線希望。「很可能喔，你知道。我們必須找人查她的不在場證明。她搞不好和那位年輕人發生了一些爭執……那位大有前途的國會議員。我覺得她對他的評價太苛刻了，聽起來很可疑，一定是她自己喜歡上他，而他卻拒絕了她。如果她願意的話，她很可能會殺死任何人，而且殺人的時候還能保持冷靜。對，我們得去查查她的不在場證明。她容易得很，畢竟埃塞克斯郡離這裡不算太遠，有很多火車可搭，汽車開快點也可以。得弄清楚她昨晚是否因頭痛早些上床了什麼的。」

「你說得對。」白羅附和道。

「不管怎樣，」傑派接著說，「她對我們隱瞞了什麼，對吧？難道你沒感覺到嗎？這年輕女人知道一些事情。」

白羅深以為然。

「是的，顯而易見。」

「辦這種案子就是有些麻煩，」傑派抱怨道，「出於某些高尚的動機，人們就是不肯坦誠相告。」

「這不能責備他們，我的朋友。」

「是啊，但我們就得頭痛了。」傑派牢騷滿腹。

「這豈不是更有機會表現你的聰明才幹嗎？」白羅安慰他說，「順便問一句，指紋採集的情況如何？」

「哦，的確是謀殺。手槍在放到她手裡之前被擦得很乾淨，上面沒留下任何指紋。即使她用那種手臂繞過頭去的怪姿勢自殺，她總也要拿著手槍，而且她也不可能在死了之後還爬起來擦手槍吧。」

「是呀，是呀，一定是外力所為。」

「可是採集成果令人失望。門把上沒有，窗戶上也沒有。有意思，呃？倒是艾倫夫人的指紋到處都是。」

「詹森有什麼發現嗎？」

「你是說從女傭那兒嗎？沒有，她講了一大堆，但實際上她知道的並不多，只是證實了艾倫和普蘭德萊相處得很好。我已經派詹森到這條小街上去做些調查。我們還得和拉弗頓—韋斯特先生談談，看看昨天晚上他在哪兒、幹些什麼。同時我們還得查查她的文件。」

他立即開始行動。時不時地咕噥幾句，並扔給白羅某些東西。很快他就搜了房間一遍。桌子裡面沒多少文件，而且都收拾、擺放得整整齊齊。

最後傑派往桌子上一靠，嘆了口氣。

「沒什麼好玩的，不是嗎？」

「沒錯。」

「大部分都沒什麼問題，只是帳單……有幾張還沒付清，沒什麼特別的。還有請柬，朋友的便條，這些東西……」他把手放在七、八封一堆的信件上。「還有她的支票和存摺。有什麼讓你感興趣的嗎？」

「是的，她透支了。」

「還有呢？」

白羅笑起來。

「你是在考我嗎？不過我知道你在想什麼。三個月前她自己開支票領了兩百英鎊，而昨天又領出兩百英鎊……」

「而支票本上沒有留下任何存根。除了給自己開了幾筆小數目的零花錢——最多十五英鎊——沒開具別的支票。而且我跟你說，你在這棟屋子裡找不到那些錢。有一個手提包裡有四英鎊十先令，另一個皮包裡有一兩個先令。我認為這已經很清楚了。」

「你的意思是，她昨天支付了那筆錢？」

「對，問題是她付給了誰呢？」

詹森警官推門進來了。

「哦，詹森，有什麼收穫沒有？」

「是的，先生，有幾件事。第一，沒人確切聽到槍聲。兩三個女人說她們聽見了，因為她們愛認為自己聽見了，但只能打聽到這麼多。那些爆竹放起來，連狗耳朵也聽不出什麼。」

傑派嘟囔了一句：「是別指望了。接著說吧。」

「昨天下午和晚上的大部分時間，艾倫夫人都在家。她大約下午五點回來，之後六點左右又出去了一趟，不過只是到街尾的郵筒寄信。九點半左右開來一輛小車——史坦頓斯瓦倫轎車——一個男人下了車，據描述約四十五歲，像軍人一般健壯，十足紳士派頭，著深藍色大衣，圓頂禮帽，唇上蓄著一排整齊的髭子。住在十八號的司機詹姆斯·霍格說，曾經看見他來拜訪過艾倫夫人。」

「四十五歲，」傑派說，「不太可能是拉弗頓—韋斯特。」

「這個人，不管他是誰，待了不到一小時，大概十點二十分離開的，還在門廊和艾倫夫人說話。小男孩弗德瑞克．霍格從旁邊經過時聽到了他說的話。」

「他說些什麼？」

「『好吧，你仔細考慮一下再通知我。』然後她說了句什麼，他回答『好吧，再見』。說完他便鑽進汽車，開走了。」

「十點二十分。」白羅思索著說。

傑派摸了摸鼻子。

「所以十點二十分時艾倫夫人還活著，」他說，「還有呢？」

「沒有別的了，長官，據我了解，住在二十二號的司機十點半回來，因為他答應給孩子們放焰火。他們當時都在等著他呢，小街裡的其他孩子也在等。他放煙火時大家都圍在旁邊看。後來大家都回去睡覺了。」

「沒別人進入十四號了嗎？」

「沒有……不是說沒人去，只是沒人注意到罷了。」

「嗯，」傑派說，「那倒可能。好了，那我們勢必要去找這位『唇上有一排整齊鬍子的軍人紳士』了。很明顯，他是最後一個見到艾倫夫人還活著的人。不知道他是何許人也。」

「普蘭德萊小姐也許能告訴我們。」白羅建議。

「或許吧，」傑派喪氣地說，「也或許不會，如果她願意，我敢打包票她會告訴我們很多事情。你怎麼樣，白羅？你和她獨處了一會兒，你不是常誇口說，你那種告解神父式的態度，十之八九會博得好感嗎？」

白羅攤開雙手。

「唉，我們只談了煤氣爐。」

「煤氣爐，煤氣爐，」傑派一派厭惡。「你是怎麼了，老傢伙？自從你來這兒以後，你唯一感興趣的就是羽毛筆和廢紙簍。噢，對了，我還看到你往樓梯下面瞧了好一眼，那裡有什麼東西嗎？」

白羅嘆口氣說：「一本球莖植物目錄和一本舊雜誌。」

「你究竟有何想法？如果有人想銷毀罪證或什麼的話，你最好記住，他們不會就把它們扔到廢紙簍裡。」

「你說得很有道理。只有無關緊要的東西才會被扔在裡面。」白羅謙和地說。

傑派卻懷疑地看著他。

「好吧，」他說，「我知道我下一步該幹什麼，那你呢？」

「很好，」白羅說，「那我會繼續檢查那些無關緊要的東西。還有垃圾箱要看呢。」

他轉身敏捷地步出房間，傑派望著他，一臉厭煩的神色。

「瘋了，」他說，「簡直瘋了。」

詹森警官禮貌地保持了沉默，臉上卻流露出英國人的自負。「看看這些外國佬！」

他大聲說：「這就是那位赫丘勒·白羅先生啊！我聽說過他。」

「他是我一個老朋友，」傑派解釋道，「提醒你一句，不要以貌取人，現在他可仍然是寶刀未老喔。」

「我看，他就像人家說的，有一點老糊塗了，長官，」詹森警官說，「唉，畢竟歲月不饒人嘛。」

「總歸一句話，」傑派說，「但願我知道他在玩什麼把戲。」

他走到書桌旁邊，不安地注視著那枝翠綠色的羽毛筆。

05

傑派正在和第三位同街司機的妻子談話，這時，白羅像貓一樣無聲無息地進來，走到他身邊。

「哎，你嚇了我一跳，」傑派說，「找到什麼了嗎？」

「沒有我要的東西。」

傑派又回身問詹姆斯．霍格太太。

「您說您以前見到過那位紳士？」

「嗯，是的，先生，我丈夫也見過，我一眼就認出他來了。」

「是這樣，霍格太太，您是位聰明人，我看得出來，我敢說您對街上的每個人都一清二楚，況且您是個有判斷力的女人，有高於常人的判斷力，我看得出來……」他臉不紅氣不喘地把這話重複了三遍。霍格太太不禁有些得意忘形，也勉力做出一副智力超群的樣子。「請告訴我關於這兩個年輕女人的事，也就是艾倫夫人和普蘭德萊小姐。她們是什麼樣的人？是同性戀嗎？有沒有經常參加派對或是那類的事？」

「噢，不，先生，沒這種事。她們經常外出，尤其是艾倫夫人，但她們倆都很有氣質，您應該懂我的意思，完全不像街尾我認識的那些人；我就很清楚史蒂文斯夫人的生活方式，不過我懷疑她到底是不是位『夫人』。我本來不該告訴您那裡的事，我……」

「我了解，」傑派巧妙地截住了話頭。「您剛才告訴我的事非常重要，您說艾倫夫人和普蘭德萊小姐很討人喜歡，是吧？」

「哦，是的，先生，非常可愛的女士，她們兩個，尤其是艾倫夫人。她總是好聲好氣地跟孩子說話。據我所知，她有個小女兒去世了，可憐的人兒。啊，我自己就失去三個孩子，我是說……」

「是的，是的，非常悲慘。那普蘭德萊小姐呢？」

「嗯，當然她也是位不錯的小姐，不過比較無禮，您應該明白我的意思。她只會對人點頭示意，好像總不願意停下來浪費時間似的。不過我對她並不覺得反感，一點也沒有。」

「她和艾倫夫人相處得很好嗎？」

「是的，先生，沒爭吵過，從來沒有，她們非常快樂和滿足，皮爾斯太太可以證實我說的話。」

「沒錯，我們已經跟她談過了。您見過艾倫夫人的未婚夫嗎？」

「就是要和她結婚的那位紳士嗎？是的，他經常在這兒進進出出。他們說他是國會議員。」

「昨晚來的不是他嗎？」

「不，先生，不是他。」霍格太太停下來，她一本正經的態度下掩飾住話音裡的激動。「如果您問我，先生，我得說，您完全想錯了，艾倫夫人絕不是那種女人，我敢確定。那棟房子裡也沒那種人，而我也絕不信會有這類事情……我今天早晨還對霍格說過：『霍格，艾倫夫人是位淑女，真正的淑女，所以別亂猜。』男人的腦子裡總是……請您原諒我這麼講，總是有些粗俗的想法。」

傑派沒在意這番冒犯，繼續問：「您看見他到這兒，然後又離開了，對吧？」

「對的，先生。」

「那您沒聽到別的什麼聲音嗎？譬如爭吵的聲音？」

「沒有，先生，沒有，不可能有這類聲音。我不是說我們這裡沒發生過那種事，大家都知道正好相反，像街尾那個史蒂文斯夫人對待她那位倒楣女僕的方式，大家就議論紛紛。我們全都勸她別再待下去了，但是，她的薪水很好……那女人脾氣是很差，不過倒是很大方，竟然一個星期付三十先令……」

傑派趕緊說：「不過你沒聽到十四號有任何聲音？」

「沒有，先生。外面正在放爆竹，到處劈里啪啦地亂響，我們艾迪的眉毛差點就被燒光了。」

「那個男人是十點二十離開的，是嗎？」

「可能吧，先生。我不太確定，可是霍格也這麼認為，他是個十分靠得住的男人。」

「你確實看見他離開了，那你聽見他說什麼了嗎？」

「沒有，先生，我離他們沒有那麼近，我只是從我家窗戶看見他站在走廊裡和艾倫夫人說話。」

「你也看見她了嗎？」

「是的，先生，她站在門裡邊。」

「你有注意到她穿什麼樣的衣服嗎？」

「這……真的，先生，我說不上來，我沒特別注意。」

白羅說：「連她是穿日裝還是晚裝都沒注意到？」

「沒有，先生，我沒注意。」

白羅若有所思地望向上面的窗戶，然後目光移往十四號，他笑了，和傑派的眼睛對視了一會兒。

「那麼那位紳士呢？」

「他穿著深藍色大衣，戴著圓頂禮帽，看上去精明強悍。」

傑派又問了幾個問題後，就接見了下一個約談者。弗德瑞克．霍格殿下，是個一臉頑皮相、眼睛十分明亮的小傢伙，看得出他充滿自傲。

「是的，先生，我聽見他們說話了。『你仔細考慮一下再通知我。』這位紳士說，看起來神情很愉快，你知道。然後她說了句什麼，他就答道：『好吧，再見。』然後他就鑽進汽車裡……我替他打開車門，但他什麼也沒給我。」霍格殿下的語調略顯失望。「然後他開車走了。」

「你沒聽見艾倫夫人說的話嗎？」

「不，先生，沒聽見。」

「你能告訴我她穿什麼衣服嗎？比方說，什麼顏色？」

「不知道，先生，我沒真的看見她，她一定是站在門背後了。」

「那就這樣吧。」傑派說，「小夥子，你必須非常認真地思考和回答下一個問題，如果你不知道或者想不起來就直說，明白嗎？」

「明白，先生。」霍格殿下急切地看著他。

「是誰關的門，艾倫夫人還是那位紳士？」

「前門嗎？」

「前門，當然了。」

男孩想著，眨著兩隻眼睛努力地回憶。

「好像是那位女士……不，不是她，是他關的門。他砰地一聲關上門之後，很快地跳進汽車裡，好像趕著赴約似的。」

「好的，年輕人，看來你是個聰明的小夥子。這六便士給你。」

打發走了霍格殿下，傑派轉向他的朋友。兩人慢慢地互相點了點頭。

「很可能！」傑派說。

「非常有可能。」白羅也同意。

他的眼睛泛著綠光，就像一對貓眼一樣。

06

傑派又一次走進十四號住宅的客廳，他沒浪費時間兜圈子，開門見山就說：「好了，普蘭德萊小姐，您不覺得現在最好就把隱瞞的實情告訴我們嗎？該來的事總是要來的。」

珍娜．普蘭德萊揚起她的眉毛，她正站在壁爐旁邊，一隻腳伸出去取暖。

「我實在不明白您的意思。」

「是嗎，普蘭德萊小姐？」

她聳了聳肩。

「我已經回答你所有的問題，我不知道還能再說些什麼。」

「嗯，我的看法是，其實您還能告訴我們很多事，如果您願意的話。」

「但那只不過是一種看法罷了，不是嗎，探長？」

傑派的臉氣得通紅。

「我想，」白羅說，「如果你把你們目前的情況告訴她，這位小姐會更能理解你提這些問題的原因。」

「理由非常簡單。好，普蘭德萊小姐，事情是這樣的：你的朋友用手槍射擊頭部，而門和窗都是關著的，所以看起來像一起普通的自殺案件。但它不是自殺，光拿醫學上的證據就足以證明。」

「怎麼說？」

她冷冰冰的嘲諷語氣沒有了，向前探著身子，專注地盯著他的臉。

「手槍是在她手裡，但手指沒有抓緊。而且手槍上沒留下任何指紋。從傷口的角度看，也不可能是死者自己開槍；還有，她沒留下遺書，對自殺事件來說，這很少見；還有，儘管門上了鎖，可是鑰匙不見了。」

珍娜．普蘭德萊慢慢轉過身，坐在他們對面的一把椅子上。

「果真如此！」她說，「我一直覺得她不可能自殺！我是對的！她沒自殺。是別人殺害了她。」

有一會兒時間她顯得茫然若失，然後猛地抬起頭。

「你有什麼問題儘管問吧，」她說，「我會盡可能回答你的問題。」

於是傑派開始發問了。

「昨晚艾倫夫人有位客人。據描述是一個四十五歲的男子，舉止像軍人，唇上蓄著一排整齊的鬍子，穿著入時，開一輛史坦頓斯瓦倫轎車。您知道他是誰嗎？」

「我不能確定，不過聽起來像是尤斯塔少校。」

「尤斯塔少校是什麼人？能告訴我他的情況嗎？」

「他和芭芭拉是在國外認識的……在印度。他是一年前出現的，此後他就經常在我們這裡出入。」

「他是艾倫夫人的朋友嗎？」

「他表現得像是。」珍娜冷冷地說。

「那她對他的態度又如何？」

「我認為她並不喜歡他……事實上，我確定她不喜歡他。」

「但她表面上仍對他很友好？」

「是的。」

「她有沒有露出過——好好想想，普蘭德萊小姐——很怕他的樣子？」

珍娜．普蘭德萊認真想了一會兒，接著說：「是的……我想她是這樣。每當他出現時她總是很緊張。」

「他和拉弗頓—韋斯特先生見過面嗎？」

「我想只見過一次。他們兩個不怎麼對盤。也可以說，尤斯塔少校對查爾斯極力討好，但查爾斯沒反應。他很看不起那些品行不好或是不夠水準的人。」

「而尤斯塔少校不夠……你所謂的『水準』嗎？」白羅問。
普蘭德萊小姐很乾脆地回答：「是呀，他沒什麼水準。大老粗一個，明顯不是來自好家庭。」
「啊，我不懂這兩個形容方式。您的意思是，他稱不上是真正的紳士？」
一抹微笑掠過珍娜．普蘭德萊的臉龐，不過她仍舊嚴肅地答道：「是的。」
「如果我假設這個人正在敲詐艾倫夫人，普蘭德萊小姐，您會不會覺得訝異？」
傑派往前傾身，看看白羅這假設會收到什麼效果。
他相當滿意，她上鉤了。她臉頰發紅，猛地把手放在椅子的扶手上。
「原來如此！我真傻，沒早點猜到。是啊！」
「您認為這個假設說得通嗎，小姐？」白羅問道。
「我太傻了，竟沒有早點想到！這半年來，芭芭拉曾經向我借過幾筆小錢。而且我看過她坐在那裡仔細研究存摺。我知道她的收入不錯，當時也沒在意，不過，當然了，如果她得支付一大筆錢的話……」
「那她的言談舉止一定也產生變化了，對吧？」白羅問。
「完全正確，她很緊張，有時神經兮兮，總之是一反常態。」
白羅溫和地說：「抱歉，這和你剛才說的並不一樣。」
「是不一樣啊，」珍娜．普蘭德萊不耐煩地擺擺手。「她並不感到絕望，我意思是，她沒有沮喪到要自殺或者幹嘛的程度。但是說到敲詐……是的。真希望她肯告訴我，我一定會讓他去見他的大頭鬼。」

「但也許他去見的不是他的大頭鬼，而是查爾斯．拉弗頓—韋斯特先生？」白羅說。

「有可能，」珍娜．普蘭德萊緩緩說道，「對，可能……」

「你不知道這個男人握有她什麼把柄嗎？」傑派問。

她搖了搖頭。

「我不知道，我了解芭芭拉，我不相信她會牽涉到什麼嚴重的事情。而且……」她停了一下，接著又說：「我的意思是，芭芭拉很容易受騙上當，輕易就會被人嚇倒。事實上，她是勒索者的最佳獵物！這卑鄙的畜生！」

她滿腔怨恨地吐出那最後幾個字。

「太不幸了，」白羅說，「這件事好像倒行逆施了。照理說，應該是受害人會殺死敲詐者，現在反倒是敲詐者殺害了他的受害人。」

珍娜．普蘭德萊微蹙雙眉。

「是，這話沒錯……不過我可想像當時的情景……」

「比如說？」

「假設芭芭拉決定孤注一擲，她可能想用那把可笑的小手槍嚇唬他，他從她手裡奪過槍來，在雙方爭執拉扯下，他開槍殺了她；他嚇壞了，於是把它布置成自殺現場。」

「很有可能，」傑派說，「不過有個矛盾。」

她探詢地看著他。

「尤斯塔少校（如果是他幹的）是昨晚十點二十分離開這兒，而且還在門口向艾倫夫人道別呢。」

「噢，」普蘭德萊小姐的臉沉了下來。「我明白了。」她停了一會兒。「不過他可能稍後又回來了呀。」她慢慢說道。

「是的，有此可能。」白羅說。

傑派繼續問：「告訴我，普蘭德萊小姐，艾倫夫人習慣在哪兒接待客人，這裡，還是樓上她的房間？」

「都有。不過這個房間較常用來舉行派對或者接待我自己的朋友。您知道，我們是這麼分配的，芭芭拉住最大的一間臥室，並把它兼作客廳；我住小臥室並使用這個房間。」

「如果昨晚尤斯塔少校來訪，你覺得艾倫夫人會在哪兒接待他？」

「我覺得她可能帶他到這兒來。」她好像有點猶豫。「這兒比較公開。可是，如果她要寫支票什麼的，那她可能會帶他到樓上去。這裡沒有放文具。」

傑派搖搖頭。

「沒有開支票的事。艾倫夫人昨天提走了兩百英鎊現金，但是我們在房間裡沒有找到任何相關收據。」

「那她是把錢給了那混蛋囉？噢，可憐的芭芭拉！可憐透頂的芭芭拉！」

白羅咳嗽了一聲。

「不過，也可能像您假設的那樣，這是一次意外事故。只是這裡有個值得注意的事實，那就是，如此一來，他便斬斷了一個非常穩定的收入來源。」

「意外事故？那不是什麼意外事故。他失去了理智，雙眼噴火，朝她開了槍。」

「這是您對此事的看法？」

「是的，」她激動地加上一句：「這是謀殺……謀殺！」

白羅鄭重地說：「這我不會反對你，小姐。」

傑派問：「艾倫夫人抽什麼牌子的香菸？」

「加斯珀，那盒子裡還有一些。」

傑派打開盒子，拿出一根香菸並且點點頭，他把這根菸裝到口袋裡。

「那你呢，小姐？」白羅問道。

「一樣的。」

「你不是抽特吉士嗎？」

「從來沒抽過。」

「艾倫夫人也沒抽過？」

「不，她不喜歡那個牌子。」

白羅又問：「那拉弗頓—韋斯特呢，他抽什麼香菸？」
她驚訝地看著他。
「查爾斯？他抽什麼香菸跟這有何關係？您不會認為是他殺了她吧？」
白羅聳聳肩。
「這個年頭，男人是會殺死他深愛過的人的，小姐。」
珍娜不耐煩地搖著頭說：「查爾斯不會殺任何人，他非常謹慎。」
「一樣的，小姐，謹慎的人才會犯下高明的謀殺罪行。」
她盯著他。
「但是他缺少你剛才提到的那種動機，白羅先生。」
他低下頭去，說：「對，確實如此。」
傑派站起身來。
「好了，我想這兒沒什麼可查的了。我想再到其他房間轉轉。」
「以防錢被藏在什麼地方？那請便吧，愛看哪就看哪，包括我的房間，雖然芭芭拉不太可能把錢藏在那兒。」
傑派的搜查迅速而有效，沒幾分鐘那客廳就毫無祕密可言了，然後他上了樓。珍娜．普蘭德萊靠在椅背上，抽著菸，對著爐火沉思起來。白羅則望著她。
過了一會兒，他平靜地問：「你知道拉弗頓—韋斯特先生現在是否在倫敦嗎？」

「我不知道。我想他和他的隨扈都在漢普郡吧。我應該給他拍個電報，真是該死！竟然忘了。」

「總不可能萬無一失，小姐，尤其是在發生不幸的時候。反正，這種壞消息很快就會上報，別怕會有人太慢知道。」

「是啊，你說得對。」她心不在焉地說。

樓梯口響起傑派的腳步聲，珍娜走過去迎接他。

「如何？」

傑派搖了搖頭。

「沒什麼收穫，普蘭德萊小姐，我已經查過所有房間。嗯，我看我來瞧一瞧樓梯下面的壁櫥好了。」

說著他就抓住壁櫥把手向外拉，珍娜・普蘭德萊說：「它鎖著呢。」

她聲音裡有某樣東西，使得兩個男人敏感地盯著她。

「對，」傑派和氣地說，「我看見它上了鎖，不過你也許有鑰匙。」

她如石像般站在那兒。

「我……我不知道它在哪兒。」

傑派飛快地瞟了她一眼，他的語氣還是十分友好隨意。

「天哪，那可不妙了。我實在不想砸碎這塊木板，強行打開。我會派詹森出去找把萬能鑰匙來。」

她體態僵硬地走開了。

「哦，」她說，「等一下，它可能在……」

她回到客廳裡，一會兒後拿著鑰匙出現了。

「我們一向會鎖門，」她解釋道，「因為雨傘或那些小東西很容易被人順手拿走。」

「明智的防範措施。」傑派說著，高興地接過了鑰匙。

他把鑰匙塞進鎖眼，門打開了。壁櫥裡很暗，傑派掏出他的小手電筒往裡面照了照。

白羅覺察到身邊那位小姐緊張得屏住了呼吸，他的目光緊跟著手電筒的亮光掃過。

壁櫥裡的東西不多。三把雨傘（有一把是破的），四支手杖，一套高爾夫球具，兩個網球拍，一條摺疊整齊的毛毯，幾個不成套的破沙發靠墊，在這些東西上面，擺著一個精緻小巧的手提箱。

就在傑派把手伸向那個提箱時，珍娜·普蘭德萊連忙說：「那是我的，我今天早晨帶回來的。裡面什麼也沒有。」

「還是確認一下吧。」傑派說，他的語氣愈發和善了。

手提箱沒上鎖，裡面裝著粗毛刷和化妝品，還有兩本雜誌，沒別的了。

傑派仔細檢查了提箱的外層，當他終於闔上箱蓋，轉而小心地檢查壁櫥時，那小姐明顯鬆了口氣。

除了那幾件明擺著的物品之外，壁櫥裡再也沒什麼了。傑派的檢查很快就結束。他重新鎖上門，把鑰匙還給珍娜．普蘭德萊。

「好了，」他說，「檢查完畢，你能給我拉弗頓—韋斯特先生的地址嗎？」

「漢普郡小萊伯里鎮法萊思坎莊。」

「謝謝你，普蘭德萊小姐，今天就這樣了，也許日後我們還會再來。順便一提，請保守祕密，盡量讓大家以為這是一起自殺案件。」

「當然，我非常理解。」

她和他們握了握手。

走在街上時，傑派忍不住說：「那壁櫥裡到底有什麼名堂？一定有哪裡不對勁。」

「是的，是有不對勁。」

「我以一賭十，賭那一定跟那個小手提箱有關！可是我這個睜眼瞎子，什麼也沒發現，每個化妝品的瓶子我都打開看過、聞了味道……可能是什麼呢？」

白羅若有所思地搖搖頭。

「那個小姐和這件事一定有牽連，」傑派說，「今天早上帶回來的？我發誓，絕對不是！注意到裡邊的兩本雜誌了嗎？」

「是的。」

「嗯，其中一本是七月的！」

／07

第二天，傑派走進白羅的寓所，沮喪地把帽子扔到桌子上，一屁股跌坐在椅子裡。

「這下好了，」他吼道，「她安全出局了！」

「誰安全出局了？」

「普蘭德萊。她那天玩橋牌玩到半夜。男主人，女主人，一個海軍少校，還有兩個僕人都可以發誓作證。看來，我們得排除她涉案的可能。雖然如此，我還是很想知道為何她那麼擔心那個手提箱。那是你的專長，白羅，你最擅長處理那些沒頭沒腦的細節問題。手提箱的祕密，那似乎大有文章可做呀！」

「我另外給你一個題目：菸味的祕密。」

「這題目不甚突出嘛。菸味……呃？這就是我們第一次查看屍體時，你在那裡嗅來嗅去的原因？我看見了，還聽見了！嘶嘶欷欷的，還以為你身體著涼了咧。」

「你錯了。」

傑派嘆息道：「我知道你腦子裡的小小灰細胞異於常人，但你可別跟我說你鼻子裡的細胞也高人一等。」

「沒有，沒有，你儘管放心。」

「我沒有聞到一點菸味。」傑派滿腹狐疑地說。

「我也是，朋友。」

傑派懷疑地看看他，之後從衣袋裡掏出一根菸。

「這是艾倫夫人抽的那種菸，廉價香菸。九個菸蒂中有六個是她的，而另外三個是土耳其牌香菸。」

「沒錯。」

「我猜你不用看，光靠那隻神奇的鼻子就知道了。」

「我向你保證我的鼻子沒有參與此事，它什麼都不知道。」

「不過你的灰色腦細胞倒了解了不少？」

「嗯，你不覺得有一些特別的現象……」

「比如說呢？」

「我想，這房間裡顯然丟了什麼東西，又多了某樣東西，而且，在書桌上……」

「我知道，你要提到那枝翠綠色的羽毛筆了！」

「不，那枝羽毛筆完全無關緊要。」
傑派放棄，退守堡壘。
「我已經讓查爾斯．拉弗頓─韋斯特半小時後到蘇格蘭警場來見我，我想你會想去瞧他一瞧。」
「我非常樂意。」
「還有，你一定很高興我們已經追蹤到了尤斯塔少校。他在克倫威爾路租了間房子。」
「太好了。」
「我們去那裡了解了一點情況。尤斯塔少校不是個正派人士。等我們見過拉弗頓─韋斯特之後，就要接著見他。這樣你還滿意嗎？」
「好極了。」
「那好，我們走吧。」

§

十一點半，查爾斯．拉弗頓─韋斯特被領進傑派探長的辦公室，傑派站起來和他握手。
這位國會議員中等個頭，甚具個人特色。他的臉刮得光淨，一張富於表情的嘴巴，微微突出的眼睛隨著他天生的演說架式不停轉來轉去。他相貌英俊，沉著而有教養。

儘管看上去面色蒼白而且有點憂傷，他的態度依然彬彬有禮，鎮定自若。他坐下來，把帽子和手套放在桌子上，直視著傑派。

「首先，我想說，拉弗頓—韋斯特先生，我完全理解這對您來講有多痛苦。」

拉弗頓—韋斯特揮揮手。

「不用談論我的感受。告訴我，探長，您對我的……艾倫夫人自殺的原因有何高見？」

「您有沒有特別的想法？」

「這倒是沒有。」

「你們之間沒有發生過爭吵？關係沒有疏遠？」

「沒這回事。此事帶給我極大的震驚。」

「也許下面這句話會讓你更難以接受，先生……這並非自殺，而是謀殺！」

「謀殺？」查爾斯・拉弗頓—韋斯特的眼珠都快蹦出來了。「你說是謀殺？」

「沒錯。現在，拉弗頓—韋斯特先生，您認為誰會想置艾倫夫人於死地呢？」

拉弗頓—韋斯特急促而含糊地答道：「不，不會的，事情不會是這樣。我只知道，這太令人難以置信了！」

「她從未提到她有什麼死對頭？有人對她心存不滿嗎？」

「從來沒有。」

「您知道她有一把手槍嗎？」

「我不知道。」他似乎有點吃驚。

「普蘭德萊小姐說，這把槍是艾倫夫人多年以前從國外帶回來的。」

「是嗎？」

「當然，這只是普蘭德萊小姐的說法。極有可能艾倫夫人覺得她面臨威脅，於是出於某些原因，將這把槍留在身邊。」

查爾斯．拉弗頓─韋斯特不相信地搖搖頭，他看起來非常疑惑不解。

「拉弗頓─韋斯特先生，您對普蘭德萊小姐怎麼看？我的意思是，您是否認為她可靠，值得信賴？」

他考慮了一下。

「我想是的……是的，我不能否認。」

「您不喜歡她嗎？」傑派一邊問，一邊緊緊盯著他。

「也不能那麼說。只不過她不是我欣賞的類型，那種愛嘲諷、獨立自主型的女人對我沒吸引力，但是我必須承認，她很值得信賴。」

「呃，」傑派說，「您知道一個叫尤斯塔少校的人嗎？」

「尤斯塔少校？尤斯塔少校？啊，是的，我記得這個名字，我曾經在芭芭拉……艾倫夫人那兒遇過他。在我看來，他是一個相當可疑的人。我對我的……對艾倫夫人說過，我們結婚之後，不歡迎他這種人到我們家來。」

「艾倫夫人怎麼說？」

「噢！她完全同意，她完全相信我的判斷力。男人比女人更了解男人。她對我解釋說，她不可以對一個多年未見的朋友過於無禮……我想她很不願自己被當作勢利小人！當然了，成為我的妻子之後，她會發現她的很多老朋友都……不太合適。這樣說還得體吧？」

「您的意思是，和您結婚可以提高她的社會地位？」傑派直言相問。

拉弗頓—韋斯特揚起一隻保養得宜的手。

「不，不，不是那樣。事實上，艾倫夫人的母親是我家的一位遠親，她的出身和我完全平等。但是，當然了，以我而言，我必須在擇友方面特別謹慎，我妻子擇友時也得如此，公眾人物多少會受到約束。」

「噢，是呀。」傑派冷淡地答道，接著又問：「那您無法提供任何線索了？」

「實在沒辦法，我毫無頭緒。芭芭拉，被人謀殺！真讓人難以置信！」

「好，拉弗頓—韋斯特先生，您能告訴我們您十一月五日晚上的行蹤嗎？」

「我的行蹤？我的行蹤？」拉弗頓—韋斯特尖聲抗議道。

「這只是必要程序，」傑派解釋說，「我們必須詢問每個人這個問題。」

查爾斯．拉弗頓—韋斯特嚴正地看著他。

「我希望像我這種地位的人可以特別破例。」

傑派只是等著。

「我……讓我想想……啊，對了，我人在議會，十點半離去，沿著河堤散步，看了一會兒煙火。」
「很高興這個年代已不再出現那種破壞活動。」傑派愉快地說。
拉弗頓—韋斯特冷淡地瞥了他一眼。
「然後我就，呃，回家了。」
「回家……我想，您倫敦的住處是在昂斯洛廣場。是幾點呢？」
「我不知道確切的時間。」
「十一點？十一點半？」
「差不多那個時候。」
「有人給您開門？」
「不，我自己有鑰匙。」
「您散步時碰見過什麼人嗎？」
「沒有。噢，真是的，探長，我很厭惡這些問題。」
「我向您保證，這真的只是必要程序，拉弗頓—韋斯特先生。我們並不是針對您個人，您知道。」
這個回答似乎撫慰了這位憤怒的國會議員。
「如果可以了……」

「目前就這樣了，拉弗頓—韋斯特先生。」

「有消息你要通知我……」

「那當然，先生。我順便引薦一下，這位是赫丘勒．白羅先生，您或許聽說過他。」

拉弗頓—韋斯特先生的眼睛甚感興趣地投向這個矮比利時人。

「是，是，我聽說過這個名字。」

「先生，」白羅說，他的舉止突然變得非常外國化。「相信我，我很為您感到悲傷。痛失所愛啊！竟須承受如此大的痛苦！啊，我無話可說了，英國人太了不起，總把自己的感情深埋心底。」他打開他的菸盒。「容我……啊，已經空了。傑派？」

傑派摸摸口袋，然後搖了搖頭。

拉弗頓—韋斯特打開自己的菸盒，低聲說：「嗯，抽我的吧，白羅先生。」

「謝謝，謝謝您。」這個小個子男人拿了一根。

「如您所言，白羅先生，」議員先生說，「我們英國人不喜歡表露個人的感情。堅強不屈是我們的座右銘。」

他向兩個人點首躬身，隨即離開了。

「自命不凡的傢伙，」傑派厭惡地說，「自作聰明的傻瓜！普蘭德萊小姐對他的評價所言極是。不過他長得還真不賴，或許能迷住那些缺乏幽默感的女人。那是什麼香菸？」

白羅搖著頭遞給他。

「『埃及人』，一種昂貴的牌子。」

「噢喔，那不妙了。可惜啊，我還從未見過如此薄弱的不在場證明，事實上，它根本算不上是不在場證明……你知道，白羅，很遺憾這事已無庸置疑。如果她一直在敲詐他……他是個極好的敲詐對象，他一定會乖乖地把錢交出來，以避免一場醜聞發生。」

「我的朋友，很希望事實正如你所料，但嚴格說，那和本案無關。」

「沒錯。但尤斯塔絕對與我們有關。我已查到他的一點底細，他絕對是個不法之徒！」

「順便問一句，關於普蘭德萊小姐，你按我說的去做了嗎？」

「是的……等一下，我打個電話了解最新的情況。」

他拿起了電話話筒，簡單交談幾句之後，放下電話，抬頭看著白羅。

「簡直是個冷血動物，她出去打高爾夫了。就在自己的朋友遇害一天之後，帥啊。」

白羅發出一聲驚叫。

「發生什麼事了？」傑派問。

但白羅只是低聲自言自語：「正是，正是……當然……我怎會這麼蠢？就近在眼前！」

傑派粗魯地說：「別再嘰哩咕嚕的自言自語了吧，我們去逮捕那個尤斯塔。」

說完，他愕然地看到白羅竟是滿面春風。

「可是……沒錯，我們一定要去逮他。現在，跟你講，我已弄清楚一切了……所有的一切！」

08

從尤斯塔少校接待他們兩人的態度可看出，他是一個老於世故的人。

他的公寓很小，用他的話講，只是個落腳處，他給他們拿來喝的，被謝絕後又掏出了香菸盒。

傑派和白羅各拿了一根菸，兩人飛快地交換了一下眼神。

「我發現你抽土耳其。」傑派用手指轉動著菸捲說。

「是的。對不起，您比較喜歡平常的香菸嗎？我好像在哪兒還有一根。」

「不必，不必，這非常好。」他朝前探探身子，變成另一種語調。「也許你已猜出我為了何事前來，尤斯塔少校？」

他搖搖頭，一副事不關己的態度。尤斯塔少校是個高個子，英俊而粗俗，眼睛周圍有些浮腫，小小、狡黠的眼睛和他幽默和善的態度極不相稱。他說：「不，我完全不清楚是發生了什麼大事，讓探長大人屈尊至此。我的汽車有問題嗎？」

「不，不是你的車。我想你認識一位芭芭拉．艾倫夫人吧，尤斯塔少校？」

少校往後靠，吐出一個菸圈，用恍然大悟的聲音說：「噢，是為那件事！哎，我早該猜到的。非常不幸的事件。」

「你知道這件事？」

「從昨晚的報紙上看到的，太慘了。」

「我想你是在印度認識艾倫夫人的？」

「是啊，那是多年以前了。」

「你也認識她丈夫嗎？」

出現了短暫的停頓……不過也僅僅為時一秒鐘，但在這片刻之間，他的小眼睛已迅速在兩人臉上掃了一遍，這才回答：「不，實際上，我從沒見過艾倫先生。」

「你知道一些關於他的事嗎？」

「聽說他是個混蛋。當然了，那只是傳聞。」

「艾倫夫人沒提過他？」

「從未提過。」

「你跟她很熟嗎？」

尤斯塔少校聳了聳肩。

「我們算是老朋友了，您知道，老朋友。但是我們不常見面。」

「不過那天晚上你們見面了？十一月五號的晚上？」

「是的，我們碰了個面。」

「我想，你是去她家拜訪她。」

尤斯塔少校點點頭，輕聲、遺憾地說：「是的，她請我就某些投資提些建議。當然，我明白你們想知道什麼，就是她的精神狀態什麼的。嗯，真的，這很難說。她的舉止相當正常，不過現在想來，好像是有點神經緊張。」

「她沒暗示你她打算做什麼嗎？」

「完全沒有。事實上，在我離去時，我還告訴她我很快會打電話給她，看要不要一塊去看戲。」

「你說你會打電話給她，這是最後一句話嗎？」

「是啊。」

「很奇怪，我聽到的和你所說的情況出入很大喔。」

尤斯塔少校臉色變了。

「呃，當然了，我不可能記得自己說過的每一句話。」

「據我掌握的情況，你是說：『好吧，你仔細考慮一下再通知我。』」

「讓我想想……對，我想你是對的，我不是那樣說。我想，我是要她有空的時候通知我一聲。」

「不完全一樣，是吧？」傑派說。

尤斯塔少校聳聳肩。

「親愛的老兄，你不能期望一個人記住自己在任何場合下所說的每一句話。」

「那艾倫夫人是如何回答的？」

「她說她會打電話給我。我記得的就這些了。」

「之後你說了聲『好吧，再見』。」

「很可能，類似這樣的話吧。」

傑派平靜地問：「你說艾倫夫人請你就她的投資問題提出建議，那她是否交給你一筆兩百英鎊的現金，請你替她投資呢？」

尤斯塔少校的臉刷地變成黑紫色，他身子前傾，怒吼道：「你他媽的是什麼意思？」

「有還是沒有？」

「那是我個人的事，探長大人。」

傑派平靜地說：「艾倫夫人從銀行提走了兩百鎊現金，其中有一些是五英鎊的鈔票，它們的號碼，當然了，是很容易查得到的。」

「如果我說有，那又怎樣？」

「她這筆錢是用來投資，或者是支付勒索費，尤斯塔少校？」

「這想法太荒唐了。你還有什麼把戲？」

傑派打起官腔。

「我認為，尤斯塔少校，我必須問你是否願意到蘇格蘭警場來做個供述，當然了，不是強迫性的，而且如果你希望的話，你可以現在就叫你的律師來。」

「律師？我叫律師來幹什麼？您憑什麼指控我？」

「我們正在調查艾倫夫人死亡的原因。」

「天啊，你們不會懷疑……噢，那太荒謬了！唉，事情是這樣的，我如約去拜訪芭芭拉……」

「幾點？」

「我想，大概九點半吧。我們坐下來，談天……」

「而且抽菸？」

「是的，抽菸，這有什麼不對嗎？」少校挑釁地問。

「你們在哪兒談話？」

「在客廳，進門左手邊那間。我們聊得很愉快，大約快要十點半時我便起身告辭，在門口台階上停了一下，跟她說了最後幾句話……」

「最後幾句話……正是。」白羅低聲說。

「敢問您是哪位？」尤斯塔少校轉過身憤怒地說，「該死的義大利人！你插什麼嘴？」

「我叫赫丘勒．白羅。」這小個子男人昂然地說。

「就算你是阿基里斯[2]我也不在乎。就像我說的，我們愉快地告別了。之後我直接開車去了遠東俱樂部，十點三十五分到那兒的，我直接進了牌戲室，在那兒玩橋牌，直到一點半。好了，這些資料你們拿去塞菸斗慢慢抽吧。」

「我不抽菸斗，」白羅說，「你有非常明確的不在場證明。」

「這是無庸置疑的！現在，先生，」他看著傑派說，「您滿意了吧？」

「整個拜訪過程中，你們一直待在客廳？」

「是的。」

「你沒上樓去艾倫夫人的臥房？」

「沒有，我說了，我們一直待在那個房間裡，沒離開過。」

傑派若有所思地看了他一會兒，然後問：「你有幾對袖釦？」

「袖釦？袖釦？那和這事有何相干？」

「當然你不一定要回答這個問題。」

「回答問題？這我並不介意。我沒什麼好隱瞞，但應該要求你們說明。就是這個……」

他伸出手臂。傑派看到那對金黃色袖釦，點了點頭。

「還有其他的。」

他又站起來，拉開一個抽屜，拿出一個包包。他把它打開，粗魯地把它拿到傑派的鼻子底下。

「圖案很漂亮，」探長說，「我看到有個破了，掉了點漆。」

「那又如何？」

「我猜你記不得是什麼時候弄的吧？」

「一兩天之前吧，不會太久。」

「如果我說，那是你在拜訪艾倫夫人時弄的，你不會很驚訝吧？」

「那也沒什麼嘛，我又沒否認我去過。」少校說道，他仍在裝腔作勢，一副義憤填膺的模樣，但他的手顫抖了。

傑派往前探探身，加重了語氣說：「是的，不過那一小塊釦片不是在客廳發現的，而是在艾倫夫人的臥室裡……她被害的房間，而且有個男人在那裡抽過和您同樣牌子的香菸。」

這段話起了作用，尤斯塔少校一下子癱倒在椅子上。他的眼睛來回亂轉，剛才的囂張氣勢已消失無蹤，取而代之的是全然膽小怯懦的表情，那副樣子真不好看。

「你們沒有任何證據，」他的聲音近乎哀嚎。「你們想要陷害我……你們辦不到的。我

2　阿基里斯（Achilles），希臘神話中的英雄人物，因白羅的名字「赫丘勒」與另一希臘神話人物赫丘勒斯（Hercules）近同，故有此諷。

有不在場證明……那晚之後我沒再接近過那所房子……」

白羅接過話說道：「是啊，你是沒再到過那所房子，你沒必要去了，因為也許在你離開時，艾倫夫人已經死了。」

「不可能，不可能，她還在門裡邊……她還在跟我說話……一定有人聽見她說話或看見她……」

白羅輕輕地說：「他們聽見你和她說話，看見你假裝聽著她回答，然後你再接著說話……這是老掉牙的把戲了。別人可能以為她在那兒，但他們沒有真正看見她，因為他們都說不出她是不是穿著晚裝，甚至不知道她穿什麼顏色的衣服……」

「上帝啊，不是這樣，不是這樣……」

他開始搖晃起來，完全崩潰了。

傑派厭惡地看著他，簡潔地說道：「先生，我不得不請你跟我走一趟了。」

「你要逮捕我？」

「是拘留待查……可以這麼說。」

一聲悠長顫抖的哀嘆打破了適才的沉默，剛才還氣勢洶洶的尤斯塔少校絕望地說：「我完了……」

赫丘勒．白羅搓著雙手，高興地笑起來，他看上去非常快活得意。

／09

「他倒是投降得滿乾脆的。」

那天晚些時候，傑派以專業的口吻讚賞道。他和白羅正開車沿著布隆頓路行駛。

「他明白遊戲結束了。」白羅心不在焉地說。

「我們查出他太多底細，」傑派說，「他有兩三個化名，專門在支票上耍花招。非常有意思的是，他住在麗緻飯店時自稱是德．巴思上校，矇騙了一大堆皮卡地里那裡的商人。我們目前正以詐騙罪起訴他，接著我們還得弄清楚本案才能罷手。你這麼急著往郊外跑是要幹什麼，老兄？」

「我的朋友，做事必須有始有終，每一件事都應該找到合理的解釋。我正在追尋你提起的那個祕密，『失竊手提箱的祕密』。」

「那個『手提箱的祕密』——我是這麼稱呼的——據我所知，它可沒有失竊。」

「等著瞧吧，我的朋友。」

汽車拐進巴石立花園街，停在十四號門口。珍娜．普蘭德萊剛從一輛小奧斯汀塞萬上下來，她穿著一身高爾夫球服。

她打量了兩人一番，隨即掏出一把鑰匙打開了大門。

「請進吧，兩位。」

她在前頭引路，傑派跟她進了客廳，白羅則在門廳裡停了一會，嘟囔著：「麻煩死了，袖子這麼難脫。」

過一會兒他也走進了客廳，這時他的大衣已脫掉了。傑派緊咬鬍子下的嘴唇，因為他剛才已聽到輕開壁櫥門的聲音。

傑派以探詢的目光看著白羅，普蘭德萊小姐若有似無地點點頭。

「我們不會打擾您太久，普蘭德萊小姐，」傑派輕快地說，「我們只是來問一下，您能否告訴我們艾倫夫人的律師叫什麼名字。」

「她的律師？」她搖搖頭。「我甚至還不知道她有律師。」

「那她和您租這間房子時，一定有人替你們擬寫合約吧？」

「不，沒有。您知道，是我出面承租這棟房子，租約上寫的是我的名字。芭芭拉則給我一半的租金，這並不合規矩。」

「我明白了。哦，好吧，我想沒什麼事了。」

「很抱歉幫不上您的忙。」珍娜禮貌地說。

「不要緊，」傑派朝門口走去。「您去打高爾夫球？」

「是的，」她臉紅了。「我想這麼做似乎不近人情，不過待在這棟房子裡令我很難過，我覺得自己必須找點事做，累一下也好，不然我會窒息的！」她激動地說道。

白羅馬上說：「我明白，小姐，這很容易理解，也再自然不過了。坐在這房子裡想著……噢，是的，是很令人不舒服。」

「您理解就好。」珍娜簡短地應道。

「您有參加某個高爾夫球俱樂部嗎？」

「是的，我都在溫特沃思打球。」

「現在的天氣很宜人。」白羅說。

「唉，樹葉都掉得差不多了！一星期以前它們還很茂盛呢。」

「今天的天氣還是不錯。」

「再見了，普蘭德萊小姐，」傑派一本正經地說，「事情有確定的結果之後，我再通知您。事實上，我們已經拘留了一個嫌疑犯。」

「那是什麼人？」她急切地看著他。

「尤斯塔少校。」

她點點頭轉身，彎腰撿起一根木柴扔到火爐裡。

§

「怎麼樣？」汽車拐出小巷時，傑派問。

白羅微微一笑。

「非常容易，這回鑰匙插在門上。」

「那……」

白羅又笑起來。

「很好啊，高爾夫球棒不見了……」

「當然，這小姐絕不是傻瓜。還有什麼不見了？」

白羅點點頭。

「沒錯，我的朋友，就是那個手提箱！」

傑派腳下的加速器猛跳了一下。

「該死！」他說，「我就知道那東西有問題。但到底是什麼？我非常仔細地搜過了。」

「我可憐的傑派，它就是……你們是怎麼形容的？『顯而易見，我親愛的華生。』」

傑派惱火地掃了他一眼。

「我們現在去哪兒？」他問。

白羅看了看手錶。

「現在還不到四點。我想我們在天黑以前還能趕到溫特沃思。」

「你認為她真去那兒了？」

「我是這樣認為……是的，她知道我們會去調查。哦，是的，我認為我們會查出她到過那裡。」

傑派哼了一聲。

「哦，好吧，走著瞧。」他靈巧地穿越過其他車輛。「但我想不出這手提箱和這起犯罪有何關聯，也不曉得能從它那裡得到什麼線索。」

「的確，我的朋友，我同意你的看法，它們毫無關聯。」

「那為什麼……不，別跟我講『條理和方法』，講什麼做事要有始有終！今天可是美好的一天。」

汽車開得很快，他們到達溫特沃思高爾夫俱樂部時才四點半過一點。那兒在非假日期間倒不算擁擠。

白羅直接找到管球僮的領班，索取普蘭德萊小姐的球棒。他解釋說，她明天要去另一個球場打球。

那個領班提高了嗓門，一個小男孩在牆角的一堆高爾夫球棒裡尋找。他終於找出一個袋子，上面寫著縮寫字母 J P。

「謝謝你。」白羅說，走開兩步，又不經意地回身問：「她沒留下一個小手提箱嗎？」

「今天沒有，先生，也許放在更衣室了。」
「她今天來過這兒嗎？」
「哦，是的，我看見她了。」
「你知道她的球僮是誰嗎？她丟了一個手提箱，想不起來最後把它放在哪兒了。」
「她沒帶球僮。她來買了幾個球，只拿出幾根球棒，我想當時她把手提箱拿在手裡。」
白羅道聲謝，轉身離開了。兩人繞著俱樂部會所走著。白羅停下來欣賞風景。
「真美，不是嗎？黑沉沉的松樹林，還有湖。對，湖……」
傑派飛快地瞟了他一眼。
「有眉目了，是嗎？」
白羅笑了。
「我認為很可能有人看到了某些事情。如果我是你的話，我會立即進行調查。」

10

白羅退後一步，頭略微歪向一邊，審視著房間裡的布局。一把椅子放這兒，另一把放那兒……好，非常好。這時門鈴響了，一定是傑派。

這個蘇格蘭警場的警探快活地走進來。

「料事如神，你這老傢伙！這是第一手資料：昨天有人在溫特沃思看見一個年輕女子往湖裡扔東西，據描述應該是珍娜．普蘭德萊沒錯。我們沒費多大力氣就把它撈出來了，那裡長了很多蘆葦。」

「是什麼東西？」

「正是那個手提箱！可是好心告訴我這是怎麼回事吧！真把我給難住了！裡面什麼也沒有，甚至連那幾本雜誌也沒了。為何一個神智健全的小姐要把一個貴得嚇人的包包扔到湖裡？你知道嗎，我整晚夜不成眠，想不透其中的道理。」

「我可憐的傑派！你不必焦慮了，答案就要揭曉了，門鈴剛剛響起。」

喬治——白羅那無可挑剔的男僕——開門通報道：「普蘭德萊小姐到訪。」

她走進房間，帶著一貫自信的神情，向兩位男士致意。

「我請您到這兒來是……」白羅解釋說，「請您先坐這兒；你坐這兒，傑派。我請您到這兒來，是因為我有特別的消息要告訴您。」

她坐下來，輪流打量著在場的兩位男士，不耐煩地把帽子摘下來，放到一邊。

「嗯，」她說，「尤斯塔少校已經被捕了。」

「您看過今早的報紙了？」

「是的。」

「他目前只是由於某件小案子受到起訴，」白羅接著說，「與此同時，我們正在搜集他與謀殺案有關的證據。」

「是謀殺，對吧？」她急切地問道。

白羅點點頭。

「對，」他說，「這是謀殺。一個人類被另一個人類蓄意謀害了。」

她有些顫抖。

「別說了，」她低聲說，「這種描述太恐怖了。」

「是呀，它本來就很恐怖！」

他停了一會兒然後說：「現在，普蘭德萊小姐，我要告訴您我發現事件真相的經過。」

她把目光從白羅轉向傑派，傑派正在微笑著。

「他有他自己的一套，普蘭德萊小姐，」他說，「我一向隨他去。我們還是聽聽他說些什麼吧。」

白羅開始說了：「您知道，小姐，我和我的朋友是在十一月六日早晨到達犯罪現場的。當我們走進艾倫夫人橫屍的房間時，我立刻注意到幾個特別的地方。您知道，那房間裡的某些東西非常怪異。」

「請說下去。」小姐說。

「首先，」白羅說，「是裡面的菸味。」

「我想你言過其實了，白羅，」傑派說，「我當時什麼都沒聞到。」

白羅突然轉向他。

「完全正確，你沒聞到任何殘留的菸味，我也沒有，但那是非常、非常奇怪的。因為門窗都是關著的，而菸灰缸裡卻有不少於十根的菸蒂。這很不對勁，非常不對勁，因為那房間的氣味聞起來甚至特別清新。」

「這就是你的發現，」傑派嘆道，「總是得拐彎抹角一番才得出答案。」

「你們的夏洛克．福爾摩斯不也這樣？記得嗎，他曾經調查某隻狗在晚上發生的異常行為，然而答案就是根本沒有異常事件，那隻狗在晚上什麼事也沒做。繼續：下一件引起我注意的就是死者手腕上的那支錶。」

「它怎麼了？」

「沒什麼特別的，但它是戴在右腕上，而據我的經驗，一般人都把錶戴在左手上。」

傑派聳聳肩，他剛要發話，白羅連忙說：「不過就像你想說的，這可說不定，有些人就喜歡把手錶戴在右手上。現在，我們說到真正有意思的事了……就是那個書桌，我的朋友。」

「是呀，我早料到了。」傑派說。

「那真的很古怪……非常明顯！有兩個原因，一是書桌上某個東西不見了。」

珍娜．普蘭德萊開口了。

「什麼不見了？」

白羅轉向她。

「一張吸墨紙，小姐。吸墨本最上面是張乾淨而沒動過的吸墨紙。」

珍娜聳聳肩。

「可是，白羅先生，把用過太多次的吸墨紙撕掉是很正常的呀！」

「是啊，但一般人會怎麼處理它呢？扔進廢紙簍，不是嗎？但它並不在廢紙簍裡，我看過了。」

珍娜．普蘭德萊不耐煩了。

「它可能在前一天就被扔掉了。吸墨紙之所以乾淨，是因為那天芭芭拉沒寫任何東西。」

「那是不可能的，小姐。因為有人看見那天晚上艾倫夫人去投過信箱了。她必定寫過信。她不可能在樓下寫，因為那兒沒有書寫用具；她也不可能到您的房間裡去寫。所以，她寫信時用來吸墨的那張吸墨紙跑哪兒去了？人們有時也可能把東西扔到爐子裡，但那個房間裡只有煤氣爐，而且樓下的爐子前一天並沒燃燒過，因為您告訴過我，您隔天在引火時木柴是攏好了的。」他停了一下。「這是一個奇怪的小問題。我查了每一個地方，廢紙簍、垃圾桶，但我找不著一張用過的吸墨紙，這對我而言，是個至關重要的線索。看來，好像是有人故意把那張紙帶走了。為什麼呢？因為上面寫的東西若用鏡子一照，很容易就能讀出來。

「關於這書桌還有第二個疑點。也許，傑派，你還大致記得它的布置擺設吧？吸墨本和墨水瓶放在中間，筆盤在左邊，日曆和羽毛筆在右邊。怎麼，還不明白？那枝羽毛筆，你應該還記得，我檢查過了，它只是個擺設，從沒用過。啊，你還不明白？我再說一遍：吸墨本在中間，筆盤在左邊……左邊喔，傑派。通常筆盤不是都放在右邊，以方便右手使用嗎？

「啊，現在你明白了，是吧？筆盤在左邊，手錶在右手上，吸墨紙被拿走了，別的東西則被帶進了房間……裝著菸蒂的菸灰缸！

「那房間聞起來空氣相當清新、潔爽，傑派，這表示窗戶整夜都開著，沒有關上。於是我自己想像了一段畫面。」

他轉過身來面對珍娜。

「有關於您的畫面，小姐。您下了計程車，付了錢，走上樓，或許叫了聲『芭芭拉』，之後打開房門，發現您的朋友躺在地上死了，手裡拿著手槍……當然是左手，因為她是個左撇子，所以子彈也是從頭部左側射入的。她留了一張紙條給您，告訴您什麼事情迫使她結束了自己的生命。我猜那是封極為感人的遺書……一位年輕、高貴、不幸的女子苦於受人敲詐而結束了自己的生命……

「我認為，有個想法馬上躍入您的腦中：這是一個男人幹的，一定要讓他受到懲罰，受到徹底的、應得的懲罰！你拿起手槍，擦乾淨，把它放在死者右手裡。你拿走了便條，撕掉了最上面那張寫便條時用的吸墨紙。你再下樓，點著爐火之後把它們統統扔到火裡燒了。然後你把這個菸灰缸拿了上來，偽裝成兩個人坐在那兒談話的假象，還撿起一塊袖釦漆片放到地板上。那是個幸運的發現，你希望它能使事情變得更加確鑿無疑。然後你關上窗戶，鎖上門，沒人會懷疑你已經重新布置了現場，你認為警察必定只看得到它現在的樣子。所以你沒到巷子裡找人求援，而是直接打電話給警察局。

「事情繼續發展。你冷靜、果斷地扮演著你預備扮演的角色。一開始，你拒絕說出任何實情，但你很聰明地提及了你對自殺原因的揣測。後來，你又順勢向我們說到尤斯塔少校這條線索……

「是的，小姐，這非常聰明，是一個非常聰明的謀殺手段。這就是真相……謀殺尤斯塔斯少校。」

珍娜・普蘭德萊一躍而起。

「這不是謀殺……這是行使正義！是那個男人逼迫可憐的芭芭拉走上絕路的！她是那麼脆弱和無助。您知道，這可憐的孩子第一次出國就在印度和一個男人攪和在一起。她只有十七歲，而他是個年齡比她大得多的已婚男人。後來她有了孩子，她其實可以把孩子送給人家，但她死都不願意。後來她去了國外的一些地方，回來時就自稱是艾倫夫人。不久孩子死了，她來到這裡，愛上了查爾斯……那個誇誇其談、自命不凡的傢伙；她崇拜他，而他又高高在上地接受崇拜。如果他不是這種人，我早就勸她把一切都告訴他了，但相反的，我竭力勸她保守祕密。不管怎麼說，除了我再沒人知道這件事了。

「但是那個惡徒尤斯塔少校出現了！然後你們也知道之後的事了。他開始有計畫地向她勒索，但直到那個晚上，她才意識到她也會拖累查爾斯！因為一旦和查爾斯結了婚，尤斯塔少校更能任意擺布她了，因為她和一個深懼發生家醜的富人結婚了！尤斯塔少校帶著從她這兒拿到的錢離開後，她坐下來想了許久，然後上樓給我寫了封信。她說她愛查爾斯，沒有他，她活不下去，但是為了他的前途，她絕對不可以和他結婚。她說她找到了最好的解決辦法。」她把頭往後一揚。「你們還不了解我為何這麼做嗎？而你們還站在那兒說這是謀殺！」

「因為它確實是謀殺。」白羅的聲音很嚴厲。「謀殺的動機有時看來是為了正義，但它總歸是謀殺。您很誠實，頭腦也很清醒，但面對現實吧，小姐！您的朋友以死作為最後的手段，因為她沒勇氣活下去。我們可以同情她，我們可以憐憫她，但這件事仍是她自己做的，不是別人。」

他停了一下。

「那您呢？那個男人正在監獄裡，他會因其他罪行服刑很久。您真的希望，出於您真心的意願，去毀掉一個生命——生命，提醒您——一個人的生命？」

她盯著他，目光黯淡下來，突然說道：「是的，您是對的，我不可以。」

她轉過身，飛快地跑出房間，砰地把門一聲關上了……

§

傑派發出了一聲長長的……十分緩長的噓聲。

「噢，我真該死！」他說。

白羅坐下來，朝他和藹地笑了。過了良久，傑派才打破沉默說：「不是被殺裝成自殺，而是自殺裝成謀殺！」

「是啊，而且做得很聰明，不會過分誇張。」

傑派突然問：「那個手提箱呢？它在當中有什麼作用？」

「我最最親愛的朋友，我已經說過，它與此事無關呀。」

「那為什麼……」

「高爾夫球棒。那些高爾夫球棒，是左撇子使用的高爾夫球棒。珍娜・普蘭德萊把她的球棒放在溫特沃思，放在樓梯壁櫥裡的是芭芭拉．艾倫的球棒。難怪那小姐在我們打開壁櫥時緊張得不得了，因為她的計畫很可能因此露出破綻，不過她反應很快，立刻想出一條脫身之計。她看見我們發現了球棒，於是採取了一個相當好的辦法。她把我們的注意力引到其他東西上，她說那個手提箱『是我的，我今天早晨帶回來的。裡面什麼也沒有』之後，正如她所希望的，把你引到錯誤的方向。出於同一個動機，當她第二天去毀掉那些高爾夫球棒時，她仍然利用了這個手提箱，作為……那是怎麼說，燻鯡魚？」

「燻青魚[3]。你的意思是，她真正的目的在……」

「想想看，我的朋友，她毀掉高爾夫球棒的最佳場所會是哪兒？總不會燒了它們或者扔進垃圾箱；如果把它們留在某處，又可能反而有人拿回來送還給你。普蘭德萊把它們帶到高爾夫球場，先暫時放在俱樂部會所，以便去拿自己的球棒，最後沒帶球僮就自己帶走了。她每隔一段距離，就把一根球棒折斷為兩截，扔到坑洞裡，最後再扔掉那個空球袋。任何人如果在這兒或那兒看見一根斷了的高爾夫球棒，是不會驚訝的，因為大家在打球時常會怒火上升而弄斷了球棒，然後直接把它們扔掉……它就是這種運動！

「但是，她知道她的行為仍會引人注意，所以她還是丟了那個『燻青魚』……那個手提

3 此處意指轉移注意力的東西。

箱，並以特別的方式扔到湖裡。而那，我的朋友，就是『手提箱之謎』的真相。」

傑派默默地看了他的朋友一會兒，然後站起來，拍拍他的肩膀，爆發出一陣大笑。

「不賴嘛，老小子！唉，蛋糕是你的了[4]？出去吃頓午餐吧！」

「非常榮幸，我的朋友，不過不是去吃蛋糕，應該來個蘑菇蛋捲、白汁牛肉、法國青豌豆，再來……一塊萊姆酒水果蛋糕。」

「快帶我去吧。」傑派說道。

4 意指「勝利了」。

第二部

意外的竊賊

Murder in the Mews

／01

管家在桌邊上菜，梅菲爾勳爵殷勤地俯向他右手的鄰座朱麗亞・卡林頓夫人。梅菲爾勳爵向以待客周到而著稱，而他也力求名副其實。雖然沒有結過婚，他還是備受女性青睞。

朱麗亞・卡林頓夫人四十來歲，高䠷黝黑，態度活潑。她身材很瘦，但依然美麗，手和腳尤其優雅。但她的態度顯得煩躁不安，是那種神經質的女人。

坐在圓桌對面的是她的丈夫空軍元帥喬治・卡林頓爵士。他的軍旅生涯是從海軍開始，至今仍保持著老海軍戰士那種五湖四海的態度。他正在和美麗的范德林太太打趣，她就坐在主人的另一邊。

范德林太太是一位美麗動人的金髮女郎。她的口音帶有少許美國腔，但並不嚴重，聽起來還挺舒服的。

喬治・卡林頓爵士的另一側坐著麥卡塔太太，國會議員麥卡塔太太在家庭兒童福利事務方面是個權威。與其說她在談話，不如說是在發號施令，而且內容聽起來挺危言聳聽。所以，若說空軍元帥覺得他跟他的右鄰談話比較愉快，那應該也是很自然的事。

麥卡塔太太不管在哪裡，總會談起她的工作，此刻她正就自己關心的議題，如雷貫耳地傳布給她左手邊的雷基．卡林頓。

雷基．卡林頓二十一歲，對家庭兒童福利或任何政治議題毫無興趣。他嘴巴斷斷續續地回應「好可怕」或「我完全同意」，心裡卻都在想別的事。勳爵的私人祕書卡萊爾先生坐在雷基和他母親的中間。他是一個臉色蒼白的年輕人，戴著夾鼻眼鏡，聰明而內斂。他很少說話，卻總能縱身投入任何一個談話的缺口。注意到雷基．卡林頓在和一個哈欠掙扎，他湊過去敏捷地問了麥卡塔太太一個「兒童專屬方案」的問題。

繞著圓桌，一個管家和兩個僕役在暗淡的琥珀色燈光下無聲地走動、上菜和斟滿酒杯。梅菲爾勳爵付給他廚師很高的薪水，他本人對葡萄酒也很有心得。

雖然是圓桌，但沒人會把誰是主人弄錯。梅菲爾勳爵坐在哪裡，哪裡就是首座。他體格壯碩，肩膀寬闊，生著厚密的白髮，有隻大而挺的鼻子和輕微發福的下巴，那是一張諷刺漫畫最愛借用的臉龐。查爾斯．麥克勞林爵士，亦即梅菲爾勳爵，既躋身政壇，又兼一家工程公司的領導人。他自己是位一流的工程師。他的爵位授自一年以前，同時又被任命為第一任武器部部長，這個職位是以前從未有過的。

甜食上桌了。葡萄酒已經輪了一圈。看到范德林太太使了一個眼色，朱麗亞夫人站起來，三個女士走出了房間。

葡萄酒輪第二圈時，梅菲爾勳爵輕鬆地提到野雞，戲謔打趣的談話進行了大約五分鐘。喬治爵士說：「你是不是想到客廳去，雷基，我的好孩子？梅菲爾勳爵不會介意的。」

男孩迅速領會了暗示。

「我想先告退，梅菲爾勳爵，謝謝你。」

卡萊爾先生低聲說：「請原諒，梅菲爾勳爵，我有一些備忘錄和其他工作要準備……」

梅菲爾勳爵點點頭，兩個年輕人走出房間。稍後，僕人也退下了。武器部部長和空軍元帥單獨在一起。

一兩分鐘後，卡林頓說：「那……還好吧！」

「當然！歐陸沒有一個國家抵擋得了這種新型炸彈。」

「算是領先他們了，不是嗎？我就是這個用意。」

「絕對是空中之王。」梅菲爾勳爵確定地說。

喬治．卡林頓爵士長長吐出一口氣。

「時間緊急！你知道，查爾斯，我們已經度過了一段艱難日子。歐陸處處煙硝瀰漫，而我們卻還沒有任何準備，他媽的！我們是僥倖過關了，但還沒有脫離險境，一定要趕緊開始建設。」

梅菲爾勳爵低聲說：「儘管如此，喬治，開始得晚倒也有些好處。歐陸生產的東西大都過時了，他們已經瀕臨破產。」

「我不認為那有任何影響，」喬治爵士陰鬱地說，「總是聽說這個那個國家要破產，但他們還是運作如常。你知道，我對財政一竅不通。」

梅菲爾動爵眨了眨眼睛。喬治．卡林頓爵士就是那麼典型老派的「直腸忠心的老海狗」，有很多人說這是他故意裝出來的。

換了話題，卡林頓用一種稍不尋常的口氣說：「范德林太太……很迷人，不是嗎？」

梅菲爾動爵說：「你是在猜她為何會在這兒？」

他的眼神饒富興味。

卡林頓看來有一點窘。

「不是，不是。」

「哦，你明明是！別裝糊塗了，喬治。你有點不安地猜疑道，我是不是她最新的獵物。」

卡林頓慢慢地說：「我承認她在這個地方出現確實令我不解……呃，又是在這個特殊的週末。」

梅菲爾動爵點點頭。

「哪裡有屍體，哪裡就有兀鷹聚集，我們就是屍體，范德林太太可以說是兀鷹一號。」

空軍元帥猛然說：「對范德林，女士們知道多少？」

梅菲爾動爵掐掉雪茄的一頭，用一種精確的手勢點燃，然後掉過頭來，一字一句說道：

「我對范德林太太知道多少？我知道她是個美國公民。我知道她有過三個丈夫，一個義大利人，一個德國人和一個俄國人，她依次和三個國家結下了我想是叫作『合約』的東西。我知道她買得起非常貴的衣服，過著奢侈的生活，但能讓她這樣出手闊綽的原因何在，我還不是特別確定。」

喬治．卡林頓帶著一絲淺笑，喃喃地說：「你的偵查始終沒閒著，查爾斯，我明白了。」

「我知道，」梅菲爾勳爵繼續說道，「范德林太太不僅有誘人的美貌，也是一個最好的聽眾。她對我們叫作『本行』的東西特別感興趣。也就是說，一個男人可以告訴她工作上的事仍感到自己深具魅力！許多年輕軍官熱情過了頭，職業生涯就此蒙難。他們告訴范德林太太的事情過多了一點。這位女士的所有朋友幾乎都在政府部門。去年冬天她到鄉間去打獵，離我們最大的兵工廠很近，締結了各種算不上光明正大的友誼。簡單地說，范德林太太是個非常有用的人，對於……」他用雪茄在空中畫了個圈。「也許我們最好還是不要說出是對誰！只說是一個歐洲強國……也許還不止一個。」

卡林頓吁出一口氣。

「你這麼說我就放心了，查爾斯。」

「你以為我著了女妖的道？我親愛的喬治！對我這樣一個老傢伙來說，范德林太太做事的方式有些太露骨了。況且她，就像人們說的那樣，已經不再年輕。你那些皇家空軍的年輕少校大概看不出來，可是我五十六歲了，我的兄弟，還有四年光景，我就是在社交場合讓年輕小姐嫌棄的髒老頭了。」

「我真傻。」卡林頓抱歉地說，「但是這好像有點怪……」

「你奇怪的是她在這兒，在一個私人家庭聚會，而且正在我們要舉行密談討論一項改變空軍防備的發明之時？」

喬治．卡林頓爵士點點頭。

梅菲爾勳爵微笑著說：「那就是了，這是個誘餌。」

「誘餌？」

「你知道，喬治，用電影裡的話說，我們沒『抓住』這個女人什麼把柄。我們得逮著它！她跑得比過去更加快了，她很小心，小心謹慎地令人牙癢癢。我們知道她做了什麼，但是沒有一點確鑿的證據。要用大一點的餌來釣她。」

「也就是新炸彈的設計圖？」

「沒錯，大到能引動她來冒險，公然犯案，然後我們就抓住她！」

喬治爵士嘀咕了一句。

「哦，好吧，」他說，「我敢說這很不錯。但要是她不冒這個險呢？」

「那就太遺憾了，」梅菲爾勳爵說，他又加了一句：「不過我想她會的……」

他站起來。

「我們為何不到客廳去找女士們呢？不該剝奪你妻子打橋牌的樂趣。」

喬治爵士抱怨道：「朱麗亞對橋牌太著迷了，丟了好多錢在上面。我告訴她她玩不起這麼高的賭注。但麻煩的是，朱麗亞是個天生的賭徒。」說完他繞過圓桌，走到主人身邊，他說：「好，我希望你的計畫成功，查爾斯。」

／02

客廳裡的談話不止一次陷入冷場。范德林太太和同性在一起時往往落居下風。她那迷人、富有同情心的態度，備受男性欣賞，卻由於某種原因在女性面前不受歡迎。朱麗亞夫人的脾氣可好可壞，此刻看得出她討厭范德林太太，厭煩麥卡塔太太，而且一點也不想隱藏自己的情緒。談話變得斷斷續續，要不是麥卡塔太太撐場早已中斷了。

麥卡塔太太是對理想有巨大熱忱的女人。范德林太太被她唾棄為某種無能又寄生的類型。她試著用她正在組織的一項慈善事業引起朱麗亞夫人的興趣。朱麗亞夫人含糊地答應，按捺住一兩個哈欠，退守到自己的心事中去。查爾斯和喬治怎麼還不來？男人們真是無聊！她的答話變得更形敷衍塞責，愈來愈沉浸在自己的思緒和煩惱之中。

男人走進房間時，三個女人正在沉默中坐著。

梅菲爾勳爵想道：「朱麗亞今天晚上看起來累壞了，這個女人真是太神經質了。」

他大聲說：「來三盤怎麼樣，呃？」

朱麗亞夫人立刻高興起來，橋牌是她的生命。

雷基．卡林頓這時走進房間，四個人齊了。朱麗亞夫人、范德林太太、喬治爵士和小雷基坐在牌桌邊。梅菲爾勳爵獻身去陪伴麥卡塔太太。

兩個三盤打下來，喬治爵士誇張地看看壁架上的鐘。

「來不及再打一盤了。」他宣布。

他妻子看起來很惱火。

「才十點四十五分，玩一盤小的。」

「來不及了，親愛的，」喬治爵士好脾氣地說，「查爾斯和我還有事要做。」

范德林太太呢喃道：「聽起來真像一回事！我猜你們這些聰明的男人忙起來時一定沒有好好休息過。」

「一星期不到兩天。」喬治爵士說。

范德林太太柔聲說：「你知道，我為自己是一個美國老土感到難為情，但每當我遇見掌管國家命運的人，就禁不住興奮。這在您看來，大概是個很俗氣的觀點吧，喬治爵士。」

「我親愛的范德林太太，我永遠不會認為您『老土』或『俗氣』。」

他微笑著看著她的眼睛，聲音裡有一絲嘲諷，她感覺到了，機敏地掉頭向著雷基，對他深深地甜美微笑。

「很遺憾我們不再搭檔了。你叫了一個很聰明的『四墩無王』。」

雷基臉紅了，而且非常快樂，他支支吾吾地說：「只是運氣好。」

「哦，不，你打得非常聰明。你從叫牌中就知道牌在什麼位置，然後你相應出牌，我覺得這漂亮極了。」

朱麗亞夫人猛然起身。

「這女人在大灌迷魂湯了。」她厭惡地想。

她的眼睛看著兒子，變得溫柔起來。他完全相信，看起來好可愛。這樣的年輕多麼令人愉悅啊！不可思議的天真。別怪他神魂顛倒，他有善良的天性，太容易相信別人。喬治根本不理解他。男人下判斷時最沒同情心，他們忘了自己也年輕過。喬治對雷基太嚴厲了。

麥卡塔太太也站起來，互道了晚安。

三個女人離開房間。梅菲爾勳爵給自己和喬治爵士各倒了一杯酒，然後轉向剛出現在門口的卡萊爾先生。

「去把檔案和所有的文件拿來好嗎？卡萊爾，包括設計圖和所有資料。空軍元帥和我要單獨在一起一會兒。我們先到外面轉一轉，好嗎，喬治？雨停了。」

卡萊爾先生轉身出去，險些撞著范德林太太，他低聲說了抱歉。

她飄然走向他們，柔聲道：「我來找我的書，我睡覺前要讀的。」

雷基跳起來，拾起一本書。

「是這本嗎？沙發上這本？」

「哦，是的，真謝謝你。」

她嫣然一笑，再道了一次晚安，離開了。

喬治爵士開了一扇法國落地窗。

「美麗的夜晚，」他叫道，「出去轉一圈是個好主意。」

雷基說：「那麼，晚安了，勳爵，我要上床去了。」

「晚安，我的孩子。」梅菲爾勳爵說。

雷基拿起一本他早上就開始閱讀的偵探小說，走出了房間。

梅菲爾勳爵和喬治爵士走到陽台上。

這是個美麗的夜晚，星光綴滿清澈的天空。

喬治爵士深吸了一口氣。

「呵，這女人怎麼搽那麼多香水。」他說。

梅菲爾勳爵笑了。

「而且，我敢說，還不是廉價香水，是市面上最貴的一種牌子。」

喬治爵士冷笑一聲。

「那我們得衷心感謝囉。」

「哦，你是應該。我認為一個散發廉價香水味的女人是人類最大的災難之一。」

喬治爵士看向天空。

「奇怪，天氣竟然這麼清朗，吃飯時我聽見下雨來著。」

兩個男人沿著走廊輕輕踱步。

走廊環繞著整座房屋。在它下方，地面輕柔地斜下去，看得到薩塞克斯迷人的原野。

喬治爵士點燃一根雪茄。

「關於那種合金……」他開言道。

談話變得技術性了。

當他們第五次走到陽台的另一頭，梅菲爾勳爵嘆口氣說：「嗯，我想我們該回去了。」

「是呀，還有好多工作要做。」

兩個男人走回來，梅菲爾勳爵發出一聲驚呼。

「咦！你看到那個了嗎？」

「看到什麼？」喬治爵士問。

「我好像看見有人從我書房的窗戶越過陽台溜走了。」

「沒有的事，老傢伙，我什麼也沒看見。」

「我看見了……或者我想我看見了。」

「你眼花了。我正看著陽台，要是有什麼的話，我一定會看見。只有小東西我才看不見……雖然我看報紙時，雙手得舉得遠遠的。」梅菲爾勳爵開玩笑道，「我比你要好些，喬治，我能不戴眼鏡閱讀。」

「但你認不出房子那頭的人是誰，或者你的眼鏡只是嚇唬人的？」

兩個男人談笑著走進梅菲爾勳爵的辦公室，辦公室的法國落地窗開著。

卡萊爾先生正在保險箱旁的一堆文件上忙碌。

他們進去時他抬起頭來。

「嗯，卡萊爾，一切都準備好了嗎？」

「是的，梅菲爾勳爵，全都在您書桌上了。」

那張書桌是張紅木做的大桌，一看就很有分量，它擺在窗邊的房間一角。梅菲爾勳爵走過去，開始在文件堆中翻尋。

「今天夜色很美。」喬治爵士說。

卡萊爾先生表示同意。

「是啊，特別是雨過天青之後。」

放下文件，卡萊爾先生問：「今晚您還需要我嗎，梅菲爾勳爵？」

「我想不需要了，卡萊爾。我自己會把這些放好。我們可能會弄得很晚，你最好去休息。」

「謝謝您。晚安，梅菲爾勳爵；晚安，喬治爵士。」

「晚安，卡萊爾。」

祕書將要走出房間，梅菲爾勳爵突然嚴厲地說：「等一等，卡萊爾，你忘了最重要的東西。」

「什麼，梅菲爾勳爵？」

「就是炸彈的設計圖，小夥子。」

祕書瞠目而視。

「就在文件最上面，先生。」

「它們不在那兒。」

「但我把它放在那兒。」

「再想想，小夥子。」

年輕人一臉惶惑地回來，跟著梅菲爾勳爵在桌上找。

部長有點不耐煩地向那堆文件一指，卡萊爾翻了一遍，他的神情更加迷惑。

「它們不在那兒。」

祕書嚷了起來。

「但是……這不可能。我不到三分鐘前才把它們放在那兒的。」

梅菲爾勳爵和緩地說：「你一定弄錯了，它們可能還在保險箱裡。」

「我不懂……我確實把它們放在那兒了！」

梅菲爾勳爵跟著他衝向開著的保險箱。喬治爵士尾隨在後面。只消幾分鐘便知道炸彈設計圖並不在那兒。

三個男人驚愕難信，回到辦公桌，又一次翻找那堆文件。

「上帝啊！」梅菲爾說，「它們不見了！」

卡萊爾先生叫道：「這怎麼可能！」

「有誰來過房間？」部長惡狠狠地問。

「沒人，根本沒人。」

「你想想，卡萊爾，文件不會自己消失在空中。有人拿走它們。范德林太太來過嗎？」

「范德林太太？沒有，先生。」

「我相信。」卡林頓說。他嗅了嗅空氣。「她若來過，你會聞得到她的香水味。」

「沒人來過，」卡萊爾堅持。「我實在不懂。」

「聽著，卡萊爾，」梅菲爾勳爵說，「振作起來。我們要追查到底，你確定設計圖原先在保險箱裡？」

「我確定。」

「你確實看見它們了？還是你只是認為它們在裡面？」

「不，不，梅菲爾勳爵，我看見它們。我把它們放在桌子最上面。」

「你說沒人來過，你離開過房間嗎？」

「沒有……啊，離開過。」

「啊哈！」喬治爵士叫道，「這下可明白了！」
梅菲爾動爵厲聲說：「是為了什麼原因……」
卡萊爾打斷了他。
「正常情況下，梅菲爾動爵，我當然絕不會丟下重要文件不管而離開房間，可是我聽到一聲女人的尖叫……」
「女人的尖叫？」梅菲爾動爵驚訝地問道。
「是的，梅菲爾動爵。那讓我非常吃驚，我聽見它時，正在整理桌上的文件，於是很自然地我便衝進了門廳。」
「是誰在尖叫？」
「范德林太太的法國女傭。她站在樓梯當中，看上去臉色慘白不安，全身都在顫抖，她說她看見了一個鬼。」
「一個鬼？」
「是，一個高個子女人，全身穿著白衣，不出聲地在空中飄浮。」
「多荒唐的故事！」
「是，梅菲爾動爵，我也是這麼對她說，她自己看起來也很難為情，然後她便下樓去了，我則回到這兒。」
「這事是多久前發生的？」

「您和喬治爵士進來一兩分鐘以前。」

「那你離開了多久？」

祕書躊躇著。

「兩分鐘……最多三分鐘。」

「夠長了。」梅菲爾動爵呻吟道。他突然抓住朋友的手臂。「喬治，我看見的那個影子……從這扇窗前溜走的，就是他！卡萊爾一走，他就進來，抓起設計圖跑了。」

「做得真卑鄙。」喬治爵士說。

然後他拉起朋友的手臂。

「聽著，查爾斯，這件事不得了了，現在我們該怎麼辦呢？」

03

「不管怎樣試一試，查爾斯。」

這是半個小時以後了，兩個男人待在梅菲爾勳爵的書房，喬治爵士為了說服他的朋友採取某項措施費盡了唇舌。

梅菲爾勳爵起初不太願意，但漸漸有點被說服了。

喬治爵士繼續說：「別他媽的那麼固執好不好，查爾斯。」

梅菲爾勳爵慢慢地說：「何必把一個不知底細的外國佬拉進來？」

「但是我對他很了解，這人很神。」

「哼。」

「聽著，查爾斯，這是個機會！這件事情要千萬謹慎。如果洩漏出去……」

「要像你說的那樣就洩漏出去了！」

「未必。這個人，赫丘勒．白羅……」

「可以像魔術師從帽子裡掏兔子一樣把計畫變出來？」

「他會找出真相。真相正是我們需要的。聽著，查爾斯，我可以完全擔保。」

梅菲爾動爵慢慢說：「好吧，就照你說的辦，但是我看不出這傢伙能做什麼……」

喬治爵士拿起話筒。

「我現在就去找他。」

「他上床了。」

「他可以起床，見鬼了，查爾斯，你不能讓那個女人把文件拿走。」

「你說的是范德林太太？」

「是啊，你也不無懷疑吧，不是她在背後搞鬼還會有誰？」

「是，我不無懷疑。她將了我一軍，報復了我。我真不願承認，喬治，這女人太聰明了。這很令人喪氣，不過這是事實。我們沒有任何證據，但我們都知道她是策動整個事件的人。」

「女人都是魔鬼。」卡林頓帶著情緒地說。

「沒有半點線索能牽連上她，他媽的！我們相信是她安排那個女孩玩尖叫的把戲，潛伏在外面的男人是她的同黨，可是我們什麼也不能證明。」

「也許赫丘勒．白羅能。」

梅菲爾勳爵突然笑了。

「上帝，喬治，你一直是那樣老式的英國人，竟然敢去相信一個法國人……不管他多麼聰明。」

「他不是法國人，他是比利時人。」喬治爵士幾乎是受辱地說。

「好吧，去請你的比利時人，讓他在這件事情上試試他的腦筋，我打賭他也不能比我們做得更多了。」

喬治爵士沒有回答，直接向話筒伸出了手。

04

赫丘勒・白羅從一個男人這裡轉向另一個男人那裡時還有點睡眼惺忪，他非常技巧地掩飾住一個哈欠。

這是清晨兩點半。他從睡夢中被拖起來，塞進黑暗中的一輛勞斯萊斯。現在他已經把兩個男人告訴他的聽完了。

「經過就是這樣了，白羅先生。」梅菲爾動爵說道。

他靠回椅子，慢慢地把他的單眼眼鏡戴到一隻眼睛上。眼鏡裡一隻精明、淡藍色的眼珠在仔細地打量著白羅。除了精明，這眼睛還顯得很不信任，白羅向喬治爵士投去飛快的一瞥。

那位紳士身子正前傾著，臉上孩子氣地充滿希望的神情。

白羅慢慢地說：「我聽到經過了，是的。女僕尖叫，祕書出去了，無名的窺視者進來，設計圖在桌子最上面，他一把抓起，然後離開。這些事實……非常地順理成章。」
他說最後這句話的語氣引起了梅菲爾動爵的注意。他坐得直了一些，他的單眼眼鏡掉了下來，像是有了一種新的警醒。
「您說什麼，白羅先生？」
「我說，梅菲爾動爵，這些事實十分順理成章……對那個賊來說。順便問一句，您確定看見的是個男人嗎？」
梅菲爾動爵搖搖頭。
「我不能確定。那只是……一道黑影。事實上，我甚至懷疑我有沒有看見人。」
白羅轉向空軍元帥。
「那您呢，喬治爵士？你看那是個男人還是女人？」
「我沒看見任何人。」
白羅沉思地點點頭，接著突然站起來，走向書桌。
「我能向您保證設計圖不在那兒。」梅菲爾動爵說，「我們三個在那些文件裡找了不下六遍了。」
「三個？您是說您的祕書也在內嗎？」
「是的，他叫卡萊爾。」
白羅猛然轉身。

「告訴我，梅菲爾動爵，您走到桌前時，哪張紙在最上面？」

梅菲爾蹙額努力回想。

「讓我想想……是了，是一張空軍防備部署的備忘錄概要。」

白羅敏捷地抽出一張紙遞過來。

「是這張嗎，梅菲爾動爵？」

梅菲爾動爵接過看了一眼。

「是的，是這張。」

白羅把它遞向卡林頓。

「您有注意到這張紙在桌上嗎？」

喬治爵士接過，拿得遠遠的，戴上他的夾鼻眼鏡。

「是這張沒錯。我也檢查過，和他們兩個一起。這張在最上面。」

白羅若有所思地點頭，他把紙放回桌上，梅菲爾略微困擾地注視著他。

「是那兒有問題……」他問。

「是，是有問題，卡萊爾，卡萊爾就是問題！」

梅菲爾動爵的臉脹紅了。

「白羅先生，卡萊爾完全不容懷疑！他擔任我的機要祕書已經九年了，他熟知我的所有機密文件，如果願意，他可以很輕易地就複製一份，或者描摹設計圖，無須任何聰明人的幫助。」

「我同意您的觀點。」白羅說，「如果他有意犯罪，不會演出這樣一場笨拙的偷竊。」

「無論如何，」梅菲爾勳爵說，「我相信卡萊爾。我可以為他擔保。」

「卡萊爾，」卡林頓也說，「沒有問題。」

白羅姿勢優雅地攤開雙手。

「那范德林太太，她怎麼樣？」

「她太有問題了。」喬治爵士說。

梅菲爾勳爵用更加字斟句酌的聲調說：「我想，白羅先生，關於范德林太太的……呃，行蹤，外交部會給您更詳細的資料。」

「那個女僕……您認為那和她的女主人有關嗎？」

「當然了。」喬治爵士說。

「那對我而言，是個很有可能的假設。」梅菲爾勳爵小心地說。

白羅暫時不言語了，他嘆口氣，漫不經心地撥弄著桌上左手邊的一兩份文件，接著說道：「我想這些文件都很值錢吧？就是說，被盜的文件必定能換到一大筆現金。」

「如果拿到某些特定部門……是的。」

「例如什麼？」

喬治爵士列舉了兩個歐洲大國的名字。

白羅點點頭。

「這件事誰都知道嗎？」

「范德林太太確定知道。」

「我是說，誰都知道？」

「我想是的。」

「就是再缺少知識的人也看得出這些設計圖值一大筆錢？」

「是的，但是，白羅先生……」梅菲爾勳爵看起來很不安。

白羅舉起一隻手。

「我是在替您設想所有的可能性。」

突然他站起來，從窗子裡竄了出去，用一支手電筒檢查陽台另一頭的草地邊緣。

兩個男人看著他。

不久他又進來，坐下說：「告訴我，梅菲爾勳爵，那個罪犯，那個黑暗裡的潛入者，您去抓了他嗎？」

梅菲爾勳爵聳了聳肩。

「他能從花園深處逃到大路上去，如果他有輛車在那兒，很快就能逃走。」

「但是有警察、公路巡邏員……」

喬治爵士打斷他。

「您忘了，白羅先生，我們不能聲張。如果設計圖被盜的事披露出去，對執政黨將十分不利。」

「啊，是了，」白羅說，「不能忘記政治影響。一定要考慮謹慎，所以您找我來。或許事情沒那麼複雜。」

「您覺得有成功的希望，白羅先生？」梅菲爾勳爵的聲音有輕微的不可置信。

這小個兒聳聳肩。

「有何困難？你可以推理，可以思考啊。」

他靜默了片刻，又說：「我想現在就見見卡萊爾先生。」

「當然可以，」梅菲爾勳爵起身。「我請他等著，他就在附近。」

他走出房間。

白羅轉向喬治爵士。

「好了，」他說，「對陽台上那個男人您怎麼想？」

「親愛的白羅先生，別問我！我沒看見他，也無法描繪。」

白羅身子往前探。

「您剛才就一直這麼說，但現在不該有點別的說法嗎？」

「您是什麼意思？」喬治爵士警覺地問。

「我是什麼意思？您的懷疑，使事情更加複雜。」

喬治爵士欲言又止。

「是啊是啊，」白羅鼓勵地說，「告訴我吧，你們都在陽台的一頭，梅菲爾勳爵看見一個黑影從窗前走過草坪溜走，那為何您沒看見？」

卡林頓呆呆地看著他。

「您擊中我的要害了，白羅先生。我對此很苦惱，你知道，我發誓沒人從窗前溜走，我以為是梅菲爾想像出來的，只是樹枝搖動或類似的東西。但是我們進來後便發現了竊案，這說明梅菲爾是對的，而我是錯的。但我還是……」

白羅微笑。

「但你還是從心底相信自己眼睛看到的東西？」

「您說得對，白羅先生，是這樣。」

白羅忽然一笑。

「您好聰明。」

喬治爵士銳利地說：「在草地邊沒有腳印？」

白羅頷首。

「確實如此。梅菲爾勳爵以為自己看見了一個黑影，然後來了一場竊案，所以他確定了，他確定了！這不再是一場幻覺，他確實看見了一個男人。但並不是那樣的。我……我並不那麼看重腳印和那類東西。值得我們重視的是沒有看見的證據。在草地上沒有腳印。昨晚雨下得很大。如果有人從陽台走到草地上，必然會留下腳印。」

喬治爵士驚訝地說：「但是那就……但是那就……」

「這讓我們把箭頭指向這棟房子裡了，房子裡的人。」

門開了，他的話被打斷，梅菲爾勳爵帶著卡萊爾先生進來。雖然看起來仍然蒼白焦慮，但這祕書已經恢復了鎮定的態度，他推一推夾鼻眼鏡，坐下來，詢問地看著白羅先生。

「您聽到尖叫時已經在房裡多久了，先生？」

卡萊爾考慮了一下。

「五分鐘到十分鐘，我想。」

「在這以前沒有受到其他打擾？」

「沒有。」

「我想晚上大部分時間，人們都聚集在一個房間裡。」

「是的，在客廳。」

白羅審視他的筆記本。

「喬治．卡林頓爵士和他的妻子；麥卡塔太太；范德林太太；雷基．卡林頓先生；梅菲爾勳爵和您本人。對吧？」

「我本人不在客廳。晚上我大部分時間在這裡工作。」

白羅轉向梅菲爾勳爵。

「誰第一個上樓？」

「我想是朱麗亞．卡林頓夫人。事實上，三個女士是一起出去的。」

「然後呢？」

「卡萊爾先生進來，我叫他去取文件，喬治爵士和我要獨處一會兒。」

「您就是在那時決定到陽台上去散步的？」

「是的。」

「范德林太太聽到了您要在書房裡工作嗎？」

「我提到過，是的。」

「但是您指示卡萊爾先生去拿出文件時，她不在房間裡？」

「是的。」

「對不起插個嘴，梅菲爾勳爵，」卡萊爾說，「就在您說這話以後，我在門口和她撞了個滿懷。她回來拿一本書。」

「您覺得她聽到了嗎？」

「是的，我認為很有可能。」

「她回來拿一本書。」白羅若有所思地說，「您找到她的書了嗎，梅菲爾勳爵？」

「是的，雷基把書給了她。」

「啊，這詭計多端的女人回來取一本書……這招通常非常有用！」

「您是說，她是故意的？」

白羅聳聳肩。

「在這以後，你們兩位紳士到陽台上去了，那范德林太太呢？」

「她拿了書走了。」

「那小雷基先生，他也上樓去了？」

「是的。」

「然後卡萊爾先生回到這裡，五至十分鐘後他聽到一聲尖叫。請繼續，卡萊爾先生，你聽見尖叫就衝進了大廳，啊哈，可能您再照做一遍，我們會比較容易了解。」

卡萊爾先生有點不自然地站起來。

「我在這裡尖叫。」白羅熱情地說。

他張開嘴發出一聲顫抖的尖叫。梅菲爾勳爵掉過頭去忍住笑，卡萊爾先生看起來非常尷尬。

「走吧！前進！」白羅叫道，「我到那兒去給您提詞。」

卡萊爾先生僵硬地走到門口，開門出去了。白羅跟著他。其他兩人跟在後面。

「您讓門開著還是把它關了？」

「我不記得了。我想我一定是讓它開著。」

「沒關係，走吧。」

卡萊爾先生非常僵硬地走到樓梯下面，站在那兒向上看。

白羅說：「您說女僕站在樓梯當中，是在什麼位置？」

「大概在樓梯半中央。」

「她看起來很不安？」

「是的。」

「好，我是女僕，」白羅靈活地走上樓梯。「是在這兒嗎？」

「再高一兩個台階。」

「像這樣？」

白羅擺出一個姿勢。

「呃……不是這樣。」

「那是怎樣？」

「呃，她把手放在頭上。」

「哦，她把手放在頭上。這很有趣。是像這樣？」

白羅舉起雙臂，雙手蒙住兩耳。

「是，就是這個樣子。」

「啊哈！那告訴我，卡萊爾先生，她是個漂亮的女孩子，對吧？」

「說真的，我沒注意。」

卡萊爾的聲音裡帶著克制。

「啊哈，您沒注意？但您是年輕人啊。年輕人什麼時候開始都不注意漂亮女孩子了？」

「真的，白羅先生，我只能說我沒注意。」

卡萊爾向他的雇主投去痛苦的一瞥。喬治爵士笑了起來。

「白羅先生好像以為你是個花花公子呢，卡萊爾。」他說。

「而我，我都會注意女孩子漂不漂亮。」白羅一邊說道，一邊從樓梯上走了下來。

卡萊爾先生不發一語地接受了這句話。白羅繼續問道：「然後她告訴您她看見了一個鬼嗎？」

「是的。」

「您相信這話嗎？」

「哦，當然不，白羅先生！」

「我不是說您信不信有鬼。我是問您，您是否真覺得那個女孩看見了什麼東西？」

「哦，關於那個，我不知怎麼說。她呼吸急促，神色很不安。」

「您有沒有聽見或者看見她的女主人？」

「是，我看見了。她從她房間出來，站在樓梯的平台上叫著『利奧妮』。」

「然後呢？」

「女孩子向她走去，我回到書房。」

「您站在樓梯下面的時候，可不可能有人從您開著的門進入書房。」

卡萊爾搖搖頭。

「那一定得經過我身邊。書房的門在通道那一頭，您看見了。」

白羅沉思地點頭。卡萊爾先生繼續用他慎重、認真的聲音說：「我要說，我非常感謝梅菲爾勳爵看見了那個窗前的黑影，否則我就會處於一個非常尷尬的位置了。」

「胡說，我親愛的卡萊爾，」梅菲爾勳爵不耐煩地說，「沒有人會懷疑你。」

「您這麼說太好了，梅菲爾勳爵，但事實總是事實，我知道自己處境很可疑。不管怎樣，我希望您來搜查我的東西和人。」

「胡說，我親愛的朋友。」梅菲爾說。

白羅柔聲說：「您真的這樣希望？」

「我寧可如此。」

白羅凝望了他一兩分鐘，輕聲說：「我懂了。」

接著他問道：「范德林太太的房間相對於書房的什麼位置？」

「正對著書房。」

「也有一扇窗戶開向陽台？」

「是的。」

白羅又點點頭，他說：「我們去客廳。」

白羅在客廳轉了一圈，檢查了窗戶的插銷，看過橋牌桌上的記分，最後招手叫梅菲爾動爵過來。

「事情，」他說，「比表面更為複雜。但有件事是確定的。被偷的設計圖還沒離開這棟房子。」

梅菲爾動爵呆看著他。

「可是我親愛的白羅先生，我在書房看見的那個人……」

「沒有那個人。」

「但我看見他了……」

「我不得不這麼說，梅菲爾動爵，您是以為自己看見他了，樹枝投下的黑影騙過了您，東西被偷的事實就恰好像一個證明，讓您以為這是真的。」

「真的，白羅先生，我親眼見到……」

「哪天我們來比比視力吧，老朋友。」喬治爵士插嘴。

「您得多包涵，梅菲爾動爵，我對這點相當確定。沒有人從走廊走到草坪過。」

卡萊爾先生看起來非常蒼白，聲音僵硬。

「如果白羅先生是對的，嫌疑自然落到我身上，我是唯一可能行竊的人。」

梅菲爾動爵跳起來。

「胡說，不管白羅先生怎麼想，我都不會聽他的。我相信你是清白的，親愛的卡萊爾，我可以為你擔保。」

白羅溫和地說：「我沒有說我懷疑卡萊爾先生。」

卡萊爾答道：「但您很清楚沒有其他人有機會盜竊。」

「未必，未必。」

「但我已經告訴您，沒人經過我身邊從大廳進去書房。」

「我同意，但可以從書房的窗戶進來。」

「您不是說過不是那樣嗎？」

「我是說沒人能從外面進來又離開，而不在草坪上留下腳印。但是它可以回房子裡面。有人可以從他房間的窗戶爬出來，沿著陽台溜進書房，然後又回到這裡。」

卡萊爾先生反對。

「但是梅菲爾勳爵和喬治爵士正在陽台上面。」

「他們在陽台上，是的，不過他們在散步。喬治爵士的眼睛可能很可靠……」白羅微微鞠了一躬。「但是他的眼睛不可能長在腦袋後面！書房窗戶在陽台最左，其次是這個房間的窗戶，可是陽台向右還有多少扇窗戶？一、二、三、也許有四扇窗戶？」

「餐廳、彈子房、休息室，還有圖書室。」梅菲爾勳爵說。

「你們在走廊上來回走了多少次？」

「至少五、六次。」

「那就是了，這多簡單，竊賊只要看準一個合適的時機就可以了！」

卡萊爾慢慢地說：「您是說，我在大廳裡和法國女孩談話時，竊賊就在客廳裡等著？」

「這是我的猜想，當然，只是一個猜想。」

「我覺得不太可能，」梅菲爾勳爵說，「太冒險了。」

空軍元帥提出異議。

「我不同意，查爾斯，這太有可能了。奇怪我怎麼沒想到。」

「現在你們知道，」白羅說，「我為什麼說設計圖還在房子裡，問題是如何找到它們！」

喬治爵士哼一聲。

「這好辦，搜查每個人。」

梅菲爾勳爵做了個抗議的手勢，但是白羅比他先說：「不，這不好。拿走設計圖的人會預料有一番搜查，所以必定不會把它們放在自己的地方。它們一定被藏在某個不屬於任何人的地方。」

「您的意思是，我們應該搜遍整棟房子嗎？」

白羅微微一笑。

「不，不是，我們不需要那麼魯莽。我們能透過思考找到那個藏匿的地方（換言之，也找到那個犯罪的人），這樣會簡單些。明天早上，我要和房子裡的每個人進行一次面談。我想，現在就開始面談是不智的。」

梅菲爾勳爵點頭。

「如果我們在凌晨三點把每個人從床上叫起來，」他說，「太興師動眾了。無論如何請您做得隱祕些，白羅先生，事情必須在暗中進行。」

白羅輕快地揮了一下手。

「交給赫丘勒．白羅。我會編出最巧妙、最可信的謊言。明天，我就要進行我的調查。但是今晚，我希望能分別和您及喬治爵士談一談。」

他向他們兩個鞠了一躬。

「你是說……單獨？」

「我就是這個意思。」

梅菲爾勳爵淡淡看了他一眼，然後說：「當然可以，我把您留給喬治爵士，如果您要叫我，我就在辦公室。來吧，卡萊爾。」

他和祕書出去，帶上了門。

喬治爵士坐下來，無意識地去拿一根香菸，對白羅皺起一張苦臉。

「你知道，」他慢慢地說，「我真不懂。」

「那很容易解釋，」白羅笑著說，「用五個字，準確地說，范德林太太！」

「哦，」卡林頓說，「我明白了。范德林太太？」

「正是。你知道，很難向梅菲爾動爵問出這樣的問題：范德林太太怎麼會在這裡？這位女士，誰都知道她身分可疑。那她為何會在這裡？我自己想到三個解釋。其一，梅菲爾動爵可能對這位女士有特殊的喜愛……這就是我私下問您的原因，我不想使他難堪。其二，范德林太太也許是這房子裡某個人的親密朋友？」

「我可不是！」喬治爵士冷笑著說。

「好吧，如果兩種情況都不是，問題就更嚴重了，為什麼范德林太太會在這裡？我是有個模糊的答案。一定有個原因，她在這節骨眼出現是有梅菲爾動爵希望的特殊原因。我說的對嗎？」

喬治爵士點點頭。

「你說得很對。」他說，「梅菲爾是老油條了，不會掉到她的網裡去，他請她來這兒一定另有理由，是這樣的。」

他把餐桌邊的對話重述了一遍，白羅仔細地聽著。

「啊，」他說，「現在我明白了，不管怎樣，這位女士好像一下就扭轉了局勢！」

喬治爵士忍不住咒罵了幾句。

白羅微微好笑地看著他，然後說：「您懷疑就是她拿的吧……我是說，她要為此負責，不管她是否親自參加了行動？」

喬治爵士瞠目而視。

「當然懷疑！沒什麼可猶豫的，還有誰會想到偷這些設計圖？」

「啊！」赫丘勒．白羅說。他靠回椅子看著天花板。「在還不到一刻鐘以前，喬治爵士，我們都了解這堆紙都值許多錢。也許沒有一張銀行支票或者金銀珠寶那樣明顯，但它們也是潛在的錢財，如果有人正好手頭緊……」

喬治爵士「哼」的一聲把他打斷了。

「這年頭誰不是？我自己也是呀。」

他對著白羅微笑，白羅也禮貌地還以微笑，溫和地說：「確實如此。你能這麼說，是因為你，喬治爵士，有這次事件裡最無可指責的辯護。」

「但是我他媽的也手頭很緊！」

白羅同情地搖搖頭。

「是的，確實，像您這樣位高權重，生活負擔太大了，您有一個兒子正處於最需要花錢的年紀……」

喬治爵士呻吟起來。

「光學費就夠受的了，還加上負債。跟你說吧，這小孩並不壞。」

白羅同情地聽著空軍元帥累積起來的一大堆煩惱，年輕一代的缺乏毅力和勇氣，母親慣壞兒子，還總是站在他們一邊，一個女人一旦沉迷於賭博是多麼可怕，你根本支付不起的賭注又是多麼愚蠢。這些都是泛泛而談，喬治爵士沒有直接指涉他的妻子或兒子，但他自然、熟悉的程度很容易一眼看穿他指的是誰。他忽然打住了。

「抱歉，用這些題外話占用了你那麼多時間，特別是晚上這時候……或者說，早晨。」

他壓制住一個哈欠。

「喬治爵士，我看您應該上床了。您真是太熱心了。」

「好，我是該去睡了。您真的覺得有機會把設計圖找回來？」

白羅聳聳肩。

「我試試看。我看不出有何不能。」

「好吧，我走了，晚安。」

他離開了房間。

白羅坐在他的椅子裡，看著天花板思考，然後掏出一本小筆記簿，翻到空白頁寫道：

范德林太太？

朱麗亞．卡林頓夫人？

麥卡塔太太？

雷基．卡林頓？

卡萊爾先生？

在下面他又寫道：

范德林太太和雷基·卡林頓先生？

范德林太太和朱麗亞夫人？

范德林太太和卡萊爾先生？

他不滿意地搖搖頭，自言自語地說：「沒那麼簡單。」

然後他加上幾行短句。

梅菲爾動爵看見「黑影」了嗎？如果沒有，為什麼他說他看見了？喬治爵士看見什麼了嗎？

他確定他沒看見什麼，是在我檢查花床以後。注意，梅菲爾動爵是近視眼，能不戴眼鏡閱讀，但是要用單眼眼鏡才能看到房間另一頭，喬治爵士是遠視眼，所以在走廊另一頭，他的視力要比梅菲爾動爵更可靠，然而梅菲爾動爵對他看到的東西依然十分確定，不因他朋友的否定而動搖。

卡萊爾先生真是那樣無辜嗎？梅菲爾特別強調他是清白的，有點太過頭了。為什麼？是因為他內心懷疑卡萊爾又對自己的懷疑羞愧嗎？或者他在極度懷疑另外一個人？就是說，范德林太太之外的一個人？

他收起筆記簿。

然後，站起來，走向書房。

05

梅菲爾勳爵坐在辦公桌前，當白羅進來時，他轉過身，放下筆，詢問地抬起頭。

「嗯，白羅先生，您已經和卡林頓談過了嗎？」

白羅微笑著坐下來。

「是的，梅菲爾勳爵，他澄清了一些困擾我的問題。」

「是哪一點？」

「范德林太太出現在這兒的原因。您能理解，我想過可能是……」

梅菲爾很快意識到白羅為何那麼尷尬了。

「您以為我是這位女士的俘虜？不是，遠遠不是。真有趣，卡林頓本來也這麼想。」

「是，他對我描述過你們的談話。」

梅菲爾勳爵看來有點懊惱。

「我的小計策破功了。承認這女人比你更強實在叫人著惱。」

「唔，但她未必就比您強，梅菲爾勳爵。」

「您是說我們還會贏？嗯，真高興聽到你這麼說，但願那是真的。」他嘆口氣。「我感到自己完全像個傻子，竟為自己設計逮住這個女人而自鳴得意。」

赫丘勒．白羅點起一根香菸，問道：「您確切的計策是什麼，梅菲爾勳爵？」

「唔，」梅菲爾勳爵猶豫著。「我還沒有仔細考慮過細節。」

「您沒有和別人討論過？」

「沒有。」

「甚至和卡萊爾先生也沒有？」

「沒有。」

白羅微笑。

「您喜歡自己單獨行動，梅菲爾勳爵。」

「我發現那是最好的方式。」他帶點冷誚地回答。

「是，您很明智，誰也不信任，但是您確實和喬治．卡林頓爵士提過這件事吧？」

「因為我知道老朋友對我大起疑心。」

梅菲爾勳爵微笑著回想。

「他是您的一個老朋友？」

「是的，我認識他大約二十年了。」
「他的妻子呢？」
「當然我也認識他妻子。」
「但是，請原諒我冒昧，您和她沒那麼熟稔吧？」
「我看不出我和大家的私人關係跟這件事有何關係，白羅先生。」
「但我想，梅菲爾勳爵，它們可能會有關係。您同不同意，有人躲在客廳裡的假設是可能的！」
「是，事實上，我相信您說的情況一定曾經發生。」
「我們不說『一定』，這字眼太自信了。但如果我的猜想有理，您想那躲在客廳裡的人可能是誰呢？」
「當然是范德林太太了。她回來拿過一本書。她還可以再回來拿另一本書，或者一個手提包，或者一塊失落的手絹……一打女人的小玩意。她安排她的女僕尖叫，讓卡萊爾跑出辦公室，然後像您說的那樣從窗口溜進去又溜出來。」
「您忘了這不可能是范德林太太，卡萊爾和女孩說話的時候，聽見她在樓上叫女僕。」
梅菲爾勳爵咬住嘴唇。
「是啊，我忘了。」他顯得相當懊惱。
「您看，」白羅溫柔地說，「我們前進了一步。我們起先設想了一個簡單的解釋：有賊從外面進來，又帶著贓物溜之大吉。當時我說這是一個相當順理成章的推測，太順理成章了，叫人難以接受，我們已經推翻了它。然後我們猜測外國來客……范德林太太，好像一定程度也很合情合理，但是現在看來這也太容易，太順理成章，因而也不能接受。」

「您是說范德林太太洗脫罪嫌了？」

「不是范德林太太在客廳裡，可能是她的一個同黨執行，但也可能是另外一個人。如果是那樣，我們就不得不再考慮一下動機問題。」

「那是不是想得太遠了，白羅先生？」

「我不這麼認為，竊賊能有什麼動機？為了錢。文件被盜是為了一個目的，它們能換成現金，這是最簡單的動機。但是或許是個截然不同的動機。比如說……」白羅慢慢說，「也可以是為了陷害一個人。」

「誰？」

「可能是卡萊爾先生，他的嫌疑最大。但可能不僅如此。梅菲爾勳爵，一個控制國家命運的人若也放縱於七情六欲，是很容易受到批評的。」

「您指的是，那個人的目標是陷害我？」

白羅點點頭。

「我想我可以這樣說，梅菲爾勳爵，大概五年前您度過了一段艱難的日子。您被懷疑和某個歐洲大國領袖有私人友誼，那個領袖碰巧在當地非常不得人心。」

「說得沒錯，白羅先生。」

「這年頭從事政治是個苦差使，他要去執行他認為對國家有好處的政策，但他同時又要順應公眾感情的力量，公眾感情往往是非常意氣用事、頭腦不清或不理智，但它還是不能被忽視。」

「您能理解到這一點真是太好了！那確實是政治生命中的一道符咒。他必須向國民的感情低頭，不管他知道這是多麼危險和有勇無謀。」

「我想，這是您的難處。有謠言說您和我剛才提到的那個國家訂有協約。國人和報界都對此非常氣憤。幸好首相出來否認了這件事，您自己也聲明並無此事，雖然您並不掩飾您同情哪一邊。」

「都說得很對，白羅先生，但是為什麼要舊事重提？」

「因為我想到可能您有一個對手，對您度過危機感到失望，想設法製造更棘手的困難。您很快贏回了民眾信任，特殊處境已經過去了，您現在當之無愧是最受歡迎的政治家。傳說等亨伯利先生退休以後您將是下一任首相。」

「您認為是有人在企圖敗壞我名聲！不會的！」

「總之，梅菲爾勳爵，如果讓人知道英國的新炸彈設計圖週末被偷了，而一位漂亮女士正好在您家裡作客。這聽起來不會有好處。報紙上稍微暗示您和這位女士的關係就會引起大家對您的不信任。」

「這種事沒人會當真。」

「我親愛的梅菲爾勳爵，您知道這完全可能！一點小事便能損壞公眾的信任。」

「您說得對，果真如此！」梅菲爾勳爵說，他忽然顯得非常憂慮。「天啊！事情變得這麼危險複雜！您真的這麼想？這不可能，不可能啊。」

「您知道有誰在……嫉妒您嗎？」

「荒謬！」

「無論怎樣，您要承認，我問到您和客人的私人關係，並非完全不切題。」

「哦，可能吧。您問的是朱麗亞・卡林頓夫人，這確實沒什麼好說的。我和她一向不太熟悉，我想她也不在意我。她是那種不安定、神經質的女人，對打牌著了迷，一擲千金，很老派的人，我想，她是不會看得起我這樣白手起家的人。」

白羅說：「我來之前在名人錄上查過您的資料。您是一家著名的機械公司的老闆，您自己也是一個第一流的工程師。」

「我對實務問題所知甚詳，我是從基層奮鬥出身的。」梅菲爾勳爵冷淡地說。

「天哪！」白羅說，「我真是個傻瓜，是個傻瓜！」

勳爵奇怪地看著他。

「您怎麼了，白羅先生？」

「我忽然解開了一個謎。有些東西我原來沒看清……但現在都符合了。是了，這下都完全符合了。」

梅菲爾勳爵奇怪地看著他。

但是白羅帶著笑意搖搖頭。

「不，不，還不是現在。我還要把我的思路再理清楚一點。」

他站起來。

「晚安，梅菲爾勳爵。我想我知道設計圖在哪兒了。」

梅菲爾勳爵叫道：「您知道？那我們馬上去找！」

白羅搖搖頭。

「不，不，不能，魯莽會壞事的。你放心把它都交給赫丘勒・白羅。」

他走出房間。梅菲爾勳爵輕蔑地聳了聳肩。

「誇誇其談的傢伙。」

他哼了一聲。然後，收起文件，關上燈，也去睡了。

06

「如果是丟了東西，老梅菲爾幹嘛不去叫警察呢？」雷基．卡林頓追問道。

他把椅子從餐桌輕輕向後一推。

他是最後一個到的。他的父親、麥卡塔太太和喬治爵士用早餐已經有些時候了，他母親和范德林太太則在床上用餐。

喬治爵士把他在電話裡和梅菲爾勳爵、赫丘勒．白羅商量好的話重複了一遍，覺得他本來可以措辭得更好一些。

「派這樣一個古怪的外國人來叫我很奇怪。」雷基說，「什麼東西被偷了，爸爸？」

「我也不太清楚，孩子。」

雷基站起來，今天早晨他顯得很煩躁。

「不是重要的東西吧？是不是文件或者類似的東西？」

「跟你說實話吧，雷基，我不能告訴你。」
「要保密，對吧？我懂了。」
雷基上樓去，在樓梯半途中皺著眉停了一下，然後繼續上樓敲了敲他母親的房門，她的聲音召他進來。
朱麗亞夫人坐在床上，在一只信封背面塗寫著數字。
「早安，寶貝。」她抬起頭來，快速地說，「有什麼事嗎，雷基？」
「沒什麼，不過昨天晚上發生了一起盜竊。」
「一起盜竊？什麼東西被偷了？」
「哦，不知道，這是高級機密，有個怪裡怪氣的私家偵探在樓下問每個人問題。」
「太不尋常了！」
「真叫人不舒服，」雷基慢慢地說，「在別人家裡發生這種事。」
「到底發生了什麼事？」
「不知道，那時候我們都上床去了。小心，媽，您把托盤弄掉了。」
他搶救了那個托盤，放在窗邊的一張桌子上。
「是錢丟了嗎？」
「我說過了我不知道。」
朱麗亞夫人慢慢說：「那個偵探問每個人問題？」

「是這樣。」

「問昨天晚上他們在哪兒？出這種事情的時候他們在哪兒？」

「可能吧，嗯，我沒什麼好說的。我直接上床睡了再沒有起來。」

朱麗亞夫人沒有回答。

「媽，您能不能給我一點錢？我手頭沒錢了。」

「不行。」他媽媽堅決地回答，「我自己也透支了，我不知道你爸爸聽到會說什麼。」

喬治爵士在門上敲了一下進來了。

「啊，你在這兒，雷基。你下去圖書室好嗎？赫丘勒．白羅先生要見你。」

白羅剛剛結束和咄咄逼人的麥卡塔太太的會見。

幾個簡短的問題問出麥卡塔太太剛過十一點就上床了，而且沒有聽見或看見任何線索。白羅輕鬆地把話題從竊案轉到其他私人事務上。他自己對梅菲爾動爵極為欽佩。身為平凡的社會大眾，他感到梅菲爾動爵是個真正的偉人。當然，麥卡塔太太見多識廣，會比他有更好的判斷力。

「梅菲爾動爵有頭腦，」麥卡塔太太認可。「他完全是白手起家，沒有雄厚的家世背景。可能他缺少一點想像力。這一點很悲哀，男人都一個模樣。他們沒有女人想像力寬廣。女人，白羅先生，十年之後將是社會中最重要的力量。」

白羅說他完全相信。

他把話題轉到范德林太太身上。他曾經聽說，她和梅菲爾動爵是很親近的朋友，這是真的嗎？

「根本不是。告訴你，在這兒碰到她我很驚奇，確實非常驚奇。」

白羅請麥卡塔太太談談對范德林太太的意見，立刻獲得回應。

「一個完全沒用的女人。白羅先生，她是那種會讓你對自己的性別失望的女人！寄生蟲，徹頭徹尾的寄生蟲。」

「男人都喜歡她吧？」

「男人！」麥卡塔太太輕蔑地吐出這個詞。「男人總是被那些表面好看的人騙倒。像那個男孩，雷基．卡林頓，每次和她說話都要臉紅，為了引她注意，他荒唐地大拍她的馬屁。她對他也同樣愚蠢地奉承，讚揚他的橋牌……實在是打得不太好。」

「他的牌玩得不好？」

「昨晚他什麼錯都出過。」

「朱麗亞夫人牌打得不錯，對吧？」

「在我看來是太好了。」麥卡塔太太說，「像是她的職業，她打牌從早上，到中午，到晚上。」

「賭注高嗎？」

「是，相當高。我不愛賭那麼高。我不認為這樣妥當。」

「她玩牌賺了不少錢吧？」

麥卡塔太太嗤之以鼻。

「她指望靠那個還債。但是聽說最近她一直不走運。昨晚她看起來心神不定。賭博的惡魔，白羅先生，只比酗酒的惡魔好一點點。如果我能用我的方式清除國家……」

白羅被迫洗耳恭聽了一大段淨化英國人心的宏論。然後他巧妙地結束了談話，請來了雷基．卡林頓。

年輕人走進房間時，白羅已對他形成了判斷：軟弱的嘴掩藏在還算動人的笑容之下，下巴沒有決斷力，眼睛愛看著遠處，頭很窄。他想他熟識雷基．卡林頓這種類型的人。

「雷基．卡林頓？」

「是，有何貴幹嗎？」

「請告訴我您昨晚的行蹤。」

「哦，讓我想想，我們玩了橋牌……在客廳，然後我上床了。」

「那是什麼時候？」

「剛過十一點。我想盜竊發生在那以後吧？」

「是，在那以後。您沒聽見或看見什麼嗎？」

「恐怕沒有，我直接上床去了，我睡得相當熟。」

「您從客廳出來，直接去了臥室，待在裡面直到早上？」

「沒錯。」

「奇怪。」

雷基尖銳地反問：「什麼意思，奇怪？」

「您沒有，比如說，聽見一聲尖叫？」

「沒有，我沒聽見。」

「啊，非常奇怪。」

「我不懂您什麼意思。」

「您也許有輕微的耳聾。」

「當然沒有。」

白羅的嘴唇動了動，好像又在第三次說「奇怪」，然後他說：「好吧，謝謝您，卡林頓先生，沒事了。」

雷基猶豫不決地站著。

「你知道，」他說，「現在您提醒了我，我相信我是聽到過什麼。」

「啊，您聽到了？」

「是，我在讀一本書……實際上是一本偵探小說。我……嗯，我沒有真的看進去。」

「啊，」白羅說，「一個最令人滿意的答覆。」

他臉上沒有什麼表情。

雷基仍在躊躇，然後他轉身慢慢走向門去。在門邊他站住問道：「是什麼東西被偷了？」

「很有價值的東西，卡林頓先生，我只能說這麼多了。」

「哦。」雷基茫然地說。

他出去了。

白羅點點頭。

「這十分吻合，」他喃喃地說，「這非常吻合。」

他按了一個鈴，客氣地詢問范德林太太是否已經起來了。

／07

范德林太太翩然走進房間，光彩照人，她身穿一件剪裁合宜的赤褐色運動套裝，映襯出髮上的溫暖光芒。她走向一把椅子坐下，對著面前的小個子迷人地微笑。

有一刻，某種東西從那微笑中透了出來，它像是勝利，又像是嘲弄，稍縱即逝，但確實有某種東西，白羅對它感到興趣。

「盜竊案？昨天晚上？真可怕？哦不，我沒聽到半點動靜。警察怎麼說？他們不能做點什麼嗎？」

又一次，只有一秒鐘，那嘲弄出現在她眼睛裡。

赫丘勒．白羅尋思：「你是明擺著不怕警察，好女士，你很清楚我們不會去報警。」

那接下來呢？

他鎮靜地說：「您理解，夫人，這種事需要小心從事。」

「哦，當然，波……白羅先生，對吧？我絕不會吐露一個字，我很崇拜親愛的梅菲爾勳爵，不會做任何事引起他的煩惱。」

她交叉起雙膝，一隻光面褐色皮拖鞋搖搖盪盪掛在穿著緞襪的腳尖。她微笑，一種暖意逼人的笑容，是一種健康和深深滿足的微笑。

「告訴我，我能幫什麼忙？」

「多謝您，夫人，您昨天晚上在客廳裡玩牌了嗎？」

「是的。」

「我想接著所有的女士都上床了？」

「沒錯。」

「但是有人回來取一本書，那是您，對吧，范德林太太？」

「我是頭一個回來的……是的。」

「您是什麼意思……頭一個？」白羅警覺地問。

「我立刻就回來了。」范德林太太解釋說，「然後我上樓按鈴叫我的女僕。她過了很久沒來，我又按了一次鈴，然後我出去到平台上。聽見她的聲音，我叫她，她梳完我的頭髮，我便打發她走了，她處在一種神經不安的狀態，有一兩次弄斷了我的頭髮，就在我讓她走的時候，我看見朱麗亞夫人上樓來，她告訴我，她剛才下去也是為了取一本書，很古怪，不是嗎？」

范德林太太說完笑了起來，一個大大的、像貓一樣的笑容。赫丘勒．白羅心想，范德林太太一定不喜歡朱麗亞夫人。

「像您說的那樣，夫人，告訴我，您聽見您的女僕尖叫了嗎？」

「哦，聽見了，我聽見那聲音了。」

「您問過她了嗎？」

「是，她告訴我她以為她看見了一個飄浮的白衣人……真是胡扯！」

「朱麗亞女士昨天晚上穿什麼？」

「哦，您想也許是……是，我明白了。她就是穿了一件白色晚禮服。是了，就是這麼回事。她一定是在黑暗裡看見她穿著白衣服，這些女孩真迷信！」

「您的女僕已經跟了您很長一段時間嗎？夫人。」

「哦，不是，」范德林太太的眼睛睜得很大。「只有五個月。」

「夫人，如果您不介意，我想現在見她。」

范德林夫人揚起眉。

「哦，當然不。」她相當冷淡地說。

「您理解，我想問她幾個問題。」

「哦，可以。」

又是一陣好笑。

白羅站起來鞠躬。

「夫人，」他說，「我衷心敬佩您。」

范德林太太第一次顯得有些吃驚地向後一退。

「啊，白羅先生，您太好了，可是這話怎麼說？」

「夫人，您是那麼地無懈可擊，那麼地自得。」

范德林太太笑容有些不穩。

「我在想，」她說，「我是不是該把這話當作一句恭維。」

白羅說：「這話可能是，一句警告……不要用傲慢對待生活。」

范德林太太笑得更加燦爛，她站起來伸出一隻手。

「親愛的白羅先生，我祝您成功。謝謝您那些有趣的話。」

她出去了，白羅對自己說：「你祝我成功，是嗎？但是你十分確定我不會成功！是的，你十分確定，這……叫我非常著惱。」

他有些性急地拉鈴，問利奧妮小姐可不可以來見他。

她站在門口躊躇的時候，他欣賞地打量著她，黑色衣裙配著她梳得整整齊齊的波浪式黑髮，謙虛地低垂著眼瞼，看來分外端莊，他會意地點點頭。

「請進，利奧妮小姐。」他說，「別害怕。」

她進來，安安靜靜地站在他面前。

「知道嗎？」白羅忽然改變了語氣說，「我發現你長得很好看。」

利奧妮立刻有反應，她從眼角向他投去飛快的一瞥，輕輕地說：「謝謝先生。」

「你能想像嗎？」白羅說，「我問卡萊爾先生你是不是很漂亮，他回答說他不知道！」

利奧妮輕蔑地揚了揚頭。

「那個失魂的！」

「這話形容得好。」

「那個人，我不信他一生中看過任何女孩子。」

「可能吧，真遺憾，他錯過了很多。但是還有其他人頗具品味，對吧？」

「真的，我不知道先生在講什麼。」

「哦，不是的，利奧妮小姐，你知道得很清楚，昨天晚上你講了一個小故事，說你看到一個鬼。我一聽說當時你站在那兒手抱著頭，我就知道這裡沒有鬼的事。如果一個女孩受了驚嚇，她的手會放在胸口或放在嘴上以止住喊叫，但如果她的手放在頭髮上，那就大大不同了，意味著她的頭髮弄亂了，她正急忙把它恢復原狀！現在，小姐，告訴我真相，你為什麼在樓梯上喊叫？」

「可是先生，這是真的，我看見一個高高的身影，全身穿著白衣……」

「小姐，不要侮辱我的智力，那個故事，對卡萊爾先生夠用了，但是別用來對付赫丘勒·白羅。真相是你被人親吻了，對吧？我要猜一猜是誰，是雷基·卡林頓先生吻了你。」

利奧妮毫不害臊地對他眨眨一隻眼。

「那好吧，」她說，「一個吻算什麼？」

「那是怎麼回事？」白羅興趣盎然地問。

「你知道，那個年輕先生從背後走近，攔腰抱住了我……我嚇得叫了起來，要是我知道是……唉，自然我就不會叫了。」

「那當然。」白羅同意。

「但是他來得就像隻貓一樣。接著書房門就開了，祕書先生出現了，那位年輕紳士便溜到樓上去，留下我像一個傻瓜。自然我得說些什麼，特別是對……」她大聲說道，「對那樣一位規規矩矩的年輕人！」

「所以你發明了一個鬼？」

「先生，我只能想出這個來，一個高個身影，全身穿著白衣，飄浮在空中，這真荒謬，但我還能說些什麼？」

「確實如此，小姐。一切都得到解釋了，一開始我就懷疑是這麼一回事。」

利奧妮挑釁式地掃了他一眼。

「先生很聰明，也很有同情心。」

「如果我在這事上不給你洩底，你能為我做點什麼作為回報嗎？」

「再願意不過了，先生。」

「你對你家女主人的事知道得多嗎？」

女孩聳聳肩。

「沒多少，先生，當然，我有我的看法。」

「哪些看法？」

「嗯，女主人的朋友逃不過我的眼睛，他們都是軍人，或者海軍，或者空軍。也有其他朋友——外國紳士，有時非常神祕地來看她。女主人很漂亮——我想不會維持太久——年輕男人覺得她很有吸引力。我想他們告訴她很多事，但這是我猜的，女主人對我並不信任。」

「你的意思是說，你的女主人行事隱祕？」

「是的，先生。」

「換句話說，你不能幫助我。」

「恐怕不能，先生，如果能，我會的。」

「告訴我，你女主人今天心情好嗎？」

「非常好，先生。」

「有什麼讓她高興的事嗎？」

「自從來這兒之後她一直很高興。」

「唉，利奧妮，你一定知道。」

女孩確定地回答：「是的，先生，我不會弄錯，我了解夫人的各種情緒，她的情緒很高昂。」

「志得意滿？」

「就是這個字眼，先生。」

白羅陰鬱地點點頭。

「這實在……令人有點難以忍受。不過我想這是不可避免的。謝謝你，小姐，沒事了。」

利奧妮挑逗地看了他一眼。

「謝謝先生，如果我在樓梯上遇到的是先生您，我一定不會叫。」

「我的孩子。」白羅帶著尊嚴說，「我年事已高，怎麼會去做那種輕浮的事？」

但是伴隨著一兩聲輕笑，利奧妮飄然出去了。

白羅在房裡慢慢走來走去，他的臉變得嚴肅焦慮。

「現在，」他最後說，「輪到朱麗亞夫人了，她會說什麼？」

朱麗亞夫人從容不迫地走進房間，她大大方方地點點頭，接受了白羅拉開的椅子，用低沉、有教養的聲音答話。

「梅菲爾勳爵說您想問我問題。」

「是，夫人，是關於昨天晚上。」

「昨天晚上？」

「您打完牌後做了什麼？」

「我丈夫說太晚了，沒時間再玩一盤，我便上樓去了。」
「然後呢？」
「我睡了。」
「這就是全部？」
「是，恐怕我不能告訴你更多了。什麼時候發生的……」她猶豫著。「這樁竊案？」
「就在您上床後不久。」
「哦。什麼東西被偷了？」
「一些祕密文件，夫人。」
「重要的文件？」
「非常重要。」
她皺一皺眉，說道：「它們……很值錢嗎？」
「是，夫人，它們值一大筆錢。」
「我明白了。」
好一陣子沉默，白羅接著說：「您的書是怎麼回事，夫人？」
「我的書？」她瞇起迷惑的眼睛看著他。
「哦，我想范德林夫人說三位女士出去後一段時間，您又回去拿了一本書。」
「是，我拿過。」

「那麼，事實上您並未直接上樓。您上樓是什麼時候？您曾回到過客廳嗎？」
「是，是這樣的，我忘了。」
「您在客廳裡聽到一聲尖叫嗎？」
「沒有……唔，我想我沒聽見。」
「說真的，夫人，要是您在客廳裡是不會聽不到的。」
朱麗亞夫人轉過頭堅定地說：「我什麼也沒聽見。」
白羅揚揚眉，沒有說話。
一陣不愉快的沉默。朱麗亞夫人突然問：「有什麼行動嗎？」
「行動？我不懂，夫人。」
「我是說竊案，警察一定會做點什麼。」
白羅搖搖頭。
「沒有報警，由我負責這件事。」
她盯著他看，憔悴的臉拉長、抽緊，眼睛幽暗而探索，試圖看穿他的無動於衷。
那雙眼睛最後垂下了……屈服了。
「您不能告訴我採取了什麼行動嗎？」
「我只能向您保證，夫人，我還沒有任何行動。」
「不準備去抓那個賊，或者，通知報紙？」

「追回文件是最重要的，夫人。」

她的態度變了，變得漠然、倦怠。

「是，」她冷淡地說，「我想是這樣。」

又是一陣停頓。

「還有什麼事嗎，白羅先生？」

「沒有了，夫人，我不能說得更詳細了。」

「謝謝。」

他幫她開了門，她走出去，沒再看他一眼。

白羅回到壁爐前，仔細地把壁架上的小擺設重新放好。梅菲爾勳爵從落地窗外進來時，他還在調整呢。

「如何？」後者問。

「很好，我想，事情正在暴露它們的原狀。」

梅菲爾勳爵呆呆地看著他，說：「您在開玩笑。」

「不，我不是說笑，我有信心。」

「真的，白羅先生，我不懂您。」

「我不是您想的那種江湖騙子。」

「我從沒說過……」

「是，但是你想過！沒關係，我不覺得被冒犯，這有時候是必需的。」

梅菲爾勳爵看著他，疑團滿腹，赫丘勒．白羅是他不理解的人。他不想把他放在眼裡，但是某種直覺警告他這個滑稽的小個子不可小覷。查爾斯．麥克勞林一向是慧眼識英雄。

「好吧。」他說，「我們全權由您處理，您下一步想幹什麼？」

「您能送走您的客人嗎？」

「我想可以安排……我可以解釋說我要為這事到倫敦去一趟。他們會願意離開的。」

「好極了，就這麼辦。」

梅菲爾勳爵猶豫不決。

「您不是說……」

「我相信這是最好的處理方式。」

梅菲爾勳爵聳了聳肩。

「好吧，既然您這麼說。」

他出去了。

§

客人午飯後離開。范德林太太和麥卡塔太太乘火車離去，卡林頓一家人有車。白羅站在門廳裡，看著范德林太太和她的東道主依依道別。

「碰到這樣的麻煩事真是太遺憾了。希望一切會好起來，我絕不會吐露一個字。」

她拍拍他的手，走到等候載她去車站的轎車旁。麥卡塔太太已經在裡面了。她的道別簡短而沒有感情。

忽然，已經坐在司機旁邊的利奧妮又衝回了門廳。

「夫人的衣箱不在車子裡。」她喊道。

於是一陣匆忙搜索，最後梅菲爾勳爵在一個大橡木箱的陰影裡找到了它，利奧妮發出一聲驚喜的喊叫，抓住那個精緻的綠色摩洛哥皮箱，匆忙拎了出去。

范德林太太從車中探身出來。

「梅菲爾勳爵，梅菲爾勳爵。」她遞給他一封信。「您能把它放到您郵包裡嗎？要是我把它帶到城裡去，一定會忘了寄。我的信總會在包裹中放好幾天。」

喬治．卡林頓爵士坐立不安地看懷錶，打開又關上，他有一種守時癖。

「他們時間拿捏得正好，」他嘀咕道，「如果他們不小心，會誤了車班。」

他的妻子煩躁地說：「別吵了，喬治，是他們要坐火車，不是我們！」

他責難地看著妻子。

勞斯萊斯開走了。

雷基把卡林頓家的莫里斯車停在門前。

「都好了，爸爸。」他說。

僕人開始往外拿卡林頓的行李，雷基坐在後座上指揮著安放位置。

白羅移步走出前門，看著事情進行。

忽然一隻手放上他的手臂，朱麗亞夫人用一種急迫的耳語說：「白羅先生，我要和您談談……馬上。」

他被她硬是拉到一間小小的客廳，關上門，她走近他。

「是真的嗎？您說……對梅菲爾勳爵來說，找到文件是最重要的！」

白羅奇怪地看看她。

「是真的，夫人。」

「如果……把那些文件還給您，您能答應把它們還給梅菲爾勳爵，不問任何問題？」

「我不明白您的意思。」

「你當然明白！我知道你明白！我是問……如果歸還文件，能否不說出那個竊賊的名字？」

白羅問：「那要多久，夫人？」

「保證不超過十二小時。」

「您能保證。」

「我能。」

他沒有回答，她急切地問：「您能保證不公開？」

他非常嚴肅地回答：「是，夫人，我保證。」

「那麼一切就好辦了。」

她奔出房間，一分鐘後白羅聽見汽車開走了。

他穿過門廳，由走廊走向辦公室，梅菲爾勳爵在那裡，白羅進來，他抬頭看去。

「有事嗎？」

白羅攤開手。

「案子結束了，梅菲爾勳爵。」

「什麼？」

白羅把他和朱麗亞夫人間的對話逐字重複了一遍。

梅菲爾勳爵帶著難以置信的表情看著他。

「但這是什麼意思？我不明白。」

「很清楚，不是嗎？朱麗亞夫人知道是誰偷了設計圖。」

「你不是說她自己拿的吧！」

「當然不是，朱麗亞夫人或許是個賭徒，但不是賊，如果她提出歸還設計圖，那意味著東西是她丈夫或兒子拿的。既然喬治爵士和您一起在走廊上，那就只有她兒子了。我想我能準確地重構昨天晚上發生的事情。朱麗亞夫人昨晚去了她兒子的臥室，發現床上是空的，她下樓來，沒有找到他，早上她聽說發生盜竊案，也聽到她兒子宣稱他直接上床了，不曾離開一步。她知道不是真的。她還知道她兒子別的一些事，知道他很軟弱、知道他正需錢孔急。她看過他對范德林太太的趨奉，在她看來整件事情很清楚了，范德林太太誘使雷基偷了設計圖。但是她決定干預，她要勸導雷基拿出設計圖，歸還它們。」

「但這是完全不可能的。」梅菲爾勳爵叫道。

「是的，這不可能。但是朱麗亞夫人不知道。她不知道我赫丘勒．白羅曉得，小雷基．卡林頓昨天晚上不是去偷東西，而是在和范德林太太的法國女僕調情。」

「那這豈不是一場空歡喜！」

「確是這樣。」

「那這案子還是沒有結束！」

「不，結案了。我赫丘勒．白羅知道了真相，您還不信嗎？昨天我說我知道設計圖在哪裡時您不相信。但是我確實知道，它們近在眼前。」

「哪裡？」

「它們在您的口袋裡，勳爵。」

一陣寂靜，然後梅菲爾勳爵說道：「您真的知道您在說什麼嗎，白羅先生？」

「我知道，我知道我在和一個非常聰明的人談話，從一開始這就困擾我。您承認您是近視眼，對您看見的那個離開窗子的影子卻那麼確定。您希望那個順理成章的推論能被接受。

為什麼呢？此後，一個接一個，我排除了其他人。范德林太太在樓上，喬治爵士和您在走廊。雷基．卡林頓和法國女孩在樓梯上，麥卡塔太太清白無罪地在她臥室裡（靠著守門人的臥室，而麥卡塔太太會打鼾）。朱麗亞夫人顯然是相信她兒子有罪的。所以只剩下兩個可能性了。

「如果卡萊爾沒有從桌上拿起文件放進自己的口袋（而這說不通，因為就像您指出的那樣，他可以臨摹一份），那麼結論就是：您走到桌前，把它們放進口袋。到此一切都明朗了，所以您堅持看見了一個身影，您堅持卡萊爾無辜，您反對把我叫來。

「只有一件事讓我感到迷惑——動機，我相信，您是個誠實的人，有正直的品德，您不願陷無辜的人入罪就表現出了這一點。設計圖被盜顯然也不會帶給您任何好處。為什麼會有這樣沒有動機的竊賊呢？最後我想到了答案——您政治生活中的危機。幾年前，首相給世界做了保證，說您和那個大國沒有任何協定，我想那並不完全是真的。可能有人保留著某些紀錄，也許是一封信，暗示您曾做過您公開否認的事。這種否認是時勢所需，但是一個老百姓會不會這樣看就說不定了，正當最高權力將要交到您手裡時，某些過去傳來的愚蠢回聲會敗壞全部的事情。

「我猜想那封信保存在某國政府手裡，該政府提出要和您做交易——一封信換取新炸彈設計圖，有些人會拒絕，但您……沒有！您同意了。范德林太太是這件事的代表人。她按安排來到這兒進行交換。在您承認您還沒有想出任何計策去誘騙她的時候，您暴露了自己，此番承認，使您邀請她來這兒的理由變得非常薄弱。

「您策畫了這次的竊案。您假裝看見賊在走廊上，這是為了洗清卡萊爾的嫌疑，即使他沒有離開房間，辦公桌那麼靠近窗戶，賊也能乘卡萊爾在保險箱那裡忙碌、背對著窗戶時拿到設計圖，您走到桌前，拿了設計圖，把它們放在自己身上，並按預定交易，把它們悄悄放進范德林太太的衣箱裡；她則遞給您那封要命的信作為交換，假裝是她自己要發的信。」白羅止住了。

梅菲爾勳爵說：「您已經完完全全知道了，白羅先生，您一定認為我是個小人。」

白羅做了一個飛快的手勢。

「不，不，梅菲爾勳爵，我認為，就像我剛才說的那樣，您是一個非常聰明的人。我忽然想起我們昨晚的談話，您是個一流的工程師。我想，炸彈設計上可能會有某些小小的改動，巧妙到難以查出機器無法正常運轉的原因，某國國會發現這是個失敗……他們會倍感失望，我相信……」

又是一陣沉默。然後梅菲爾勳爵說：「您真是太聰明了，白羅先生。我只請求您相信一件事情。我對自己有信心，我相信我是領導英國度過未來難關的那個人。如果我不是有把握能應國家所需，去駕駛國家這艘大船，我就不會做這件事了……腳踩兩條船，用一個小把戲把自己救出災難。」

「我的勳爵，」白羅說，「如果您不懂腳踩兩條船，您就不能做一個政治家！」

第三部

死者的鏡子

Murder in the Mews

01

這是一間十分現代化的公寓，房間裡的家具也挺新潮，扶手椅做成長方形，高背椅做成三角形，一張新式書桌擺在窗前成長方形，桌旁坐著一個小個子老頭，他的腦袋是房裡唯一不是方形的東西，它是蛋形的。

赫丘勒．白羅先生正在讀一封信，發函地點：西郡漢保洛聖瑪莉鎮漢保洛莊。時間：一九三六年九月二十四日。

赫丘勒．白羅先生：

親愛的先生，敝處發生了一樁事故，必須極小心慎重地處理。我曾經聽說過您的成就，並且決定把這件事託付給您。我有理由相信我正受到敲詐，但出於家庭因素我不願報警。我自己已採取某些措施來解決這件事，但您必須在收到這封電報後立即動身到我這來。如果您不回絕，我將十分感激。

您忠誠的傑維斯·雪溫尼—戈爾

赫丘勒·白羅的眉毛慢慢揚起，幾乎高過額頭，隱沒在他的頭髮中。

「咦，」他自問，「誰是這位傑維斯·雪溫尼—戈爾呢？」

他走向書架，取出一本又大又厚的書。

他沒費什麼勁就找到了他想要的。

雪溫尼—戈爾，傑維斯·弗朗西斯·澤維爾爵士，一六九四年授封第十代從男爵。前第十七團槍騎兵上尉；生於一八七八年五月十八日；第九代從男爵，蓋伊·雪溫尼—戈爾與克羅迪亞·布雷瑟頓，第八代沃林福德伯爵之次女的長子。一九一二年與玟黛·伊麗莎白，弗雷德·阿巴諾特上校的長女結婚，於伊頓公學接受教育，一九一四至一九一八年服役於歐洲戰爭。消遣：旅行，大型圍獵。

地址：西郡漢保洛聖瑪莉朗德斯廣場二一八號。

俱樂部：騎兵俱樂部及旅行者俱樂部。

白羅稍稍不滿地搖著頭，他出神地想了一會，然後走到桌旁，打開一個抽屜取出一小疊請柬。

他的臉發亮了。

「時間剛剛好正合適！他一定會在那兒。」

§

一位公爵夫人裝腔作勢地接待白羅。

「所以您還是抽空來了，白羅先生！啊，那太棒了。」

「榮幸之至，夫人。」白羅連聲應著，鞠著躬。

他擺脫了幾個非常重要和當紅的人物……一個著名的外交官、一個同樣著名的女演員和一位知名的冒險家，然後終於發現了他在尋找的人，那位「從不缺席」的客人，沙特衛先生。

沙特衛先生仍在興奮地喋喋不休。

「親愛的公爵夫人，我一向樂於參加她的晚會……如此地有特色，如果您明白我的意思。多年以前在科西嘉時我就很了解她了……」

沙特衛先生的談話由於不時提到他相識的貴族而停下來，似乎他有幸與史密斯、布朗或魯賓遜諸先生相交甚篤，然而，事實並非如此。不過，把沙特衛先生僅僅描述成勢利之徒也失之公平。他是個敏銳的人性觀察者，如果說「旁觀者清」這句話是真的，沙特衛先生可說是清上加清了。

「您知道，我親愛的朋友，自從上次見到您已時隔多年。當時有幸看到您在瞭望台的實地工作。從那時起我就了解了。順便提一句，我上星期見到了瑪麗女士，真是一個尤物，香豔迷人！」

只花了幾分鐘，在談及一位伯爵之女的不檢點行為，和一位子爵令人惋惜的行徑之後，白羅成功地引出了傑維斯·雪溫尼—戈爾這個名字。

沙特衛先生立即回答道：「啊，是有這麼一個人物！最後的貴族……這是他的綽號。」

「請原諒，我還是不太明白。」

沙特衛先生樂於遷就一個外國人低下的理解能力。

「這是個笑話，您知道，一個笑話，當然，他並非真的是英格蘭最後的一位貴族，但他的確代表著一個時代的終結。任性妄為、令人不快的貴族老爺……這種輕率無禮的貴族形象，在上個世紀的小說裡非常普遍。這種人會打絕不可能的賭，而且還可能贏了錢。」

他接著更詳細地解釋他的意思。在年輕時，傑維斯·雪溫尼—戈爾曾乘著一艘帆船環遊世界。他到極地探險，還向一位貴族賽馬迷挑戰、決鬥。為了打賭，他騎著他心愛的母馬衝上一位公爵府邸的樓梯。他還曾從舞台上的一個箱子裡跳出來，帶走一位正在演出的著名女演員。

他的趣聞軼事真是數不勝數。

「這是個古老的家族，」沙特衛先生繼續道，「蓋伊德·雪溫尼爵士參加過第一次十字軍，現在看來，這根香火快斷了，老傑維斯是最後一位雪溫尼─戈爾了。」

「家道中落了嗎？」

「一點也沒有。傑維斯相當富有，擁有價值不菲的宅邸、煤礦，再加上他年輕時在祕魯或南美發現的礦藏，這些都給他帶來了財富，一個不可思議的人，無論幹什麼都走運。」

「他現在已是個老頭子了？」

「是的。可憐的老傑維斯。」沙特衛先生搖頭說道，「大多數人都把他描述得極為瘋狂。從某種程度上說的確如此。他是瘋狂，但並非不可理喻或陷於妄想的狀態，只是與人反其道而行。他天生就是個獨一無二的人物。」

「那這種獨特性隨著時間流逝而成了一種怪癖？」白羅推測道。

「非常正確。老傑維斯就是如此。」

「他可能甚為自負吧。」

「的確如此。我可以想見，在傑維斯的頭腦中，世界被分成兩部分：雪溫尼─戈爾家族和其他人！」

「一種過分的家族優越感。」

「是的。雪溫尼─戈爾家族一向如魔鬼般傲慢自大，這是他們自己的法則。傑維斯這最後一代，承繼了這一劣性。他是……嗯，您知道，聽他講話，您甚至會認為他是，嗯，全能的上帝！」

白羅緩緩地點了點頭，沉思起來。

「是的，我能想像，我曾收到過他的一封信，一封不同尋常的信，它不能算是請求，而是傳喚！」

「一個高貴的命令。」沙特衛先生說道，微微竊笑著。

「的確，這位傑維斯爵士絕不會把我赫丘勒．白羅看作一個重要人物，或當成一回事！絕無可能，他要我拋開一切事情，毫不猶豫地像條順從的狗、像個無名小卒一樣感激涕零地去接受他的委任！」

沙特衛先生努力咧開嘴展開一個微笑。赫丘勒．白羅和傑維斯．雪溫尼—戈爾這兩人誰比較自負，他覺得還很難說。

他低聲道：「當然，或許這次召喚很緊急……」

「不是的！」白羅揮手強調這一點。「如果他需要我，我就必須隨時候傳……他就是這個意思！」

他雙手又富於表情地揮動起來，勝於言辭地表達了赫丘勒．白羅先生的極度震驚與不滿。

「我猜，」沙特衛先生說，「您拒絕了他？」

「我還沒有這個機會。」白羅慢慢答道。

「但您會拒絕吧？」

一種新的表情浮現在這個小個子男人臉上，他的眉毛揚得高高的。他說：「該怎麼說呢？拒絕……是的，那是我最初的反應。但我不知道……一個人有時會有某種感覺。坦白說，我好像聞到了腥味……」

聽到最後這句話，沙特衛先生仍沒有任何感興趣的表示。

「哦？」他說，「那很有趣……」

「在我看來，」赫丘勒·白羅接著說，「那樣的人可能是非常脆弱……」

「脆弱？」沙特衛先生叫道。他非常驚訝，這個詞是絕不應和傑維斯·雪溫尼—戈爾聯繫在一起。但他悟性強，反應機敏，慢慢說道：「我想我明白您的意思了。」

「這樣一個人，把自己裹在一層盔甲中……好一副盔甲！十字軍戰士的盔甲與之相比算不了什麼，那是一副由傲慢、自負和過分的自尊拼成的盔甲。從某種意義上說，它是一個保護層；箭，日常生活之箭僅能從它上面擦過。但是這還有一種危險：當那個裹在盔甲裡的人遭到襲擊時或許不自知，他的視覺、聽覺都遲鈍了，感覺遲緩了。」

他停下來，換了一個腔調又問：「傑維斯爵士家裡都有哪些人？」

「有玟黛，他的妻子，她是阿巴諾特人，非常漂亮，到現在依舊丰姿綽約。她在懵懂無知的情形下嫁給了傑維斯。後來迷上巫術，老戴著護身符和甲蟲寶石，宣稱她是埃及女王再世……還有魯絲，他們的養女，他們自己沒有孩子，她是一位非常迷人、作風現代的小姐。這就是他全部的家庭成員，此外，還有雨果·特倫。他是傑維斯的外甥。帕梅拉·雪溫尼—

戈爾和雷傑・特倫結婚，雨果是他們的獨生子，是個孤兒，不能繼承爵位。當然了，我猜想他最終會得到傑維斯先生的絕大部分財產。是個儀表堂堂的小夥子，他住在布盧斯。」

白羅沉思地點了點頭，又問道：「沒有兒子繼承他的姓氏，是傑維斯先生的一大傷心事嗎？」

「我認為這令他引以為憾。」

「對家族的稱號，他懷有強烈的感情？」

「是的。」

沙特衛先生沉默了一會兒。他被激起了好奇心，終於大膽問道：「您找到任何理由到漢保洛莊走一趟嗎？」

白羅緩慢地搖搖頭。

「不，」他說，「我還看不出有此必要。但是，不管怎麼說，我想我會去。」

／02

赫丘勒・白羅坐在一等車廂的一角，列車飛馳在英格蘭的鄉村原野。

沉思中，他從口袋裡掏出一封摺得整整齊齊的電報，打開來重新讀過：

乘坐四點三十分從潘內斯發出的快車，通知車長，在溫柏里停車。雪溫尼—戈爾

他把電報重新摺好，放回衣袋裡。

列車車長很會逢迎。這位紳士是要去漢保洛莊嗎？噢，是的，傑維斯・雪溫尼—戈爾爵爺的客人總是要列車停在溫柏里。

「我想是一種特權吧，先生？」

從那時起這位車長兩次造訪他的車廂……第一次是向這位乘客保證他將獨享一節車廂，

第二次是奉告列車運行晚了十分鐘。

列車本應於七點五十到達，但當赫丘勒．白羅下車來到這個鄉村小站，在那位殷勤的車長手中放上一枚他期待已久的銀幣時，已經是八點過兩分了。

汽笛鳴響，這列北去的火車又開動了，一位身著墨綠色制服的高個子司機走向白羅。

「白羅先生嗎？到漢保洛莊去？」

他拎起偵探整潔的小旅行包，領他走出車站，一輛勞斯萊斯正等候著。司機打開車門請白羅進去，把一塊華麗的厚毛毯蓋在他膝蓋上，然後開動了汽車。

大約十分鐘的鄉間行駛之後，汽車拐了個大彎來到一條小徑，駛入一個寬闊的大門，門兩側有巨大的石獸把守。他們駛過一座花園，來到一棟房子前面。這時門開了，一位儀表不凡的管家出現在台階前。

「白羅先生嗎？這邊走，先生。」

他引路步入大廳，打開右手中間的一扇門。

「赫丘勒．白羅先生到。」他宣告道。

房間裡有幾個身著晚裝的人。當白羅走進去，飛快地掃視一圈後，立即發現他的露面並非人們所期待，每位在場者都掩不住驚訝地望著他。

這時，一位黑髮已略微發灰的高個子女人不太確定地朝他轉過身來。

白羅朝她鞠躬示禮。

「非常抱歉，夫人，」他說，「恐怕我的火車晚到了。」

「沒關係。」雪溫尼—戈爾夫人含糊地應道，她的眼睛仍然疑惑地盯著他。「沒關係，先生……呃，我沒聽清……」

「赫丘勒．白羅。」

他清楚而明白地說出了這個名字。

他聽到身後的某個地方突然發出一聲尖尖的吸氣聲。

此刻他才意識到主人不在這個房間裡，他禮貌地低聲道：「您知道我要來嗎，夫人？」

「噢，是的……」她的表情並不令人信服。「我想……我的意思是我希望如此，但我非常糊塗，白羅先生，我竟然忘記了。」她的聲音裡帶著沉重的喜悅。「人家告訴我一些事，我很想記住，但它們總是從我的頭腦中溜掉、消失，好像它們從未出現過似的。」

然後，她才想起她延誤已久的責任，向周圍掃視了一圈，含糊不清地說了一句：「我猜您應該認識在場的每個人。」

顯然這不是實情。這句巧妙的客套話表明雪溫尼—戈爾夫人試圖省去做介紹的麻煩，以及記住客人名字的負擔。

為了應付這尷尬的場面，她又用心加了一句：「我女兒，魯絲。」

站在他面前的那位小姐也是高個黑髮，但她屬於完全不同的類型。與雪溫尼—戈爾夫人線條柔和的漂亮面容相反，她長著輪廓分明的鼻子，略微有些鷹鉤，還有個瘦削的下巴。她的黑髮梳向腦後，做成很多個小髮捲。她的臉色像康乃馨一樣清新明亮，無需脂粉，她是白羅見過最可愛的小姐之一。

他還看出她的聰明不亞於她的美貌，並且推測她很自負，又有點脾氣。在說話時，她的語調略微拖長，他認為那是刻意的。

「好令人興奮啊，」她說，「有機會招待赫丘勒．白羅先生！我猜是爸爸為我們安排的小小驚喜。」

「您不知道我要來嗎，小姐？」他馬上問。

「我完全不知道。既然如此，我晚飯以後一定要把我的簽名本拿來。」

這時大廳裡傳來一聲鑼響，管家打開門宣告：「晚飯準備好了。」

正當最後一個話音落下，奇怪的事發生了。這個家務總管的臉色一下變得異常吃驚……但轉眼之間，他馬上又恢復了訓練有素的奴僕面孔，以至於人們如果不是湊巧看到的話，完全注意不到他所發生的變化。而白羅卻湊巧看見了，他深感不解。

管家猶豫地站在門口，儘管他的臉又恢復應有的表情，但手指顯得緊張而僵硬。

雪溫尼—戈爾夫人含糊不定地說：「哦，天哪，這太不尋常了。真的，我……不知道該如何是好。」

魯絲對白羅說：「白羅先生，我們會這麼驚訝，是因為我的父親二十年來，頭一次在晚餐時遲到了。」

「太奇怪了……」雪溫尼—戈爾夫人尖聲叫道，「傑維斯從不……」

一個上了年紀、頗有軍人英武風度的男人走到她跟前，友好地笑著。

「好一個老傑維斯，終於遲到了！照我看，找不著領釦了吧，您說呢？或者是傑維斯也染上了我們的毛病？」

雪溫尼—戈爾夫人疑惑不解地喃喃說：「但傑維斯是從不遲到的。」

實在荒謬，一個小小的意外事件就引發了如此恐慌，然而對赫丘勒．白羅來講，這並不可笑……在這恐慌的背後他感到不安，甚至憂慮，同時他覺得，傑維斯．雪溫尼—戈爾居然不出面會見他這位祕密召來的客人，實在很奇怪。

此刻，顯然大家都不知道該怎麼辦，誰也不清楚該怎樣應付這種從未有過的場面。最終是雪溫尼—戈爾夫人採取行動……如果這稱得上是行動。她的態度依舊模稜兩可。

「斯內爾，」她說，「主人……」

她沒把話說完，只是期待地看著管家。

斯內爾顯然習慣了他女主人了解狀況的方式，明確地回答了這一含糊的問題。

「傑維斯老爺八點差五分下樓，夫人，直接進了書房。」

「噢，我明白了……」她的嘴巴仍然張著，眼睛似乎盯著遙遠的地方。「你不覺得……我是說，他聽見了鑼聲？」

「我想他一定聽得到，夫人，鑼就是在書房門口敲響的。當然，我不知道傑維斯先生是不是還在書房，不然我就會提醒他晚餐已準備好了，要我去請他嗎，夫人？」

雪溫尼—戈爾夫人顯然由這個提議得到了解脫。

「呃，謝謝你，斯內爾。是的，去吧，當然要去請他。」

當管家離開房間時，她說：「斯內爾真是個寶，我全都依賴他，我實在不知道沒有斯內爾我該怎麼辦。」

有人低聲附和了一句，但沒人說話。赫丘勒．白羅見滿屋子的人突然都神情專注起來，似乎全處在緊張狀態之中。他的眼睛飛快地掃了一圈，簡單地將在場賓客做了分類。兩位年長的男子中，有軍人風度的那位剛才說過話了；另一位清瘦的灰髮男子，緊閉著雙唇。兩個年輕人……完全不同的類型，一個留著小鬍子，神情傲慢，很可能是傑維斯爵士的外甥，在布盧斯的那位；另一位，柔軟亮澤的頭髮梳向腦後，相當英俊，看上去屬於下等階層。還有一位小個子的中年婦女，夾鼻眼鏡下有一雙慧黠的眼睛，還有一位火紅頭髮的女孩。

斯內爾出現在門口。他舉止有度，但在那不露聲色的外表掩飾下，卻顯示出焦慮之情。

「夫人，書房的門被鎖住了。」

「鎖住了？」

這是個男子的聲音，富有活力，警覺，帶著點激動。是那位有一頭美髮的英俊青年說的，他接著急急地說：「我去看一下……」

但是赫丘勒．白羅冷靜地發號施令了。他做得如此自然，以至於沒有人對這個剛剛到來的陌生人竟控制起局面而感到奇怪。

「來吧，」他說，「我們到書房去。」他又對斯內爾說：「請您帶路。」

斯內爾服從了，白羅緊隨其後，而其他人也像一群綿羊似的跟在後面。

斯內爾領著眾人穿過大廳，走過龐大的曲形分叉樓梯，經過一座巨大的老式時鐘和放著一面鑼的壁龕，沿著一條狹窄的走廊來到盡頭，停在一扇門前。

這時白羅越過斯內爾，輕輕轉動門把手。它轉動了，但門沒有打開。白羅輕輕地用手指關節敲敲門板，他敲得愈來愈重。突然，他停下來俯身把眼睛貼在鑰匙孔上。

他慢慢地直起身，環顧四周，神色凝重。

「先生們！」他說，「這扇門必須馬上撞開！」

在他的指揮下，兩個高大強壯的年輕人向門板撞去，這並非易事，漢保洛莊的門都是非常結實。

最終，鎖鬆動了，在木頭爆裂的聲音中，整扇門倒向室內。

此刻，每個人都呆呆地站在走廊裡，望著屋裡的情景。燈亮著，靠左手的牆是個巨大的寫字檯，以堅固的紅木製成。一個高大的男子癱坐在椅子上，那椅子不是在桌前面而是倒向它，所以他正好背對著眾人。他的頭部和上半身靠在椅子的右側，右手垂在下面，在他右手下方的地毯上，有一把閃亮的小手槍……

無需多想，事情明擺著，傑維斯·雪溫尼—戈爾爵士開槍自殺了。

03

有那麼一會兒，眾人皆原地未動，呆望著這幅場景，之後白羅走上前去。

雨果．特倫高聲說道：「我的上帝，老頭子自殺了！」

這時雪溫尼—戈爾夫人顫抖著發出一聲長長的呻吟。

「哦，傑維斯，傑維斯！」

白羅轉過頭，果決地說：「把雪溫尼—戈爾夫人帶走，她在這兒幫不了什麼忙。」

那位軍人模樣的男子聽從他的意見，說道：「來吧，玟黛，過來，親愛的，你無能為力了。一切都會過去的，魯絲，過來照看一下你母親。」

但魯絲．雪溫尼—戈爾走進房間，緊挨在白羅身邊，此時白羅正彎身查看這具在椅中可怕扭曲的軀體……一個有著大力士赫丘勒斯式的體魄和海盜鬍鬚的軀體。

她的聲音低沉而緊張，奇怪地克制著自己。

「您確定他是……死了嗎？」

白羅抬起頭，魯絲小姐的臉上流露出某種情緒……一種凝重、壓抑的情緒，令他難以理解。那並不是憂傷，似乎更像是一種半恐懼的激動。

那個小個子戴夾鼻眼鏡的女人低聲說：「你母親，親愛的……你不想……」

那個紅髮女孩突然尖聲叫道：「那不是一輛汽車或者開香檳酒木塞的聲音！我們聽到的是一聲槍響……」

白羅轉身面向大家。

「必須跟警察局聯絡……」

魯絲．雪溫尼—戈爾使勁喊道：「不！」

那位面色威嚴的長者說：「我想這是不可避免的，你們怎麼看，伯羅斯？雨果？」

「您是雨果．特倫先生嗎？」白羅面朝著那個留小鬍子的高個子年輕人。「我認為，如果讓你我以外的其他人都離開這兒，可能會好一些。」

他的權威又一次被認可，那位律師帶著其他人離開了。白羅和雨果兩人留了下來。

「嗯……您是哪位？我是說，我一點也不知道，您到這兒來幹什麼？」

白羅從衣袋裡掏出名片盒，取出一張名片。雨果．特倫看著它說：「私人偵探，哦？我聽說過您……但我還是不明白您來這兒幹什麼？」

「您不知道您舅舅……他是您舅舅，對吧？」

雨果垂下眼瞼瞥了一眼死去的人。

「老頭子?是的，他確實是我舅舅。」

「您不知道他請我來嗎?」

雨果搖搖頭，他說得相當慢。

「我對此一無所知。」

他的聲音隱隱有種難以說清的情緒，表情看起來木訥遲鈍……白羅想，這種表情在某些時候是非常有用的面具。

「這裡是西郡，對吧?我認識你們警察局長梅傑．理鐸。」

雨果說：「理鐸住在半英里遠的地方，他可能會一個人過來。」

「那很好。」白羅說。

他開始小心地巡視房間。他掀開窗簾，檢查法式落地窗，輕輕推了推，它們是關著的。在桌子後面的牆上掛著一面圓鏡，鏡子已經打碎了，白羅彎腰撿起一個小東西。

「那是什麼?」雨果．特倫問。

「彈頭。」

「它穿透了他的頭，然後打在鏡子上?」

「看來是如此。」

白羅小心地把彈頭放回原處。他走向桌子。幾張紙整齊地堆在桌上。墨水瓶架上有一頁撕下來的紙，用顫抖的筆寫著一個詞「對不起」。

雨果說：「一定是他在……動手之前剛寫下來的。」

白羅沉思地點點頭。

他看了看那面破碎的鏡子，又看了看死者，困惑地皺眉頭，又向門口走去，那扇已撞破的門還斜掛在那兒，門上沒有鑰匙，恰如他所料，否則剛才他就不能透過鎖孔看到裡面了。地板上沒有任何痕跡。白羅走到死者身邊，伸出手指在他身上摸了摸。

「是的，」他說，「鑰匙在他口袋裡。」

雨果掏出香菸盒，點起一根菸。他的聲音很嘶啞。

「看來一切都很清楚，」他說，「我舅舅把自己關在這兒，在一張紙上留了話，然後朝自己開了槍。」

白羅深思地點點頭，雨果繼續說：「但我不明白他為什麼請您來，這一切是怎麼回事？」

「一時之間難以解釋，在我們等著的時候，特倫先生，為了掌握情況，也許您可以告訴我，今晚我來時看到的都是些什麼人？」

「他們是什麼人？」雨果心不在焉地說，「噢，好吧。請原諒，我們坐下來吧？」他指著離屍體最遠的角落裡的一張沙發。接著他斷斷續續地講道：「嗯，有玟黛，我的舅母；您知道，還有魯絲，我的表妹，您已經認識她們了。還有個小姐叫蘇珊．卡德韋爾，她正好在這兒。還有柏歷上校，他是這家人的老朋友。還有福布斯先生，他也是個老朋友，不光只是

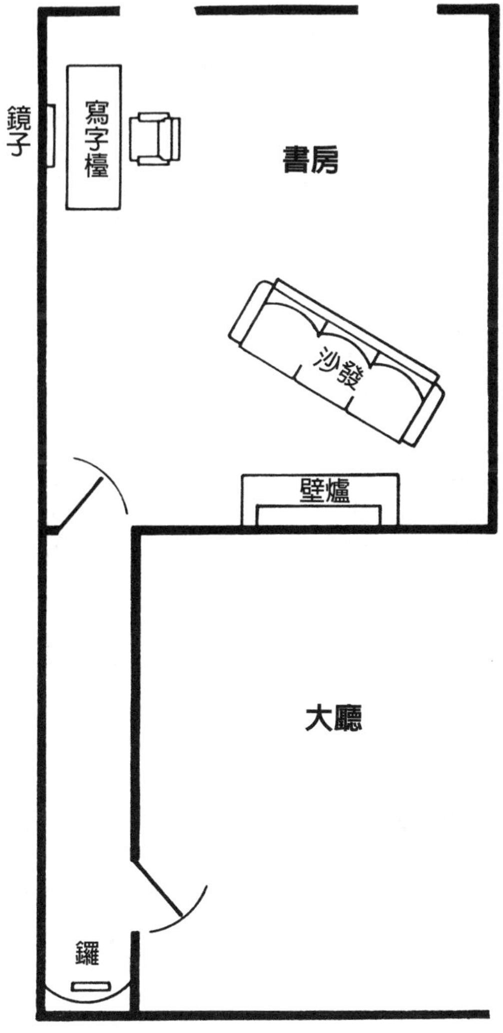
鏡子
寫字檯
書房
沙發
壁爐
大廳
鑼

這家的律師。這兩個老傢伙在玟黛年輕時都對她懷有熾烈的感情，現在還忠誠地衛護在她周圍，以不同的方式熱愛她。有點可笑，但非常感人。之後就是戈弗雷・伯羅斯，老頭子——我指我舅舅——的祕書和林加德小姐，她到這裡幫助他寫一部雪溫尼—戈德家族的歷史，做些史料搜集工作。就這些了，我想。」

白羅點點頭，又問道：「我想您確實聽到了殺死您舅舅的槍聲？」

「是的，我們聽到了，以為那是開香檳的聲音，至少我這麼認為。蘇珊和林加德小姐認為是外面汽車產生後座力的聲音……公路離這裡非常近，您知道。」

「這是在什麼時候？」

「呃，大約八點十分，斯內爾剛剛敲第一遍的鑼響。」

「這時你們在哪兒？」

「在客廳裡。我們……我們正為此事而發笑，爭論聲音是從哪裡傳過來的。我說從廚房，蘇珊說從客廳，林加德小姐說聽起來像在樓上，斯內爾說從外面的公路經樓上的窗戶傳進來。而後蘇珊問：『還有其他意見嗎？』我笑著說處處有謀殺。現在看來真是太糟糕了。」

他的臉緊張地抽動了一下。

「誰也沒想到傑維斯爵士會自殺？」

「不，當然想不到。」

「說真的，您沒想過他為什麼會自殺？」

雨果慢慢說道：「呃，是的，或許我不該說……」

「您有個想法？」

「是的，但這很難說清楚。雖然我不希望他自殺，但我並不感到震驚，事實上我的舅舅極為瘋狂，白羅先生，每個人都知道這一點。」

「這一次更充分證明了您的想法？」

「是啊，人總是在不正常的時候才會去自殺。」

「一種極為單純的解釋。」

雨果張大了眼睛。

白羅起身繞著房間隨意地看看。這房間布置得非常舒適，帶有相當濃重的維多利亞風格。有厚重的書櫃、巨大的扶手椅、幾把齊本德耳式高背椅，裝飾品並不多，但壁爐台上的幾件青銅器吸引了白羅的注意，顯然勾起了他的興致。他把它們一個一個拿起來仔細端詳一番，才小心地放回去。在最左邊的青銅器上，他用指甲捻起點東西來。

「那是什麼？」雨果不太感興趣地問。

「沒什麼，一點碎玻璃渣。」

雨果說：「有意思的是，鏡子被子彈擊碎了。破鏡子意味著走楣運。可憐的老傑維斯，我想他走運的時間太長了點……」

「您舅舅是個幸運的人嗎？」

「當然了，他運氣好是出了名的。他碰過的東西都會變成金子！如果他在一匹不大可能奪標的賽馬身上下注，那牠一定能輕而易舉地獲勝！如果他在一個不可信的礦場投資，那兒就立刻出產財富！他總能在最後關頭脫離險境，他的生命不止一次奇蹟般地獲救。他是個非常棒的老傢伙，您知道，他比絕大多數同輩人都見多識廣。」

白羅用一種隨意的口氣說：「您愛您的舅舅嗎，特倫先生？」

雨果．特倫似乎對這個問題有點吃驚。「呃……是的，當然，」他含糊地應道，「您知道，他有時有點難以相處，對我而言是可怕的束縛，幸虧我不必經常來看他。」

「他喜歡您嗎？」

「一點也不！事實上他痛恨我的存在……如果能這麼說的話。」

「那是因何緣故，特倫先生？」

「是這樣，您知道，他自己沒有兒子，他為此而苦惱。他對延續家族的事情極為看重，我認為他很清楚，他死後，雪溫尼—戈爾一家就斷了香火了。他們從諾曼征服起就開始繁衍生息，您知道。老頭子是家族的最後一位。我猜這個想法令他極為痛苦。」

「您自己沒有這種情緒嗎？」

雨果聳了聳肩。

「這類事情對我來講早就過時了。」

「財產會如何處理呢？」

「不太清楚，可能給我，或者他會留給魯絲，也許讓玟黛在有生之年掌管財務。」

「您舅舅沒明確表示過他的意願？」

「噢，他有他自己的想法。」

「是什麼？」

「他想讓魯絲和我結婚。」

「毫無疑問非常匹配。」

「非常匹配。但魯絲……魯絲對自己的生活很有主見。提醒您一點，她是個非常迷人的年輕女子，而她也明白這一點。她不會想急於結婚安定下來。」

「不過您本人有這種意願嗎，特倫先生？」

雨果的聲音頗不耐煩。「我實在看不出和誰結婚有什麼重要。離婚如此容易，如果你不滿意，結束這種關係再重新開始最容易不過了。」

門開了，福布斯和一個高個兒、衣冠楚楚的人走了進來。

後者向特倫點頭示意。

「你好，雨果，我對此事深表遺憾。這對你們大家無異於一場災難。」

赫丘勒．白羅走上前去。「您好嗎，梅傑．理鐸先生？還記得我吧？」

「是的，當然。」警察局長伸出手來。「您也到這兒來了？」

他語調中帶著一絲疑問，好奇地看著赫丘勒．白羅。

/ 04

「怎麼樣？」梅傑．理鐸問。

二十分鐘後，警察局長問法醫，他是一位灰白頭髮、上了年紀的瘦高男子。法醫聳聳肩。

「他已經死了半小時以上，但不會超過一小時。我知道你不想聽術語，就跳過它吧。這個人被擊中頭部，手槍射擊部位距右太陽穴只有幾英寸，子彈正好穿過大腦又飛了出去。」

「完全符合自殺特徵？」

「呃，是的，之後身體倒在椅子裡，手槍從手中落下。」

「你找到彈頭了？」

「是的。」醫生舉起它。

「很好，」梅傑．理鐸說，「我們會拿它和手槍比對。很高興案件非常清楚，沒有什麼麻煩。」
「您確定其中沒有任何問題，醫生？」
醫生慢慢答道：「是的，我猜您可能也發現了一點奇特之處。他向自己開槍時，必定是身體略有些右傾。否則子彈就該打在牆上鏡子的下面，而不是正好在中間。」
「用一種極不舒服的姿勢自殺。」白羅說。
醫生聳聳肩。
「呃，是的，舒服……如果您想徹底結束一切的話……」他沒把話講完。
梅傑．理鐸說：「現在屍體可以移走了嗎？」
「是的，只等著指紋採證了。」
「您怎麼樣，警官？」梅傑．理鐸對一個身穿灰衣、面孔冷漠的高個子男人說。
「可以了，先生。我們已得到了想要的線索，只等檢測手槍上的指紋了。」
「那你們可以處理屍體了。」
傑維斯．雪溫尼—戈爾的屍體被抬走了，警察局長和白羅一塊留下來。
「好吧，」理鐸說，「一切都很清楚明瞭。門鎖著，窗戶關著，門鑰匙在死者的衣袋裡。一切都明擺著……除了一件事。」
「是什麼，我的朋友？」白羅問。
「您！」理鐸不客氣地說，「您在這兒幹什麼？」

白羅交給他那封一星期前收到的信，和那封帶他來這兒的電報。
「哼，」警察局長道，「有意思，我們必須弄個水落石出。我認為這與他的自殺有直接關係。」
「我同意。」
「我們必須調查這所房子裡的每個人。」
「我可以告訴您他們的名字，我剛剛問過特倫先生。」
他重述了那個名單。
「或許您，梅傑．理鐸，知道其中一些人的情況？」
「我當然知道一點，先生。雪溫尼—戈爾夫人在某些方面有些瘋狂，就像老傑維斯一樣。他們是一對愛侶，而且都相當瘋狂。她是個前所未有的缺乏主見的人，有時卻能神祕地未卜先知，一語中的，令人大吃一驚。人們總笑話她，我想她也知道，但她從不在乎，她一點幽默感也沒有。」
「雪溫尼小姐只是他們的養女，對吧？」
「是的。」
「一位非常美麗的年輕女士。」
「她非常有吸引力，令周圍許多小夥子都深感苦惱。她誘惑他們，然後踢開他們，嘲笑他們。她是個騎馬的好手，身手俐落。」

「這些，在此時與這事無關。」

「呃，是的，或許無關……好吧，關於其他人。我認識老柏歷，他常來這兒，像是一隻溫順的貓和雪溫尼—戈爾夫人的侍從官，他是老朋友了，他們自出生就認識。我認為她和傑維斯爵士都在某個柏歷管理的企業中入了股。」

「奧斯瓦德・福布斯，您了解他的情況嗎？」

「我想我只見過他一次。」

「林加德小姐呢？」

「從沒聽說過。」

「蘇珊・卡德韋爾小姐呢？」

「是個紅頭髮的漂亮小姐嗎？前兩天我看見她和魯絲・雪溫尼—戈爾在一起。」

「伯羅斯先生呢？」

「我認識他，是雪溫尼—戈爾的祕書。這私下說……我不太喜歡他。他容貌英俊並且頗為自滿，不是上流社會出身。」

「他和傑維斯爵士很久了嗎？」

「我想大概有兩年了。」

「還有其他人……」

白羅的話被打斷了。

一個穿著日常套裝、高個子的金髮男子匆匆走進來，喘著氣，顯得很不安。

「晚安，梅傑．理鐸先生。我聽到傳言說傑維斯爵士自殺了，就馬上趕到這裡。斯內爾告訴我這是真的。簡直難以置信！我無法接受！」

「的確是事實，萊克。讓我為你介紹，這是萊克上尉，傑維斯爵士的財產管理人。赫丘勒．白羅先生，你也許聽說過他。」

萊克面色發紅，像是遇到了意外的驚喜。

「赫丘勒．白羅先生？真高興見到您！至少……」他頓了一下，臉上迷人的微笑驟然而逝，變得焦慮不安。「有什麼……可疑之處……關於這次自殺事件，先生？」

「為何您會認為這裡面有什麼『可疑之處』？」警察局長敏感地問道。

「我的意思是，因為白羅先生在這兒。呃，還因為整件事情都是那麼令人難以置信！」

「不，不，」白羅很快說道，「我不是因為傑維斯爵士的死才到這兒。我先前就已經來了，來作客。」

「噢，我明白了。有趣的是，今天下午我和他一起清理帳目的時候，他並沒有告訴我您要來。」

白羅平靜地說：「您已經兩次使用『難以置信』這個字眼了，萊克上尉。那麼，您聽到傑維斯爵士自殺的事非常驚訝嗎？」

「的確如此。當然，他很瘋狂，每個人都這麼認為。但是，我實在無法想像他會認為他走了而這個世界還能運轉。」

「是的，」白羅說，「這一點很重要。」

他讚賞地看著這位直率、理智而鎮靜的年輕人。

梅傑．理鐸清了清嗓子。

「既然您來了，萊克上尉，也許您願意坐下來回答幾個問題。」

「當然可以，先生。」

萊克搬過一把椅子坐在他們對面。

「您最後一次見到傑維斯先生是什麼時候？」

「今天下午，三點多。有些帳目要查，還有一個農場新來了個佃戶。」

「您跟他在一起有多久？」

「大約半個小時。」

「仔細想想，然後告訴我，您是否注意到他的神色有何不同尋常之處？」

年輕人想了一下。

「不，我想沒有。他或許有點興奮，但那也沒什麼奇怪。」

「他沒有一點沮喪之情？」

「呃，沒有，他看來情緒很好，他正在撰寫一部家族史，得意得很。」

「他寫了多長時間了？」

「大概六個月前開始的。」

「林加德小姐是那時來的嗎？」

「不，她是大約兩個月前來的，當時他發現自己一個人應付不了那些研究文獻。」

「那您認為他確實很得意？」

「噢，樂此不疲！他認為這個世界除了他的家族之外根本不值一提。」

年輕人的話音裡略帶嘲諷之意。

「據您所知，傑維斯爵士並沒有為什麼事而擔憂嗎？」

萊克上尉極短地停頓了一下才回答：「沒有。」

白羅突然提了個問題。

「您認為，傑維斯爵士有沒有在為他的女兒擔憂？」

「他女兒？」

「正是。」

「據我所知沒有。」年輕人生硬地說。

白羅不再說什麼，梅傑．理鐸說：「好了，謝謝你，萊克。或許請你留在附近，我可能還有事問你。」

「當然，先生。」他站起身。「我還能做些什麼？」

「是的，請你通知管家到這兒來。然後煩你幫我看看雪溫尼—戈爾夫人怎麼樣了，我現在能不能和她說幾句話。也許她不太舒服吧？」

年輕人點點頭離開房間，步子敏捷而堅定。

「一個有魅力的年輕人。」白羅說。

「是的，是個好青年，很能幹。每個人都喜歡他。」

05

「請坐，斯內爾，」梅傑．理鐸友好地說，「我有很多問題要問你，我認為這個變故令你十分震驚。」

「的確如此，先生。謝謝你，先生。」斯內爾非常謹慎地坐下來，就像平時走路那樣。

「你在這兒待了很長時間了吧？」

「十六年，先生。可以說是自從傑維斯爵士定居在這兒以後。」

「啊，是的，你的主人是個偉大的旅行家。」

「是的，先生。他曾經到過極地和許多有趣的地方探險。」

「現在，斯內爾，告訴我今晚你最後一次看見你的主人是什麼時候？」

「我在飯廳的時候，先生。那時桌子已經布置就緒，通往大廳的門是開著的，這時我看見傑維斯爵士走下樓梯，穿過大廳，沿著走廊進了書房。」

「是什麼時間？」

「快到八點，大概是八點差五分。」

「這是你最後一次看到他？」

「是的，先生。」

「你聽見槍聲了嗎？」

「呃，是的，先生。不過當時我沒想到……我怎麼會往那方向去想呢？」

「你覺得那是什麼聲音？」

「我想是一輛汽車，先生，公路就從花園的牆外經過；或者是樹林裡的槍聲，一個偷獵者，或許。我從未想到……」

梅傑．理鐸打斷了他。

「是在什麼時間？」

「恰好在八點過八分，先生。」

警察局長犀利地問：「你怎麼會知道得這麼確切？」

「很簡單，先生，我剛剛敲過第一聲鑼。」

「第一聲鑼？」

「是的，先生。根據傑維斯先生的命令，我總是在宣告晚餐就緒的那次鑼響的七分鐘，先敲一遍鑼。他特意要求，先生，當第二次鑼敲響時，每個人都必須在客廳裡集結就緒。我敲完第二遍鑼就到客廳裡，宣布晚餐開始，然後大家都走進去。」

「我開始明白了，」赫丘勒．白羅說，「在你今晚宣布晚餐開始時，你為何顯得那麼驚訝了，是因為平常傑維斯爵士那時都已經在客廳裡了？」

「我從未見過他那時不在那裡，先生，我非常吃驚，覺得有點……」

梅傑．理鐸又機警地打斷了他。

「那其他人通常也會在那兒嗎？」

斯內爾咳嗽了一下。

「只要是晚餐遲到的人，先生，就不會再被邀請到這棟房子裡來。」

「哇，非常嚴厲呀。」

「傑維斯爵士雇了一位大廚師，曾經掌管摩拉維亞皇帝的御膳。他常常說，晚餐如同宗教儀式一樣重要。」

「那他家裡人都怎麼看？」

「雪溫尼—戈爾夫人總是聽他的，先生，連魯絲小姐也不敢在晚餐時遲到。」

「很有意思。」白羅低聲說。

「我明白了，」理鐸說，「就是說，平常晚餐都在八點一刻開始，而你在八點零八分時敲第一聲鑼？」

「今天是這樣，先生，但平日並不如此。晚餐通常在八點鐘。傑維斯爵士下令將今天的晚餐推遲一刻鐘，因為他要等一位乘夜班列車的紳士。」

說這話時，斯內爾朝白羅微微欠了欠身。

「當你主人走進書房時，他是否流露出不安或者有些憂慮呢？」

「我不知道，先生。我離他太遠，看不清他的表情，我僅僅是看見了他而已。」

「他走進書房是獨自一人嗎？」

「是的，先生。」

「後來有人進過書房嗎？」

「我不清楚，先生。後來我就去了備餐室，直到八點八分我敲響第一聲鑼。」

「那時你聽見了槍聲？」

「是的，先生。」

白羅溫和地提了個問題。

「我想還有其他人也聽到槍聲。」

「是的，先生。有雨果先生和卡德韋爾小姐，還有林加德小姐。」

「這些人也在大廳裡嗎？」

「林加德小姐剛從客廳出來，卡德韋爾小姐和雨果先生正在下樓梯。」

白羅問：「他們在議論這個響聲嗎？」

「對，先生。雨果先生問是否晚餐準備了香檳，我告訴他備好了雪利酒、白葡萄酒和勃艮地葡萄酒。」

「他認為是開香檳酒瓶塞的聲音？」

「是的，先生。」

「但誰也沒把它當一回事？」

「呃，沒有，先生，他們都有說有笑地進了客廳。」

「房子裡其他人在哪兒？」

「我不清楚，先生。」

梅傑．理鐸說：「你認得這把手槍嗎？」

他說著把槍拿了出來。

「噢，是的，先生。這是傑維斯爵士的。他總把它放在桌子的抽屜裡。」

「抽屜通常上鎖嗎？」

「我不清楚，先生。」

梅傑．理鐸放下槍，清了清嗓子。

「現在，斯內爾，我要問你一個非常重要的問題，我希望你盡可能誠實地回答。你知道導致你主人自殺的某種原因嗎？」

「不，先生，我一無所知。」

「最近傑維斯爵士的態度古怪嗎？沒有沮喪或焦慮？」

斯內爾抱歉地咳了一下。

「請原諒我這麼說，先生，不過傑維斯爵士的舉止在陌生人眼裡總是有點古怪。他是個非常老派的紳士，先生。」

「是，是，我非常清楚這一點。」

「先生，外人一般是無法理解傑維斯爵士的。」

斯內爾強調了「理解」這個詞。

「我知道，我知道，可是你沒有發現任何不同於以往之處嗎？」

管家猶豫了。

「我覺得，先生，傑維斯爵士正為某事而擔憂。」他終於說道。

「擔憂還是沮喪？」

「不能說是沮喪，先生，只是擔憂，是的。」

「你知道他憂慮的緣故嗎？」

「不，先生。」

「比如說，是不是與某個人有關？」

「我什麼也不知道，先生。不管怎樣，我的印象就是如此。」

白羅又開口了。

「他的自殺讓你吃驚嗎？」

「非常吃驚，先生，令我極為震驚。我從未想過會發生這種事。」

白羅若有所思地點點頭。

理鐸看著他，又說：「好吧，斯內爾，我想就問你這些了。你很確定沒有其他要告訴我們的……比如說，最近這幾天沒發生什麼不同尋常的事情？」

管家站起身，搖了搖頭。

「什麼也沒有，先生，沒什麼事。」

「你可以走了。」

「謝謝，先生。」

斯內爾隨即走到門口，退後一步，側立一旁，雪溫尼—戈爾夫人飄然而入。

她身著一件東方色彩的長袍，紫色和橙色的絲綢緊裹在身上，神色安詳，態度鎮靜。

「雪溫尼—戈爾夫人。」梅傑．理鐸立起身。

她說：「他們告訴我您想和我談談，所以我來了。」

「我們要換一個房間嗎？這兒一定令您極為痛苦。」

雪溫尼—戈爾夫人搖搖頭，坐在一把齊本德耳式椅子上，她低聲道：「哦，不，這有什麼關係？」

「您真是太好了，雪溫尼．戈爾夫人，沒波及您的個人情感。我明白此事對您來說是一次很可怕的打擊……」

她打斷了他。

「起初確實是一次打擊，」她承認，語氣平和而隨意。「但這世界並不存在死亡之類的事，實際上，你知道，只有變化。」她補充說：「事實上，傑維斯正站在您的左肩旁邊，我能清楚地看到他。」

梅傑．理鐸的左肩微微抖了一下，他很疑惑地望著她。

她朝他微笑了，一個茫然又幸福的微笑。

「您不相信，當然！沒人願意相信。對我來講，靈魂世界就像這個世界一樣真實。還是請您向我提問吧，別擔心會令我痛苦。我一點也感覺不到痛苦。您知道，一切都是命中注定。人無法脫離他的因果報應，它們都在……鏡子裡顯示出來。」

「鏡子，夫人？」白羅問。

「是的，它是破碎的。您知道，這是一個象徵！您知道丁尼生[5]的詩嗎？當我還是小姐時常常讀他的詩……儘管，當然了，那時我還未領會其中的隱祕之意。『鏡子碎成一片一片，詛咒纏上我身！夏洛特夫人大叫。』這就是傑維斯身上所發生的事。詛咒突然降臨在他身上。我認為，絕大多數的古老家族都有某種詛咒……鏡子碎了。他知道這是命中注定的！

5　丁尼生（Alfred Tennyson, 1809-1892），英國著名詩人，一八五〇年時獲得「桂冠詩人」的稱譽。

詛咒應驗了！」

「但是，夫人，並非詛咒讓鏡子碎了……是一顆子彈。」

雪溫尼—戈爾夫人仍用那種曖昧不清的態度說：「那是同一回事……那是命。」

「您丈夫是自殺的。」

雪溫尼—戈爾夫人竟然微笑了。

「他不該那麼做的，只是傑維斯總是缺乏耐心，他從不願意等待。他的時限到了，他走上前去迎接它，其實就這麼簡單。」

梅傑．理鐸惱怒地清了清嗓子，不客氣地說：「那您對您丈夫結束他的生命並不感到驚訝囉？您是不是期待著此事發生呢？」

「哦，不，」她的眼睛睜大了。「一個人不是總能預見到未來。當然，傑維斯是個非常奇特的人，一個不同尋常的男人。他和所有人都不一樣，他天生是個偉人。很早以前我就了解這一點，我想他本人也清楚。他難以屈從於日常世界的愚蠢準則。」她從梅傑．理鐸的肩膀望過去，又說：「他正在微笑，他認為我們所有的人都是愚昧無知。我們也確實如此，就像小孩子，假裝相信生活是真實的，然而……生活只是偉大的幻想。」

似乎感到已經無法挽回敗局，梅傑．理鐸孤注一擲地問：「您能否告訴我們，為何您丈夫要結束自己的生命？」

她聳了聳瘦削的肩膀。

「有力量驅動著我們，力量驅動著我們……你們不會懂的，你們只停留在物質層面上。」

白羅咳了一下。

「談到物質層面，夫人，您知道您丈夫是如何處理他的財產嗎？」

「財產？」她瞪著他。「我從不考慮錢的問題。」

她的語氣十分不屑一顧。

白羅轉到另外一個話題。

「今晚您下樓進餐廳是在什麼時間？」

「時間？時間是什麼？無限，這是答案，時間是無限的。」

白羅低聲說：「但是，夫人，您丈夫對時間相當重視，尤其是——別人告訴我的——看重晚餐時間。」

「親愛的傑維斯，」她微笑著。「他在這上面確實荒唐，但這讓他心情愉快，所以我們從不遲到。」

「當響起第一聲鑼時，夫人，您在客廳裡嗎？」

「不，我還在自己房間。」

「您記得您到客廳時誰在那兒嗎？」

「好像每個人都在，我想，」雪溫尼—戈爾夫人問，「這有什麼關係？」

「也許無關緊要，」白羅說，「還有個問題，您丈夫曾經告訴過您，他懷疑自己遭到敲詐嗎？」

雪溫尼—戈爾夫人似乎對這個問題不感興趣。

「敲詐？不，我不這樣認為。」

「敲詐、欺騙、某種犯罪？」

「不，不，我不這樣想。如果有人敢做這種事，傑維斯一定很生氣。」

「他什麼也沒跟您提起過？」

「不，沒有。」雪溫尼—戈爾夫人搖搖頭，仍然沒太大興趣。「不然我會記著……」

「您最後一次見到您丈夫活著是什麼時候？」

「和平常一樣，下樓吃晚餐之前他順便去看看我，我的女傭也在。他只說他要下去了。」

「最近幾個星期他談論最多的是什麼？」

「哦，家族史。他進展順利，發現了很多有趣的陳年往事，林加德小姐，太難得了。她和他在大英博物館查找資料……一切有關的事情。您知道，她曾幫洛德·馬爾卡斯特寫過一部書。她相當老練，我的意思是她從來不找那些不合適的東西。每個家族總會有一些後代子孫不願啟齒的先輩。傑維斯對此非常敏感。她也幫我的忙。我找到很多關於哈特謝普蘇特[6]的材料。我是哈特謝普蘇特轉世，您知道。」雪溫尼—戈爾夫人平靜地宣布，「在此之前，」她接著說，「我是亞特蘭提斯的女祭司。」

梅傑·理鐸在椅子上動了動。

「呃，嗯，非常有趣，」他說，「好吧，雪溫尼─戈爾夫人，我想就這些了。非常感謝你。」

雪溫尼─戈爾夫人站起來，撫平她的東方式長袍。

「晚安，」她說。然後她的焦點轉向梅傑．理鐸身後的某處。「晚安，傑維斯，親愛的。我希望你會來，但我知道你不得不留在這兒。」她又解釋道，「你必須留在這兒二十四小時以上，之後才能自由地活動和交流。」

她飄然離去。

梅傑．理鐸以手撫額。

「噓，」他低聲說，「她比我想像的還要瘋癲許多。她真相信那些無稽之談嗎？」

白羅沉思著搖搖頭。

「不，不，我的朋友。有意思的是，正如雨果．特倫先生無意中向我提到的，在那些紛亂的幻想當中，偶而會有一些明智之見。她對我們提到了林加德小姐的老練圓熟，說她避而不涉及不受歡迎的先人。相信我，雪溫尼─戈爾夫人絕不傻。」他站起來在房間裡來回踱著，「這次變故中的某些事情我不喜歡。不，我一點也不喜歡。」

6 哈特謝普蘇特（Hatshepsut，約 1508 BC-1458 BC），古埃及第十八朝女王。

理鐸好奇地看著他。

「您是指自殺的動機？」

「自殺，自殺！全都錯了，我告訴您，是邏輯上的錯誤。雪溫尼—戈爾是如何看待自己的？視自己為一個巨人，絕頂重要的人物，是世界的中心！這樣一個人會毀滅自己嗎？絕對不會。他更像是會毀滅他人……那些可憐如螻蟻般卻敢惹惱他的人……他或許把這個當成是必要的，甚至神聖的。可是自我毀滅？這般自我毀滅？」

「您說得對，白羅。但證據確鑿。門鎖著，鑰匙在他自己口袋裡；窗戶關死了。我知道你說的那些事在書裡常發生，但我還從未在現實生活中遇到過。還有別的嗎？」

「是的，還有。」白羅坐在一把椅子上。「我在這兒，我是雪溫尼—戈爾。我坐在我的桌前，我決定殺死自己。因為……我們假設一下，我發現了一樁有辱家族名譽的可怕事件。這並不具說服力，但也足夠了。然後，我怎麼辦？我在一張紙上寫下『對不起』幾個字。是的，很有可能。然後打開桌子抽屜，取出我放在那裡的手槍，裝上子彈——如果它沒裝的話——然後，我向自己開槍嗎？不，我先把我的椅子轉過去——這樣，我還朝右側傾斜一點兒——然後才把手槍對準我的太陽穴，扣動扳機！」

白羅從椅子上跳起來，來回踱著步子，問：「我問您，這合乎情理嗎？為什麼要把椅子轉過去？如果，比如說，牆上那個地方有幅畫，那麼，是的，或許能得以解釋，一個快死的人也許希望在世上看到的最後一樣東西是某一幅畫像，但是窗簾……啊，不，這不合情理。」

「他也許想看看窗外，看他的領地最後一眼。」

「我親愛的朋友，您的說法難以服人。事實上，您知道這毫無意義。八點過八分天已經黑了，而且窗簾都放下來了。不，一定還有別的解釋……」

「據我看只有一種解釋，傑維斯·雪溫尼—戈爾瘋了。」

白羅不滿意地搖著頭。

梅傑·理鐸站起來。

「來吧，」他說，「讓我們去見見在場的其餘的人。或許我們能得到些什麼……線索。」

06

在與雪溫尼—戈爾夫人一場面對面的艱難交談之後，梅傑．理鐸發覺與福布斯這樣精明的律師相處非常輕鬆。

福布斯先生言辭謹慎，滴水不漏，但他的回答總是切中要害。

他承認傑維斯爵士的自殺令他極度震驚。他從未想過傑維斯爵士這種人會結束自己的生命，他對其原因一無所知。

「傑維斯爵士不但是我的主顧，而且還是老朋友。我從孩提時代就認識他了，應該說，他總是在享受生活。」

「在這種情況下，福布斯先生，我必須請您非常坦白地講，您不知道傑維斯爵士生活有任何焦慮或傷心的祕密嗎？」

「不，他很少焦慮，像大多數人那樣；但他仍然有嚴肅認真的品性。」

「沒有病痛？他和妻子之間沒什麼問題？」

「不，傑維斯爵士和雪溫尼—戈爾夫人相愛至深。」

「雪溫尼—戈爾夫人顯然持有某種奇特的觀念。」梅傑．理鐸說。

福布斯先生笑了，一個寬容的、男人式的微笑。

「女士們，」他說，「一定要給她們留有幻想的權利。」

警察局長繼續問：「您管理著傑維斯爵士的所有法律事務？」

「是的，我的公司『福布斯、奧格爾維和斯潘斯』，一百多年來一直為雪溫尼—戈爾家族服務。」

「雪溫尼—戈爾家族是否有過什麼醜聞？」

「我不明白您的意思？」

「白羅先生，請您把給我看過的那封信，讓福布斯先生看一下好嗎？」

白羅一語不發地站起來，欠著身把這封信交給福布斯先生。

福布斯先生讀了信，眉毛揚了起來。

「真是一封非比尋常的信，」他說，「我現在明白您的問題所在了。沒有，據我所知，沒有任何理由去寫一封這樣的信。」

「傑維斯先生沒有對您提及此事？」

「根本沒有。我必須說我很奇怪他沒這樣做。」

「他非常信賴您？」

「我認為他很信任我的判斷力。」

「那您對這封信有何想法？」

「我不願做任何不負責任的猜測。」

梅傑．理鐸很欣賞這一巧妙的回答。

「現在，福布斯先生，也許您會告訴我們傑維斯爵士如何安排他的遺產？」

「當然，我沒有任何理由反對。對他妻子，傑維斯爵士每年從財產收入撥給她六千英鎊。還可以在杜沃爾府邸或朗德斯廣場的房屋之間任選一棟。當然還有幾件遺贈品，沒什麼特別的東西。剩下的財產歸他的養女魯絲所有，條件是如果她結婚的話，她的丈夫要改姓雪溫尼—戈爾。」

「什麼也沒留給他外甥雨果．特倫先生？」

「有的，一筆五千英鎊的遺贈。」

「我以為傑維斯爵士是個富有的人。」

「他非常富有。除了土地之外，他還有一大筆私人財產。當然，他不像從前那麼富有了。實際上所有投資收益都很吃緊，而且，傑維斯爵士在一家公司損失了一大筆錢……柏歷上校說服他在『特殊合成橡膠代用品』公司投入了很大一筆錢。」

「不是明智之舉？」

福布斯先生點點頭說：「退伍軍人在買賣交易上是損失最慘重者，我發現他們對人的輕信遠遠超過那些寡婦。事實上的確如此。」

「然而，這些不當的投資沒有嚴重影響到傑維斯爵士的收入？」

「噢，沒有，不算嚴重，他依然是個非常富有的人。」

「這份遺囑是什麼時候立下的？」

「兩年前。」

白羅低語道：「這個安排，似乎對傑維斯爵士的外甥雨果．特倫先生不太公平啊？不管怎樣，他也是傑維斯爵士最近的血親。」

福布斯先生聳聳肩。

「一個人不得不考慮到他家族的歷史。」

「比如……」

福布斯先生有點不願意說下去。梅傑．理鐸說：「您一定覺得我們過於關注重提舊日的醜聞或者類似之事了。但是這封傑維斯爵士給白羅先生的信，必須得到解釋。」

「傑維斯爵士對他外甥的態度和醜聞無關。」福布斯先生很快說道，「只是傑維斯爵士總是認真地把自己放在家族首腦的位置上。他有一個弟弟和一個妹妹。弟弟，安東尼．雪溫尼—戈爾，死於戰爭。妹妹，帕梅拉，結了婚，但傑維斯爵士不贊成這門親事。換句話說，他認為她在結婚之前應當先徵得他的同意和認可。他認為特倫上尉的家族不夠顯赫，不足以與雪溫尼—戈爾家攀親。他妹妹覺得他這種想法十分可笑。總之，傑維斯爵士一直不喜歡他外甥。我想，這或許促使他決定收養一個孩子。」

「他自己不能有親生骨肉嗎？」

「不，他們婚後曾生出一胎死嬰，醫生說雪溫尼—戈爾夫人再也無法生育了。兩年後他收養了魯絲。」

「那魯絲小姐是誰呢？他們怎麼選中了她？」

「我想，她是一家遠親的孩子。」

「我正是這麼猜的，」白羅說，抬頭望著掛在牆壁上的家族畫像。「看得出她屬於同一支血脈，像是鼻子、下巴的線條，這一特徵在這面牆上重現了很多次。」

「她也承繼了個性部分。」福布斯先生乾巴巴地說。

「可以想見。她與她養父相處得如何？」

「摩擦多得不得了，他們之間不止一次發生過激烈的衝突。不過儘管有這些爭吵，我認為他們之間還是有種潛在的和諧。」

「雖然如此，她還是令他十分煩惱？」

「煩惱透了。但我可以向你們保證，絕沒煩到讓他結束自己生命的地步。」

「啊，當然，」白羅表示同意。「一個人不會因為有個任性的女兒就朝自己的腦袋開槍！所以小姐會繼承他的一切！傑維斯爵士從未想過更改他的遺囑嗎？」

「哦！」福布斯先生咳了一下以掩飾他的些許不安。「事實上，我是得到傑維斯爵士的指示到這兒來的，也就是說兩天前，是為了立一份新的遺囑。」

「什麼？」梅傑．理鐸把椅子拉近一些。「您沒有告訴我們這個。」

福布斯先生很快說：「你們只是問我遺囑的措辭，我給了你們想要的答案，新遺囑甚至還沒正式擬好，也還沒簽字呢。」

「它有什麼條款？這或許能幫助我們了解傑維斯爵士的想法。」

「大致和從前一樣，但雪溫尼─戈爾小姐只有跟雨果．特倫先生結婚才有繼承權。」

「啊，」白羅說，「可這有相當大的區別。」

「我並不贊成這一條，」福布斯先生說，「而且我當即指出，這條很可能被駁斥掉。法庭不會支持這種條件下的遺贈。但是傑維斯爵士主意已定。」

「那如果雪溫尼─戈爾小姐……或者再加上特倫先生，拒絕服從呢？」

「如果特倫先生不願和雪溫尼─戈爾小姐結婚，那財產就無條件地歸她，但如果他願意而她拒絕的話，反之，財產都歸他。」

「怪事。」梅傑．理鐸說。

白羅往前湊近，輕輕拍著律師的膝蓋。

「但藏在背後的是什麼？當傑維斯爵士制定這一條件時，他腦子裡在想些什麼？確定有什麼事情……我想，這一定涉及到另外一個人，一個令他不滿的人。我想，福布斯先生，您一定知道那個人是誰？」

「白羅先生，我真的一無所知。」

「但您可以猜測一下。」

「我從來不妄加猜測。」福布斯先生說，語氣中很有些反感。

他摘下夾鼻眼鏡，用一塊絲質手絹擦著，問道：「你們還想知道些什麼嗎？」

「現在沒有。」白羅說，「就我而言沒有了。」

福布斯先生看沒什麼可再談的了，就把眼光轉向警察局長。

「謝謝您，福布斯先生，我想就這些了。我很想，如果可以的話，和雪溫尼—戈爾小姐談談。」

「當然可以，我想她在樓上和雪溫尼夫人在一起。」

「呃，好的，也許我還有話想和……他叫什麼名字來著？伯羅斯，先談一談，以及那位寫家族史的女士。」

「他們都在圖書室，我會通知他們。」

07

「真困難，」梅傑．理鐸在律師離開房間之後說，「要從這些老派法律界人士身上榨出一點有用的東西真不容易。整個事件在我看來是以那個小姐為中心。」

「看起來……是的。」

「啊，伯羅斯來了。」

戈弗雷．伯羅斯走進來，帶著一種渴望效力的熱切之情。他的微笑謹慎而憂鬱，僅露出一點牙齒，略顯機械而且不太自然。

「現在，伯羅斯先生，我們想問您幾個問題。」

「當然，梅傑．理鐸先生，您儘管問。」

「好的，首先也是最重要的，簡單講，您對於傑維斯爵士自殺有何看法？」

「完全沒有。此事令我極為震驚。」

「您聽到槍聲了？」

「沒有，當時我確定是在圖書室。我很早就下樓去圖書室查資料。圖書室與書房恰好位在房子的兩頭，所以我什麼也沒聽見。」

「有誰和您在一起嗎？」白羅問。

「沒有。」

「您不知道當時其他人都在哪兒嗎？」

「我猜大概是在樓上換衣服。」

「您什麼時候到客廳的？」

「正好在白羅先生到之前，每個人都在那兒……當然，除了傑維斯爵士。」

「他不在那裡，您不感到奇怪嗎？」

「是的，的確奇怪。通常他總在第一遍鑼響之前就到的。」

「近來您注意到傑維斯爵士的態度有什麼不一樣嗎？他憂慮，或者不安？還是沮喪？」

戈弗雷・伯羅斯想了想。

「沒有……我認為沒有。有點……心事重重吧。」

「但他並未表現出為某件事情擔憂？」

「哦，沒有。」

「沒有……經濟方面的憂慮？」

「他在為一家公司的事而煩惱，確切地說是特殊合成橡膠公司。」

「他對此事說了些什麼？」

戈弗雷．伯羅斯又堆起了機械的笑容，還是顯得不太真實。

「呃，事實上……他說『老柏歷不是傻瓜就是無賴。是傻瓜，我想。因為玟黛的緣故，我必須和他友好相處』。」

「他為何說『因為玟黛的緣故』呢？」白羅問道。

「是這樣，你們知道，雪溫尼—戈爾夫人很喜歡柏歷上校，而他也崇拜她，像隻狗一樣老跟在她後面。」

「傑維斯爵士一點也不……嫉妒？」

「嫉妒？」伯羅斯睜大了眼睛，之後大笑起來。「傑維斯爵士嫉妒？他根本就不知道有這個詞語。他從沒想過有人會喜歡他之外的人，您明白嗎？」

白羅溫和地說：「我認為，您並不太喜歡傑維斯．雪溫尼—戈爾爵士？」

伯羅斯臉紅了。

「哦，對，我不喜歡他。在今天，他的那套作風已經顯得荒唐可笑了。」

「哪些作風？」白羅問。

「封建觀念——如果這樣說你們較能接受的話——對祖先的崇拜和個人的傲慢自大。傑維斯爵士在很多方面都很有能力，而且他的生活饒富樂趣。但他若不把自己包在厚厚的自我主義當中，他的生活會更有意思。」

「他女兒也同意您的看法嗎？」

伯羅斯的臉又紅了，這一次脹成深紫色。他說：「據我所知雪溫尼—戈爾小姐是非常現代的！當然，我不會和她一起對她父親評頭論足。」

「可是，現代人常不避諱談論他們的父親！」白羅說，「所謂現代精神，大致而言就是批評自己的父母！」

伯羅斯聳聳肩。

梅傑．理鐸問：「沒有其他經濟上的焦慮嗎？傑維斯爵士從未提及他受過敲詐？」

「敲詐？」伯羅斯一副吃驚的樣子。「噢，沒有。」

「那您自己和他的關係很好嗎？」

「當然很好。有什麼理由不好？」

「我只是問問，伯羅斯先生。」

年輕人顯得很生氣。

「我們的關係再好不過了。」

「您知道傑維斯爵士曾寫信請白羅先生來這兒嗎？」

「不知道。」

「傑維斯爵士通常自己寫信嗎？」

「不，他大半口述給我。」

「但他這次沒這麼做？」

「沒有。」

「為什麼會這樣，您是怎麼想的？」

「我想不通。」

「您想不出什麼原因使得他親自寫了這封特別的信？」

「不，我想不出來。」

「啊！」梅傑．理鐸說，很快又加了一句：「很奇怪。您最後一次看見傑維斯爵士是什麼時候？」

「在我換衣服進餐廳之前，我帶了幾封信讓他簽字。」

「當時他的情緒如何？」

「很正常，事實上應該說他正為什麼事而感到高興。」

白羅在椅子上挪動了一下。

「嗯？」他說，「這就是您的印象？他正為某件事而高興，然後，此後不久，他就自殺了。太離奇了！」

戈弗雷．伯羅斯聳聳肩。

「我只是告訴您我的印象而已。」

「是，是，它們非常有價值。不管怎樣，您可能是最後見到活著的傑維斯爵士的人。」
「斯內爾是最後見到他的人。」
「見到他，是的，但是沒和他說話。」
伯羅斯沒有回答。
梅傑．理鐸說：「您上樓換晚餐的衣服是什麼時間？」
「大約七點過五分。」
「傑維斯爵士在幹什麼？」
「我離開時他還在書房裡。」
「一般他換衣服要花多長時間？」
「他通常給自己留出三刻鐘的時間。」
「所以如果晚餐在八點一刻，他很可能最遲七點半就上樓了？」
「很可能。」
「您自己很早就去換衣服了？」
「是的。我想換了衣服就去圖書室查資料。」
白羅沉思地點點頭。
梅傑．理鐸說：「好吧，我想目前就這些了，請您通知……那位小姐叫什麼來著？」
嬌小的林加德小姐幾乎立刻輕快地走進房間。她戴著幾條項鍊，坐下時還叮噹作響，然後她就用探詢的目光來回打量著這兩個人。

「所有這些……呃，非常令人悲痛，林加德小姐。」

「的確很令人悲痛。」林加德小姐禮貌地答道。

「您是在什麼時候來這兒？」

「大約兩個月前，傑維斯爵士寫信給博物館的一位朋友福瑟林蓋上校，然後福瑟林蓋上校推薦了我。我曾經做過一些歷史研究工作。」

「您覺得傑維斯爵士難以相處嗎？」

「噢，不很難，只要對他遷就一點，這是當然的。但之後我發現，所有的男人都不得不遷就他們。」

此刻，帶著可能被林加德小姐遷就的一種不自在，梅傑．理鐸說：「您在這兒的工作是幫助傑維斯爵士寫書？」

「是的。」

「都包括哪些工作？」

這時，林加德小姐看上去非常幹練，她回答時眼波閃亮。

「是這樣，您知道，就是寫那本書！我查找所有的資料並做好筆記，然後組織材料。之後，我再整理修改傑維斯爵士寫的稿子。」

「您一定做得非常熟練，小姐。」白羅說。

「熟練加嚴格，兩者都需具備。」林加德小姐道。

「傑維斯爵士對您的……嚴格，不反感嗎？」

「一點也不，我不會拿細枝末節去煩他。」

「啊，是的，我明白了。」

「實際上非常簡單，」林加德小姐說，「如果採取適當方式，傑維斯爵士極易相處。」

「現在，林加德小姐，我想知道您對這一悲劇事件有何高見？」

林加德小姐搖搖頭。

「我恐怕無能為力。你們知道，他自然不會完全信賴我，我算是個陌生人。而且我認為他太傲氣了，絕不會和任何人提到家中的麻煩。」

「您認為是家庭問題導致他結束生命？」

林加德小姐非常驚訝。

「那當然了！難道還有其他解釋？」

「您敢確定是家庭問題困擾著他？」

「我知道他有極大的煩惱。」

「噢，您知道？」

「咦，當然了。」

「告訴我，小姐，他與您談過此事？」

「並不太詳細。」
「他說些什麼？」
「讓我想想。他可能不像我這麼說……」
「等等，對不起，那是在什麼時候？」
「今天下午，我們通常從三點工作到五點。」
「請繼續講吧。」
「如我所言，傑維斯爵士似乎難以集中注意力。他說有幾樁麻煩事糾纏在他腦子裡，而且他說……讓我想想，似乎是這樣……當然，我不敢確定是他的原話：『太可怕了，林加德小姐，這片土地上最驕傲的一個家族，竟然會被蒙上恥辱。』」
「那您怎麼說？」
「哦，只說些寬慰他的話。我想我說的是，每一世代都會出些低能者，那是對偉大的一種懲罰，但他們的失敗很少為後人所銘記。」
「這番話達到了您所期望的寬慰效果嗎？」
「多少有點。我們回到了羅傑・雪溫尼—戈爾身上。我在一份當時的手稿中發現一條極有價值的材料。但傑維斯爵士又分心了。後來他說下午他不想再工作了，他說他受到了一次打擊。」
「一次打擊？」

「他就這麼說。當然，我沒問任何問題，我只是說：『我很遺憾聽到這個，傑維斯爵士。』然後他讓我告訴斯內爾說白羅先生要來，並且要把晚餐推遲到八點十五分。派了汽車去接七點五十分的火車。」

「通常他也讓您來安排這類事嗎？」

「哦，不，這應該是伯羅斯先生的事。我只管做文獻整理工作。我可不是他的祕書。」

白羅問：「您認為，傑維斯爵士是否出於某種特殊原因，請您而不是伯羅斯先生來安排此事？」

林加德小姐想了想。

「嗯，他或許有……當時我沒想到。我以為只是方便起見。不過，現在我想起來，他的確讓我別告訴其他人說白羅先生要來。要給大家一個驚訝，他說。」

「啊！他這麼說過，是嗎？非常奇怪，也非常有趣，那您告訴過別人嗎？」

「當然沒有，白羅先生。我告訴了斯內爾晚餐的事，讓他派個司機接一位乘七點五十分列車到達的紳士。」

「傑維斯爵士當時還講過什麼與此有關的話嗎？」

林加德小姐想了想。

「不，我認為沒有了。他很激動，我記得離開他房間時，他說：『現在他來已經無濟於事了，太遲了。』」

「那您知道這句話是什麼意思嗎？」

「嗯……不知道。」

對這句含糊而猶豫不決的簡單否認，白羅皺皺眉頭，又重複了一句：「『太遲了』，他是這麼說的？『太遲了』？」

梅傑．理鐸說：「林加德小姐，您能告訴我們對於困擾傑維斯爵士的事情有何想法？」

林加德小姐慢慢地說道：「我有種看法，此事在某種程度上與雨果．特倫有關。」

「和雨果．特倫有關？您為何這樣認為？」

「是的，這沒有任何確證。但昨天下午，我們剛好涉及到雨果．德．雪溫尼爵士——他在『薔薇戰爭』中表現不佳——傑維斯爵士說：『我妹妹居然替她兒子選了「雨果」這個名字。它一直是我們家族中最沒出息的名字。她早該曉得，沒一個叫雨果的子孫能幹出名堂來。』」

「您對我們講的話很有啟發性，」白羅說，「是的，它向我提示了一種新的想法。」

「傑維斯爵士沒有說得更清楚些嗎？」梅傑．理鐸問。

林加德小姐搖搖頭。

「沒有，而且他不會什麼都對我講。傑維斯爵士實際上只是在自言自語，而不是真的跟我說話。」

「可想而知。」

白羅說：「小姐，您一個陌生人，剛來這兒兩個月。如果您可以把對這個家族及其事務的印象直言相告，我認為會非常有價值。」

林加德小姐摘下夾鼻眼鏡，眨著眼睛思索了一番。

「好吧，起初，坦白講，剛到這兒時，我以為走進了一家瘋人院。雪溫尼—戈爾夫人總看見一些根本不存在的東西，而傑維斯爵士的舉止則像……像一個君王，以非同一般的方式扮演他自己。嗯，我認為他們是我見過最古怪的人。當然，雪溫尼—戈爾小姐很正常，而且我也很快發現雪溫尼—戈爾夫人實際上是個極善良、仁慈的女人。沒人比她待我更好的了。傑維斯爵士……嗯，我真的認為他瘋了。他的極端自我主義，你們是這樣講的嗎？每天都愈演愈烈。」

「那其他人呢？」

「伯羅斯先生為傑維斯爵士工作得很辛苦，我可以想像。我覺得他很高興我們的著書工作給了他一點喘息的機會。柏歷上校魅力十足，他摯愛雪溫尼—戈爾夫人，並且與傑維斯爵士也相處得很好。特倫先生、福布斯先生及卡德韋爾小姐才來沒幾天，所以我對他們還不太了解。」

「非常感謝你，小姐。那萊克上尉怎麼樣，那個財產管理人？」

「噢，他非常好，每個人都喜歡他。」

「包括傑維斯爵士嗎？」

「哦，是的，我曾聽他說過，萊克是他用過最好的財產管理人。當然，萊克上尉和傑維斯爵士相處時也有他的難處，不過他都處理得很好，這很不容易。」

白羅沉思著點點頭，自語道：「有件事……什麼事呢……我想要問您，某個小問題……是什麼來著？」

林加德小姐耐心地望著他，白羅苦惱地搖著頭。

「哈，就在嘴邊了。」

梅傑．理鐸等了一兩分鐘，而白羅仍在困惑地皺著眉頭，於是他再次提出了這個問題。

「您最後見到傑維斯爵士是什麼時間？」

「喝午茶時，就在這間屋裡。」

「當時他的態度怎樣？正常嗎？」

「和平時一樣正常。」

「午茶時的氣氛緊張嗎？」

「不，我覺得每個人都很正常。」

「午茶後傑維斯爵士去哪兒了？」

「他帶伯羅斯先生去了書房，像平常一樣。」

「那是您最後一次看到他？」

「是的。我去了我工作的小客廳，根據我和傑維斯爵士覆審過的筆記打了一章書稿，直到七點，我上樓休息，換上晚餐的衣服。」

「我想，您的確聽到了槍聲？」

「是的，我正在這間房子裡，我聽到了像槍聲的聲音，就走進了大廳，特倫先生在那兒，還有卡德韋爾小姐。特倫先生問斯內爾，晚餐是否準備了香檳酒，還以此開了很多玩笑。我沒將此事當真，我覺得那是一輛車產生後座力的聲音。」

白羅說：「您聽到特倫先生說『處處有謀殺』這句話了？」

「我想他的確說了那麼一句，當然只是開開玩笑罷了。」

「然後又發生了什麼事？」

「我們全集合到這兒來了。」

「您還記得其他人進來的次序嗎？」

「雪溫尼—戈爾小姐是最先到的，我想，然後是福布斯先生，之後柏歷上校和雪溫尼—戈爾夫人一起下樓來。隨後是伯羅斯先生。我想次序就是這樣，但我不十分確定，因為他們幾乎是同時到的。」

「被第一聲鑼聲集合起來的？」

「是的，每個人聽到鑼聲都立刻行動，傑維斯爵士是個可怕的『晚餐守時』信奉者。」

「他自己一般什麼時候下樓？」

「在第一聲鑼響之前，他幾乎人就已在房間裡了。」

「這次他沒下來令您驚訝嗎？」
「非常驚訝。」
「啊，我想起來了！」白羅大叫一聲。
兩個人都質詢地望著他，他接著說道：「我想起我剛才要問什麼了。今天晚上，小姐，斯內爾報告說門鎖住了，我們全都奔向書房時，您停下來撿起了一樣東西。」
「我？」林加德小姐顯得非常吃驚。
「是的，就在我們拐向通往書房的走廊時，一件小小、發亮的玩意兒。」
「太奇怪了，我記不得了……等一下，是的，只是剛才我沒想起來。讓我看看，它一定在這裡。」
她打開她的黑色手提包，把裡面的東西倒在桌子上。
白羅和梅傑·理鐸都頗有興趣的瞧著。有兩塊手帕、一個粉盒、一小串鑰匙、一個眼鏡盒，還有一件東西，被白羅一把抓起。
「一個子彈殼，天哪？」梅傑·理鐸說。
這個小東西倒真像子彈殼的形狀，但它實際上只是一枝小鉛筆。
「這就是我撿到的東西，」林加德小姐說，「我全忘了。」
「您知道這是誰的嗎，林加德小姐？」
「噢，是的，是柏歷上校的。他用一枚擊中他的子彈做了這個東西——或者沒有擊中他，如果你們明白我的意思——在南非戰爭中。」

「您知道他最後一次帶著它是什麼時候？」

「嗯，今天下午他們打橋牌時他還帶著它，因為當我進來喝茶時，我注意到他正用它記分數。」

「誰在打橋牌？」

「柏歷上校，雪溫尼—戈爾夫人，特倫先生和卡德韋爾小姐。」

「我想，」白羅溫和地說，「我們將留下這個，並親自把它還給上校。」

「噢，請吧。我太健忘了，我早該記起還給他。」

「林加德小姐，可否勞駕您現在去請柏歷上校到這兒來？」

「當然，我馬上去叫他。」

她匆忙離開了，白羅站起身，開始在房間裡來回踱步。

「我們開始，」他說，「重新整理一下這個下午的過程。非常有意思。兩點半傑維斯爵士和萊克上尉一起查帳，他有些心事重重。三點，他和林加德小姐一起討論他正在寫的書，他正為某件事所困擾。林加德小姐還把這一苦惱與特倫先生聯繫起來。午茶時分，他的舉止正常，午茶後，戈弗雷·伯羅斯告訴我們他正為某事而興奮不已。八點差五分，他下樓去他的書房。在一張紙上顫抖著寫下『對不起』，然後開槍自殺！」

理鐸慢慢地說：「我明白您的意思，這前後不一致。」

「傑維斯．雪溫尼—戈爾爵士的情緒變化太奇特了！他心事重重，他極度不安，他正常，他非常興奮！這裡面有點蹊蹺！還有他那句『太遲了』。我到這兒『太遲了』。是啊，確實如此，我確實來得太遲了，沒能見到活著的他。」

「我明白了，您真的認為……」

「我到現在還不明白傑維斯爵士為何要請我來！真的！」

白羅又在房間裡來回巡視。他調了調壁爐台上的一兩件擺設，檢查了靠立在一面牆上的一張牌桌，打開抽屜把紙牌拿出來。然後他轉到書桌旁邊，檢查那個廢紙簍，裡面除了一個紙袋以外別無他物。白羅把它拿出來，聞了聞，自語道：「橙子。」之後把它展開，讀著上面的名字。「木匠和兒子們，水果商們，漢保洛聖瑪莉。」他將紙摺成整齊的方形，這時柏歷上校走了進來。

／08

上校坐入一把椅子，一邊搖頭一邊說道：「這事太可怕了，理鐸先生。雪溫尼—戈爾夫人表現得非常好，極為出色。偉大的女人！充滿了勇氣！」

白羅輕輕坐回到椅子上，說：「我想您認識她很多年了？」

「是的，確實如此，我參加她的初次社交舞會。她的頭上戴著玫瑰花蕾，我仍記得，一襲白色的絨毛裙……舞會上沒有誰比得上她！」

他聲音裡飽含深情，白羅拿出那枝鉛筆給他。

「這是您的吧，我想？」

「呃？什麼？噢，謝謝，今天下午打橋牌時還用過它。太令人驚訝了，您知道，三圈裡我摸到了一百張黑桃大牌。前所未有啊！」

「午茶之前您在玩橋牌，對吧？」白羅問，「傑維斯爵士喝茶時心情如何？」

「平平常常，很平常，怎麼也想不到他正打算結束自己的生命。現在回想起來，也許他要比平時興奮一點。」

「您最後一次見他是什麼時候？」

「什麼，就在那時吧，午茶時間。此後再也沒見到這個可憐的傢伙。」

「午茶後您沒去書房嗎？」

「沒有，再沒見到過他。」

「您什麼時候下樓進晚餐？」

「第一聲鑼敲響之後。」

「您和雪溫尼—戈爾夫人一塊兒下來的！」

「不，我們……呃，在大廳碰到的。我想她剛剛到餐廳看過花，差不多是那樣。」

梅傑．理鐸說：「我希望您別介意，柏歷上校，如果我問您一個個人問題的話。您和傑維斯爵士在特殊合成橡膠公司的問題上，是否存在過分歧？」

柏歷上校的臉暴脹成紫紅色，他略微慌亂地回答：「沒有，根本沒有。老傑維斯是個不可理喻的傢伙。你們必須牢記這一點，他總希望他做的每件事都走運！他看不出整個世界都在經歷一場危機，所有的股票和股值都受到影響。」

「所以你們之間確實有麻煩了？」

「沒有麻煩。只是傑維斯該死的不可理喻！」

「他為自己蒙受了損失而指責過您？」

「傑維斯不正常！玟黛很了解，但她總是替他遮掩。我倒願意一切聽從她的安排。」

白羅咳了一聲，梅傑．理鐸瞥了他一眼，改變了話題。

「我知道，您是這個家族的老朋友，柏歷上校。您了解傑維斯爵士如何處置他的遺產嗎？」

「嗯，我想大部分將歸魯絲所有，傑維斯曾透露出這個意思。」

「您不認為這對雨果．特倫不公平嗎？」

「傑維斯不喜歡雨果，一向不能接受他。」

「但他對家族很有意義。不管怎麼說，雪溫尼—戈爾小姐只是傑維斯的養女。」

柏歷上校猶豫了，咕噥了一會兒之後，說：「聽著，我認為我最好告訴你們一點事情，不過一切要絕對保密。」

「當然，當然。」

「魯絲是個私生女，但她是雪溫尼—戈爾，傑維斯弟弟的女兒。安東尼死於戰爭，好像他和一個打字小姐有過關係。他死後，這小姐寫信給玟黛，玟黛去看她……這小姐剛生了個孩子。玟黛剛剛得知她再也無法生育了，便和傑維斯收養了這個孩子。魯絲就是那個一出生就被他們帶回來收養的孩子。那位母親放棄了她的一切權利。他們像對待親生女兒一般把魯絲撫養成人，而且從各方面看，她確實是他們的好女兒，你們只要仔細瞧瞧她，就能發現她是雪溫尼—戈爾家的成員！」

「啊哈，」白羅說，「我明白了。這樣一來，傑維斯爵士的態度就很明朗了，但他不喜歡特倫先生，為何一定要安排他和魯絲小姐結婚呢？」

「為了家族的倫理。這讓他感覺有所交代。」

「儘管他並不喜歡或信任那個年輕人？」

上校嗤之以鼻。

「你們不了解老傑維斯，他不把人當人看。他安排兩人聯姻無非為了維持高貴的血統！他認為魯絲和雨果結婚很匹配，但雨果要改姓雪溫尼—戈爾。雨果和魯絲對此做何感想則根本無關緊要。」

「那魯絲小姐會同意這一安排嗎？」

柏歷上校抿嘴輕笑。

「她才不會呢！她可不好惹！」

「您知道嗎，就在傑維斯爵士死去前不久，他正在起草一份新遺囑，據此，雪溫尼—戈爾小姐只有與特倫先生結婚，才具有繼承權。」

柏歷上校吹了聲口哨。

「那他真覺察出她和伯羅斯……」

話一出口他連忙煞住，但已經太晚了，白羅抓住了這個機會。

「魯絲小姐和年輕的伯羅斯先生之間有什麼嗎？」

「可能沒什麼，什麼也沒有。」

梅傑．理鐸清清喉嚨說：「我認為，柏歷上校，您必須把您所知道的都告訴我們，這也許與傑維斯爵士的心理狀態直接相關呢。」

「我想大概是，」上校不確定地說，「事實上，年輕的伯羅斯長得不難看，至少女人們都這樣認為。他和魯絲近來很親密，而傑維斯不喜歡這樣，一點也不喜歡，但他又不想解雇他以免引起麻煩。他了解魯絲喜歡什麼。她不願接受任何命令，所以我猜他做了這個安排。魯絲不是那種會為愛情而犧牲一切的小姐，她愛享受，而且喜歡錢。」

「您本人喜歡伯羅斯先生嗎？」

上校發表他的意見，說戈弗雷．伯羅斯有點「腳跟多毛」[7]。這句話徹底難住了白羅，而梅傑．理鐸笑得鬍子都翹起來了。

又回答了幾個問題後，柏歷上校走了。

理鐸望著白羅，他正坐在那兒苦思冥想。

「您對這一切做何解釋，白羅先生？」

這個小個子男人舉起雙手。

「我好像看見了一個模式，一次有預謀的設計。」

理鐸說：「很難理解。」

「是的，很困難。但是愈想那句隨便說出來的話，愈使我意識到它的重要性。」

「哪句話？」

「那句特倫的玩笑話『處處有謀殺』……」

理鐸不客氣地說：「是的，我看得出您已傾向這個看法。」

「您不同意嗎？我的朋友，我們了解的愈多，就發現自殺的動機愈少。而對於謀殺，我們卻蒐集到了不少令人吃驚的動機！」

「然而，您不得不記著這個事實意指沒有教養門鎖著，鑰匙在死者口袋裡。啊，我知道有很多方式和手段，大頭針、繩子、所有的這類工具，我想它們也許能……但這些東西真會起作用嗎？我對此深表懷疑。」

「不管怎樣，讓我們從謀殺而非自殺的觀點出發，重新審視一下案情。」

「啊，好吧。既然您在場，那很有可能會是謀殺！」

白羅笑了。

「我可不太喜歡這種說法。」然後他又嚴肅起來。「是的，讓我們從謀殺的立足點出發分析案情。槍響時，四個人在大廳裡，林加德小姐、雨果·特倫、卡德韋爾小姐和斯內爾，

7　意指沒有教養。

其他人在哪兒呢？」

「伯羅斯在圖書室，按他自己說的；沒人能證明他的話。其他人假定在他們的房間裡，但有誰知道他們真在那兒呢？每個人似乎都是獨自下樓的。即便雪溫尼─戈爾夫人和柏歷也只是在大廳裡遇上。雪溫尼─戈爾夫人從餐廳出來，柏歷從哪兒來？或許他並非從樓上下來，而是從書房裡出來。有那枝鉛筆在呢。」

「是的，這枝鉛筆很有意思。在我提到它時他沒什麼表情，也許是因為他並不知道我從哪裡發現它的，也不知道自己已經把它丟掉了。讓我們看看，這枝鉛筆在使用時還有誰在玩橋牌？雨果．特倫和卡德韋爾小姐，他們與此無關。林加德小姐和管家能證明他們不在場。第四個人是雪溫尼─戈爾夫人。」

「您不能隨便懷疑她。」

「為什麼不能，我的朋友？我告訴您，我，能夠懷疑任何人！假設一下，與她表面上摯愛她丈夫的情形相反，事實上柏歷才是她的真愛？」

「嗯，」理鐸說，「從某方面來說，他們這種三角關係。已經有很多年了。」

「況且，傑維斯爵士與柏歷上校之間還由於公司的事有了麻煩。」

「實際上傑維斯爵士可能已經成為一個威脅，我們無法知其詳情，可能就像聽說的那樣，傑維斯爵士懷疑柏歷存心騙他的錢，但他不願聲張，可能因為她妻子也捲進去了。是的，這有可能。這樣他們倆都有可能的動機，而且很奇怪雪溫尼─戈爾夫人如此平靜地面對她丈夫的死亡。所有那些靈魂的說法可能是在做戲！」

「此外還有個解釋，」白羅說，「雪溫尼—戈爾小姐和伯羅斯。傑維斯簽不簽署新的遺囑，關係到他們的利益。本來，只要她丈夫改換族姓，她就能得到一切……」

「對，而且伯羅斯先生描述傑維斯爵士今晚態度的說法也很可疑。很興奮，為某事而高興！這和我們聽到的其他情況不一致。」

「還有，福布斯先生。精確、嚴謹地擁有一家傳統而事業成功的公司。但是律師，甚至是最值得崇敬的那種，據說也會挪用主顧的錢去填塞他們的虧空。」

「您也太敏感了，白羅。」

「您認為我的描述很像是電影情節？但是生活，梅傑．理鐸先生，經常與電影情節有驚人的相似之處。」

「在西郡是不太可能的，」警察局長說，「我們最好是繼續和其他人談一談吧，您說呢？已經很晚了，我們還沒見過魯絲．雪溫尼—戈爾呢，而她可能是關鍵人物。」

「我贊成，還有卡德韋爾小姐，也許我們可以先見見她，這用不了很長時間，最後再見雪溫尼—戈爾小姐。」

「好主意。」

09

那天晚上白羅對蘇珊．卡德韋爾只是很快地一瞥而過。現在終於得以細細地打量她。她有一張聰明的面孔，白羅想，不太漂亮，但有種讓漂亮小姐也會嫉妒的吸引力，她的頭髮惹人注目，臉龐精心修飾過，她的眼睛，他認為，帶著戒備的神色。

幾個開場的問題後，梅傑．理鐸說：「我不知道，您算是這家人的親密朋友嗎，卡德韋爾小姐？」

「我根本不認識他們。雨果認為我應該來這兒看看。」

「那您是雨果．特倫的朋友？」

「是的，那就是我的身分——雨果的女朋友。」蘇珊．卡德韋爾笑著說出了這幾個字。

「您認識他很久了？」

「噢不，剛剛一個月左右。」

她頓一下又補充道：「我正要和他訂婚。」

「那他帶您來這兒，是為了把您介紹給他的家人？」

「啊，不，並不是這樣，我們很小心地守著這個祕密，我來這兒是想考察一番。雨果告訴我這個地方就像個瘋人院。我想我最好親自來瞧瞧。雨果，可憐的甜心，是最可愛的人兒，但他一點也不長腦子。你們知道，日子不好過，雨果和我都沒錢，而老傑維斯爵士，他是雨果的主要希望，而他卻一心希望雨果和魯絲結婚，雨果很軟弱，你們知道，他可能同意這樁婚事而寄望於不久之後就離婚。」

「您並不贊同這一想法，小姐？」白羅柔聲問。

「堅決不。魯絲可能會獨占一切而拒絕離婚。我是堅決反對的。除非我能帶上一束百合去，否則甭想騎馬跑過聖保羅的騎士橋。」

「所以您為了自己而來這兒考察一下形勢？」

「是的。」

「很好。」白羅說。

「是的，雨果說對了！這家人都有病！除了魯絲，她非常明智。她有自己的男朋友，對這樁婚姻跟我一樣不具好感。」

「您指伯羅斯先生？」

「伯羅斯？當然不是。魯絲不會看上像他那樣的偽君子。」

「那她愛上了誰？」

蘇珊停下來，取出一根香菸，點燃了，然後說：「您最好去問她，不管怎樣，這不關我的事。」

梅傑．理鐸說：「您最後一次看見傑維斯爵士是什麼時間？」

「午茶的時候。」

「他的態度沒什麼特別之處？」

小姐聳了聳肩。

「和平時差不多。」

「午茶後您做些什麼？」

「和雨果打撞球。」

「您沒再見到傑維斯爵士？」

「沒有。」

「槍聲是怎麼回事？」

「很奇怪。我想第一聲鑼已經響過了，所以趕緊換好衣服。衝出房間時，聽到了，我想是第二次鑼聲，然後跑下樓梯。第一個晚上我曾遲到了一分鐘，雨果告訴我，這會在老頭子面前斷送我們的機會，所以我急奔而下，雨果正好在我前面。這時傳來『砰』的一聲，雨果說是香檳酒的木塞，但斯內爾說沒有香檳。而且，我覺得聲音不是從餐廳發出來的。林加德小姐認為從樓上來，後來我們都同意是倒車的後座力，之後我們進了客廳，就把這事忘了。」

「您沒想過傑維斯爵士會自殺嗎？」白羅問道。

「我問您，我可能會想到這種事嗎？老頭子看上去對他本人的影響力很是自豪。我不覺得他會做出這種事，我想不出他何必如此，我猜唯一的原因是他瘋了。」

「一次不幸的事件。」

「非常不幸……對於雨果和我，我猜他什麼也沒有留給雨果，而事實也是如此。」

「誰告訴您的？」

「雨果從老福布斯那兒知道的。」

「好的，卡德韋爾小姐……」梅傑．理鐸停了一會兒。「我想就到這兒吧，您認為雪溫尼—戈爾小姐感覺可好，能否下來和我們談談？」

「噢，我想可以，我去告訴她。」

白羅插言道：「等一下，小姐，您以前見過這個嗎？」

他掏出了那個子彈殼鉛筆。

「嗯，見過，今天下午我們打牌時用過它，我想是老柏歷上校的吧。」

「打完牌他把它帶走了嗎？」

「我不清楚。」

「謝謝您，小姐，就這樣吧。」

「好的，我去告訴魯絲。」

魯絲・雪溫尼—戈爾像女王一般走進房間。她容光煥發，頭揚得老高。但她的眼睛，像蘇珊・卡德韋爾一樣，是警覺的。她還穿著白羅剛到時的那身衣服，淡淡的杏黃色，肩上別著一朵橙紅色的玫瑰，一小時前它還清新地盛開著，現在卻已凋萎。

「什麼事？」魯絲問。

「我非常抱歉打擾您。」梅傑・理鐸開口道。

她打斷了他的話頭。

「當然你必須打擾我，你必須打擾每個人。我可以為你節省點時間，我不清楚老頭子為什麼會自尋死路。我能告訴你的就是，這種做法一點也不像他。」

「您注意到今天他的舉止有任何不對勁嗎？沮喪或是興奮……有什麼不正常嗎？」

「我認為沒有。我沒注意……」

「您最後一次見到他是什麼時候？」

「喝午茶時。」

白羅問：「午茶以後，您沒去書房嗎？」

「沒有。我最後看見他是在這個房間，坐在那兒。」

她指著那把椅子。

「我明白了。您認得這枝鉛筆嗎，小姐？」

「它是柏歷上校的。」

「最近您見過它沒有？」

「我記不得了。」

「您知道一些……傑維斯爵士和柏歷上校間的分歧嗎？」

「您是指關於特殊橡膠公司的事？」

「對。」

「我認為是這樣，老頭子對此極為惱怒！」

「或許他了解到他被騙了？」

魯絲聳聳肩。

「他並不看重金錢。」

白羅說：「我可以問您一個問題嗎，小姐，多少有點唐突的問題？」

「當然，隨您的便。」

「您為您父親的死而悲傷嗎？」

她瞪著他。

「當然我很難過。不過我不會沉溺於傷感之中，我會很想念他……我愛老頭子，我和雨果總是這麼稱呼他。『老頭子』，你知道，有點原始，就像稱呼原始人部落的族長那樣，聽起來頗為不敬，但更多是親切之意。當然，他實在是個前所未有、徹頭徹尾、頑固不化的老傻瓜！」

「您很風趣，小姐。」

「老頭子長了個蝨子腦袋！很遺憾要這麼說，但這是真的。他無法勝任任何腦力工作。提醒你一句，他是個人物，勇猛無比，敢去極地冒險，和人決鬥。我總覺得，他動輒發火是他其實知道自己的腦筋不行了，誰都比他能幹。」

白羅從衣袋裡拿出那封信。

「請您讀一下這個，小姐。」

她仔細讀過，又把它還給白羅。

「就是它把您帶到這兒來的！」

「這封信沒提示您些什麼嗎？」

她搖搖頭。

「沒有，這很可能是真的，誰都能從可憐的老傢伙身上撈點東西。約翰說他之前的那個財產管理人完全騙了他。你知道，老頭子是如此自高自大，以至於他從不屑於顧及細節！他是騙子的獵物。」

「您為他描繪了一幅與眾不同的畫像，小姐，從另一個角度。」

「噢，是的。他披著一層很好的偽裝。玟黛，我母親，總是盡力為他遮掩。他得意而昂首闊步地假裝他是全能的上帝。從某方面講，這就是為何我替他的死而高興。這是他最好的歸宿。」

「這我不敢苟同，小姐。」

魯絲沉思說：「他愈來愈變本加厲，早晚有一天會被關起來……人們已經議論紛紛。」

「小姐，您是否知道，他正打算立一份新遺囑，據此您只有和特倫先生結婚才能繼承他的財產？」

她叫道：「太荒唐了！但我保證法律不會認可的……誰也不能決定某人該與誰結婚。」

「如果他真的簽署了這樣一份遺囑，您會服從這一條件嗎，小姐？」

她睜大了眼睛。

「我……我……」

她說不下去了。她坐在那兒猶豫了兩三分鐘，盯著搖晃不定的腳尖。一小塊黏在鞋底的泥土落在地毯上。

突然魯絲・雪溫尼—戈爾說：「等一下！」

她站起來跑出房間，幾乎立刻就回來了，身邊跟著萊克上尉。

「是說明真相的時候了，」她喘著氣說道，「你們現在最好明白，約翰和我三星期前在倫敦結婚了。」

10

兩人當中，萊克上尉尤其尷尬。

「太令人驚奇了，雪溫尼—戈爾小姐……我該稱呼你萊克夫人了，」梅傑．理鐸說，「沒人知道你們倆結婚了吧？」

「沒有，我們非常保密。約翰不喜歡那樣。」

萊克有點結巴地說：「我……我知道用這種方式處理事情太過粗糙。我本該直接去找傑維斯爵士……」

魯絲打斷了他。

「告訴他你想娶他女兒，然後你的腦袋會被揍開花，而我將被取消繼承權，他會把這所房子變成地獄，我們也可以相互告慰我們做得有多漂亮了！相信我，我的方法更好！事情做了也就做了。本來還會有場爭吵……但他已經棄權了。」

萊克看上去仍然不高興，白羅問：「你們原來打算何時向傑維斯爵士公開這件事？」

「我打算瞞到底。他已經對我和約翰有所懷疑。所以我假裝把注意力轉向戈弗雷。自然了，他很快就為此而大感光火。如此一來，若最後他發覺我是和約翰結婚，那他一定鬆了口氣！」

「還有誰知道這樁婚事？」

「我最後告訴了玟黛。我想爭取她的支持。」

「那您達到目的沒有？」

「是的。你知道，她對我和雨果的婚姻並不熱心……我覺得那是因為他是我表兄。她可能認為這個家族已經太不正常了，而我們生的孩子會更瘋狂。這或許很可笑，因為我只是養女，你知道。我想我只是某個關係很遠的表親的孩子。」

「您確定傑維斯爵士沒有察覺真相？」

「噢，沒有。」

白羅道：「是真的嗎，萊克上尉？今天下午您和傑維斯爵士見面的時候，確定沒有提及此事？」

「是的，先生，沒提過這件事。」

「你知道嗎，萊克上尉，有確切的證據表明，傑維斯爵士見了您之後處於高度興奮狀態，而且他還不止一次講到了家族的恥辱。」

「我沒提過這件事啊。」萊克重複了一遍，他的臉色變白了。

「那是您最後一次見到傑維斯爵士？」

「是的，我已經告訴你們了。」

「今晚八點過八分您在哪兒？」

「我在哪兒？在我家裡，在村莊的另一頭，離這兒半英里遠。」

「那時您沒到漢保洛莊附近來過？」

「沒有。」

白羅轉向那小姐。

「您在哪兒？小姐，在您父親自殺時？」

「在花園裡。」

「在花園？您聽到了槍聲？」

「哦，對。但我沒特別留意。我以為是外面有人在打野兔，不過現在想來，我覺得那聲音離得很近。」

「您從哪條路回到房間裡的？」

「我從窗戶進來的。」

她扭頭指了指身後的那扇落地窗。

「當時這兒有人嗎？」

「沒有，不過雨果、蘇珊和林加德小姐立刻從大廳進來了。他們在談論槍聲和謀殺之類的事情。」

「我明白了，」白羅說，「是的，我想我現在明白了……」

梅傑・理鐸疑惑地說：「好吧。呃，謝謝，我想就到這兒吧。」

魯絲和她丈夫轉身離開了房間。

「究竟怎麼……」梅傑・理鐸開口道，隨後又絕望地說：「事情愈來愈複雜了。」

白羅點點頭。他撿起那塊從魯絲鞋底掉下來的泥，小心翼翼地捧在手裡。

「這就像牆上的那面破鏡子，」他說，「死者的鏡子。我們掌握的每一種新事實都展示出死者的不同面向。它們從各個不同的角度反射出來，我們很快就會看到全貌了……」

他把那一小塊泥小心放進紙袋裡。

「我想告訴您一件事，我的朋友，解開全部祕密的線索就是那面鏡子。如果您不相信我所說的話，您自己到書房去找找吧。」

梅傑・理鐸直率地說：「如果是謀殺，那您去證實吧。如果您問我，我會說這明顯是自殺。您注意到那小姐說起前任財產管理人曾騙過老傑維斯的錢嗎？我打賭這是萊克出於個人目的編造了這個故事，他希望對自己有好處。傑維斯爵士已有所察覺，請您來是因為他不清楚萊克和魯絲的事情發展到了哪一步。而今天下午萊克告訴他他們已經結婚了，這擊垮了傑維斯。現在做什麼都已『太遲了』，他決定一了百了。實際上他的頭腦在大多數情況下都不正常，他絕望了，在我看來事情就是這樣。對此您有什麼反駁之詞嗎？」

白羅仍舊站在屋子當中。

「我能說什麼？我沒有任何話語反駁您那套理論。只是光這樣還遠遠不夠，還有一些事沒考慮進去。」

「比如說？」

「傑維斯爵士今天的情緒自相矛盾；出現柏歷上校的鉛筆；卡德韋爾小姐的證詞（這非常重要）；林加德小姐提及下樓進餐者的次序；傑維斯爵士被發現時椅子的位置；有橙子味的紙袋；最後是破碎的鏡子這一最重要的線索。」

梅傑．理鐸瞪大了眼睛。

「您告訴我，這一大堆亂七八糟的事情有什麼意義呢？」他問。

赫丘勒．白羅輕聲回答：「我希望有意義……到明天早晨。」

11

第二天早晨白羅醒來時，天才破曉。他的臥室在房子的最東邊。

他起床拉開窗簾，滿足地看著旭日東升。這是個明媚的清晨。

他像平時一樣仔細穿好衣服，洗漱完畢，又加了一件厚外套，在脖子上裹了一條圍巾。

然後他躡手躡腳地走出房間，穿過寂靜的走廊，下樓到客廳。他無聲無息地打開法式落地窗，走到花園裡。

太陽初露光芒，晨靄瀰漫，是個美好的早晨。赫丘勒·白羅沿著室外一側的梯形路來到傑維斯爵士書房的窗下。他停下來勘測現場。

窗外是一條草坪，正好與房子平行，前面是一條很寬的多年生花草邊緣地帶，紫菀花還在盛開著。再前面就是白羅站的石板路，一條草坪從邊緣帶後面的草坪伸向梯形路，白羅仔細察看，之後搖了搖頭。他把注意力轉到兩側的邊緣帶上。

他慢慢點了點頭。在他右手的花圃裡，鬆軟的泥土上留下了清晰的腳印。

當他皺著眉頭盯著腳印時，一個聲音在他耳邊響起，他猛地抬起頭。

上面的窗戶被推開了。他看見了一頭紅髮，罩在一圈金紅色的光環之中，蘇珊・卡德韋爾露出她聰明的臉龐。

「您這個時候究竟在幹什麼呢，白羅先生？現場勘測嗎？」

白羅優雅地躬一下身。

「早安，小姐。對，如您所說，現在您逮著了一個偵探，一個大偵探，正在進行偵查活動。」

蘇珊把頭一歪，略帶炫耀地說：「我一定得把它載入我的記事本。我可以下來幫忙嗎？」

「我很榮幸。」

「一開始我還以為您是個賊呢，您從哪條路出去的？」

「穿過客廳的窗戶。」

「等一下我就來。」

說著說著她人就到了，白羅還站在她最初發現他的那個地方。

「您醒得非常早，小姐。」

「我睡不好，我剛才有種強烈的感覺，有人在清晨五點起來了。」

「並沒有那麼早！」

「感覺就是那樣！那現在，我的超級警犬，我們要找什麼？」

「察看那些腳印，小姐。」

「原來如此。」

「其中四個，」白羅接著說道，「看，我給您指出來，兩個朝窗戶走過去，兩個從窗戶走過來。」

「是誰的？園丁的？」

「小姐，小姐啊！這些腳印像某位女士小巧的高跟鞋留下的。看，為了令您信服，我請您踩一下，在腳印旁邊的泥上。」

蘇珊猶豫了一下，小心地把一隻腳踩上白羅指定的那塊鬆軟的泥地。她穿著一雙深棕色的小巧高跟鞋。

「您看，您的腳印和它差不多大，差不多，可是並不吻合，另外那些腳印比您的腳長。也許是雪溫尼—戈爾小姐，或者林加德小姐，甚至是雪溫尼—戈爾夫人的。」

「不是雪溫尼—戈爾夫人的，她是小腳，那時代的人習慣把腳弄小。而林加德小姐穿平底鞋。」

「那它們就是雪溫尼—戈爾小姐的腳印，啊，對了，我記得她提到昨晚來過花園。」

他順原路返回房子。

「我們還要勘察嗎？」蘇珊問。

「當然了。我們現在去傑維斯爵士的書房。」

他帶路，蘇珊．卡德韋爾小姐緊跟在後。

門還懸靠在那裡，房間還保持著昨晚的原樣。白羅拉開窗簾，放進陽光。

「我猜猜，小姐，您對一般竊賊了解不多吧？」

蘇珊．卡德韋爾遺憾地搖搖頭。

「恐怕是這樣，白羅先生。」

「警察局長並未和他們保持友好的關係。他和社會幫派打交道時十分嚴格而且官僚化，我就不同了。我曾和一個竊賊愉快地聊天。他告訴我一件關於法式落地窗的妙事……一個竅門，如果窗閂夠鬆的話，有時可以派上用場。」

他說著轉動左邊窗戶的把手，窗閂從地上的插孔內被抽出，然後白羅朝著自己的方向拉開兩扇窗門，開大了之後又把它們關上……關上時沒轉動把手。這樣窗閂便沒有落回插孔中去。他讓把手開著，等了一會兒，然後猛地在窗閂中心上方打了一下，這一重擊使窗閂落回到地上的插孔裡，把手也回歸原位。

「您明白了嗎，小姐？」

「我想我明白了。」

蘇珊的臉色變得蒼白。

「窗戶現在是關死的，當窗戶關死時，要進到房間裡是不可能的，但要出去卻可以，從外面把窗戶拉開，然後像我那樣打它一下，這樣窗閂落回插孔，把手轉回原位。窗戶又關得死死的，所以每個看到的人都會說它是從裡面關上的。」

「是不是……」蘇珊的聲音有些發抖。「昨晚就是這樣？」

「我認為是，小姐。」

蘇珊粗暴地說：「我一個字也不信。」

白羅沒有回答。他走向壁爐，突然轉過身。

「小姐，我需要您做個證人。我已經有個證人了——特倫先生。我對他說過，我把它維持原狀留給警察，甚至我還告訴警察局長那面碎了的鏡子是一條有價值的線索。他不理會我的暗示，現在您做一個證人，我把這個玻璃碎渣（記住，我曾以此喚起特倫先生的注意）放進一個小信封，像這樣，」他邊說邊做。「然後我在上面寫幾個字……然後把它封起來。您為我當個證人，小姐？」

「好的。可……可是我不明白這是什麼意思。」

白羅走到房間另一頭。他站在桌前望著牆上那面碎了的鏡子。

「我會告訴您是什麼意思，小姐。如果您昨晚站在這兒，往鏡子裡看，您就會看見謀殺正在發生……」

12

生平頭一次，魯絲・雪溫尼—戈爾（現在是魯絲・萊克）按時地下樓吃早餐。赫丘勒・白羅在大廳裡，在她進餐廳之前把她請到一邊。

「我有個問題想向您請教，夫人。」

「是嗎？」

「昨晚您到過花園，您走過幾次傑維斯爵士書房窗外的花圃？」

「兩次。」

「啊，兩次！怎麼會是兩次？」

「第一次我去採紫菀花，大概是七點。」

「在這個時間採花不奇怪嗎？」

「是啊，的確如此。昨天早晨我已經採過花了。但午茶後玟黛說餐桌上的花不太好。我倒覺得它們挺好的，儘管不夠新鮮。」

「所以您母親讓您再去摘一些來，對吧？」

「對，所以我在七點之前出去。我從邊緣地帶摘花是因為那兒的花幾乎全開了，不至於破壞景觀。」

「是，是，但第二次呢，您說您還去了第二次？」

「那是在晚餐之前，我的禮服上掉了一滴髮油，恰好在肩頭。我懶得另換衣服，但我的假花沒一朵和我衣服的黃色相配。我記起昨天採紫菀花時看見一朵遲開的玫瑰，所以我急忙跑出去摘來別在肩上。」

白羅慢慢點頭。

「對，我記得昨晚您是戴了朵玫瑰花，那是什麼時候，夫人，在您摘那朵玫瑰時？」

「我記不清了。」

「這非常關鍵，夫人，想一想，回憶一下。」

魯絲皺著眉，飛快地瞥了白羅一眼。

「我不能確定，」她終於說道，「可能是……啊，對了，一定是八點過五分。當時我正在返回房子的路上，聽見了鑼聲，然後就是那聲有意思的『砰』。我很匆忙，因為我以為那是第二次鑼聲而不是第一次。」

「啊，您以為這樣……那您站在花圃上時，沒試著打開書房的窗戶嗎？」

「事實上我試了。我以為它是開著的，這樣從那兒進去會快一些。但它是關死的。」

「所有一切都得到了解釋。我祝賀您，夫人。」

她盯著他。

「你是什麼意思？」

「這樣您對一切都有了交代，您鞋子上沾的泥土、您在花圃上留下的腳印、您在窗戶外面留下的指印，太吻合了。」

魯絲還沒開口，只見林加德小姐匆匆走下樓梯，臉頰上帶著奇怪的潮紅。看到白羅和魯絲站在一起，她顯得有點吃驚。

「對不起，」她說，「出了什麼事？」

魯絲氣憤地說：「我認為白羅先生發瘋了。」

她撇下他們進了飯廳，林加德小姐將她那驚異的面孔轉向白羅。

他搖搖頭。

「早餐之後，」他說，「我會解釋的，我想請每個人在十點時到傑維斯爵士的書房。」

進了飯廳，他又重申了這一請求。

蘇珊．卡德韋爾迅速地看了他一眼，然後把目光移向魯絲。這時雨果說：「唉，這是什麼意思？」

她暗中撞了他一下，他就順從地閉上了嘴巴。

吃完早餐，白羅起身走向門口，他掏出一塊碩大的老式手錶。

「九點五十五分，還有五分鐘，到書房。」

§

白羅環視四周，一張張好奇的臉望著他。他注意到，每個人都在，只有一個例外，恰在此時，那個例外的人飄然而至。雪溫尼—戈爾夫人姍姍來遲，她顯得憔悴而病懨懨。

白羅替她搬過一把大椅子，她坐了下來。

她抬頭望著那面破鏡，把椅子稍稍轉了轉。

「傑維斯還在這兒，」她用一種不容置疑的聲調說，「可憐的傑維斯……現在他就要自由了。」

白羅清清嗓子宣布。

「我請諸位到這兒來，是為了讓你們聽聽傑維斯爵士自殺的真相。」

「是命運，」雪溫尼—戈爾夫人說，「傑維斯很強大，但他的命運更強大。」

柏歷上校稍微挪過去一點兒。

「玟黛，我親愛的。」

她朝他笑笑，伸出一隻手，他把她握住，她柔聲說：「你真體貼，尼德。」

魯絲不客氣地說：「我們是否可以認定，白羅先生，您已確切地查明了導致我父親自殺的真相？」

白羅搖搖頭。

「不，夫人。」

「這樣的話，您那些毫無意義的問題是什麼意思？」

白羅從容道來。

「我不知道導致傑維斯．雪溫尼—戈爾爵士自殺的原因是什麼，因為傑維斯爵士沒有自殺。他不是自殺，他是被人謀害……」

「被人謀害？」

幾個聲音同時響起，眾人驚訝的面孔都轉向白羅。雪溫尼—戈爾夫人抬起頭說：「被謀害？噢，不！」說著說著她還輕輕地搖搖頭。

「你說，被謀害？」現在是雨果開口了。「不可能。我們破門而入時房間裡沒人，窗戶是關死的，門是從裡面鎖上，而且鑰匙在我舅舅的衣袋裡。這樣他怎麼會被人殺死呢？」

「不管怎樣，他是被殺死的。」

「那我猜凶手是穿過鎖眼逃跑的？」柏歷上校疑惑地說，「或者從煙囪裡飛出去？」

「凶手，」白羅說，「是從窗戶出去的。我可以示範給你們看。」

他重做了一遍關窗的表演。

「你們看見了？」他說，「就是這麼做！一開始我就不相信傑維斯爵士會自殺。他是極端的自我主義，這種人是不會殺死自己的。

「還有其他一些情況！表面上看，傑維斯爵士坐在桌前，在一張紙上寫下『對不起』，然後朝自己開了一槍。但是在他這麼做之前，某種原因使他變動了椅子的位置，使它側向桌子邊。為什麼？一定有某種原因，當我發現一座沉甸甸的青銅像底座上沾著一小點玻璃渣之後，我開始明白了……

「我自問，一小點玻璃渣怎會跑到那兒去？一個答案提示了我。鏡子是被打碎的，不是被子彈，而是用那個沉重的青銅像擊碎的。那個鏡子是故意被打碎的。

「這是為了什麼？我回到桌旁看這把椅子，對了，我明白了。一切都錯了。沒有人會在自殺前先轉動椅子，靠在它的一邊，然後再朝自己開槍……整件事都被安排好了，自殺只是假象！

「隨後我發現了一個非常重要的線索——卡德韋爾小姐的證詞。卡德韋爾小姐說她昨晚匆匆下樓，是因為她以為自己聽到了第二次鑼聲。也就是說，她認為自己已經聽過第一次鑼聲了。

「現在想一想，如果傑維斯爵士被人射擊時是以正常姿態坐在桌前，子彈會射向哪裡？沿著直線，它應該穿過門，如果門開著，最後便是打在鑼上！

「你們現在明白卡德韋爾小姐的陳述的重要性了吧？沒有其他人聽到過第一聲鑼響，而她的房間恰好在書房樓上，她又處於一個能聽到的最佳位置，請記住，當時還只敲過第一遍鑼。

「傑維斯爵士的自殺絕無可能。一個死人不能站起來，關上門，鎖上，再把自己擺在一個合適的位置上！所以一定另有他人，這不是自殺，而是謀殺。此人的出現一定讓傑維斯爵士習以為常，他站在一邊和他說話，傑維斯爵士也許在忙著寫東西。凶手拿起槍對他的右太陽穴開了火，成功了！然後趕快行動起來！凶手戴上手套，鎖上門，把鑰匙放進傑維斯爵士的衣袋。但那聲鑼響要是被人聽到了怎麼辦？他馬上想到開槍時門開著，而不是關著的。所以他把椅子轉過來，把屍體重新擺過，將手槍塞進死者手裡，還故意打碎鏡子。然後凶手從窗戶出去，閂上窗閂，離開了。沒有走草坪，而是走花圃，因為那兒的腳印容易事後弄平。然後沿著房子的側面繞回到客廳。」他頓了一下又說：「槍響時只有一個人在花園裡。這個人還在花圃裡留下了她的腳印，在窗戶上留下了她的指紋。」

他轉向魯絲。

「您存在著動機，不是嗎？您的父親已經知道您的祕密婚姻。他正準備取消您的繼承權。」

「謊言！」魯絲的聲音輕蔑而清晰。「您說的事沒一句實話，都是徹頭徹尾的謊言！」

「但證據對您很不利，夫人。陪審團也許會相信您，也許不會！」

「她沒必要面對陪審團。」

其他人都驚訝地扭過頭去。林加德小姐站起來，她的臉扭曲著，全身都在顫抖。

「我承認是我殺了他！我有個人的理由。我……我已經等了很久了。白羅先生完全正確。我追蹤他到這兒，事先把手槍從抽屜裡取出來，我站在他身邊談寫書的事，然後我殺了他。那時剛過八點。子彈打在鑼上，我沒想到它會打穿他的腦袋。但我已經沒有時間再出去找它了。我鎖上門，把鑰匙放進他的衣袋。然後挪動椅子，打碎鏡子，再在一張紙上寫下了『對不起』。我從窗戶出去，像白羅先生示範的那樣上門。我穿過花圃，但我用事先放在那兒的小耙子抹平了腳印。然後繞回到客廳裡，我已經事先打開窗戶。我不知道魯絲也從那兒走過。她一定是在我回來時從房子前面繞過去的。我必須把耙子扔到工具房。我在客廳裡等著，直到聽見有人下樓和斯內爾去敲鑼，然後……」她看著白羅。「您不知道以後我幹了什麼吧？」

「噢，我知道。我在廢紙簍裡發現了那個紙袋。您非常聰明，用的是孩子們常做的事。您把袋子吹脹然後打破它，發出了很大的響聲。您把袋子扔進廢紙簍之後衝進大廳，您製造了自殺的時間，和您自己的不在場證明。但是仍有件事令您不安。您沒有時間撿回那枚子彈。它一定在鑼的附近。但關鍵是，子彈應該讓人在靠近鏡子的某個地方被發現。我不知道您什麼時候想出了拿走柏歷上校鉛筆的主意……」

「就在那時，」林加德小姐說，「當我們都從大廳進來後，我驚訝地看見魯絲在客廳裡。我想到她一定是穿過窗戶從花園進來的。後來我注意到柏歷上校的鉛筆在牌桌上，我把它偷偷放進我的皮包裡。如果事後有人看見我撿起子彈，我可以假稱是這枝鉛筆。實際上，我認為沒人看見我撿起那枚子彈。當你們都在注意那具屍體時，我把它扔到了鏡子附近。當您提及此事時，我很僥倖想到了這枝鉛筆。」

「是的，很聰明，它完全迷惑了我。」

「我擔心有人聽到了真正的槍聲，但我知道每個人都在換衣服，他們的房門可能是關著的。僕人在他們房裡；卡德韋爾小姐可能是唯一聽見槍聲的人。她以為那是汽車產生後座力的聲音，其實她聽到的正是鑼聲。我以為……我以為一切進行順利……」

福布斯先生用嚴厲的語調慢慢說：「這是個極為出色的自白，但似乎缺少動機……」

林加德小姐清楚地說：「是有一個動機……」她憤怒地加上一句：「去吧，叫警察來！你們還等什麼？」

白羅溫和地說：「請你們都離開好嗎？福布斯先生，打電話給梅傑・理鐸，我會待在這裡直到他來。」

慢慢地，一個接著一個，大家退出房間，滿腹疑惑不解，又驚訝不已，他們把惶惑不安的目光投向這位整齊、規矩的女人，她的滿頭灰髮紋絲不亂。

魯絲最後一個離開，她半是氣憤半是輕蔑地向白羅發難道：「就在剛才，您還認為是我幹的。」

「不，不，」白羅搖搖頭。「我從未這麼想過。」

魯絲慢慢走出去了。

白羅和這位一本正經的小個子中年婦女留了下來。她剛剛招認了一場計畫周密而冷酷無情的謀殺。

「是的，」林加德小姐說，「您並不認為是她幹的，您指控她就是為了要讓我開口，對吧？」

白羅點頭默認。

「趁現在等著的時候，」林加德小姐平靜地說，「您可以告訴我是什麼使您懷疑上我的嗎？」

「有幾件事。從您對傑維斯爵士的陳述開始。一個像傑維斯爵士那等傲慢之人，絕不會在外人面前貶低他的外甥，尤其是處於您這種地位的人。您想加強自殺的可能因素，還冒險提出自殺的原因與雨果先生的某件醜聞有關。這又是傑維斯爵士絕不會向生人承認的事情。還有您在大廳撿起的那個小東西，並且值得注意的是，您沒有提到魯絲是從『花園』走進客廳的。此外我發現了那個紙袋。在像漢保洛莊這樣人家的客廳，紙簍裡發現這種東西是非比尋常的！而『槍聲』響時，您是唯一在客廳裡的人。那個紙袋的詭計暗示了是一個女人……一個靈巧的手製玩意兒。所有的事都相吻合了，努力把懷疑引向雨果，同時讓它遠離魯絲，這就是犯罪的手段……和它的動機。」

這個小個子女人吃驚了。

「您知道動機？」

「我想是的，魯絲的幸福，那就是動機！我猜您曾經看見她和約翰・萊克在一起，您知道他們倆是怎麼回事，後來利用接近傑維斯爵士之便，您發現了他新遺囑的草稿……魯絲只有和雨果・特倫結婚才享有繼承權。這促使您決定自己操縱法律，利用傑維斯爵士之前寫給我的信（您可能見過那封信的複本）。是何種懷疑和憂慮導致他寫了那封信，我不知道，他一定是懷疑伯羅斯和萊克計畫欺騙他，他對魯絲的感情歸屬沒有把握，才想到找一個私人偵探。您利用了這一事實故意布置了一樁自殺，並用他對某件不滿特倫的事進行佐證。您給我發了一個電報，並且告訴傑維斯爵士我會到得『晚一點』。」

林加德小姐粗魯地說：「傑維斯・雪溫尼—戈爾是個恃強凌弱的勢利小人，一個空話連篇的人！我不想讓他毀了魯絲的幸福。」

白羅柔聲道：「魯絲是您女兒？」

「是的……她是我女兒……我常常，想念她。當我聽說傑維斯爵士想找人幫他寫家族史時，我抓住了這個機會。我渴望見到……我的孩子。我知道雪溫尼—戈爾夫人不會認出我。那是多年以前……當時我還年輕漂亮，而且此後改了名字。雪溫尼・戈爾夫人已經糊塗得認不清事理了。我喜歡她，但我痛恨雪溫尼—戈爾家族，他們視我如草芥，而現在傑維斯又想再次以他的自負和勢利毀掉魯絲的一生。我決心讓她得到幸福，而且她也會幸福的……如果她一直不知道有我存在的話！」

這是一個懇求，不是命令。

白羅鄭重地點點頭。

「沒有人會從我這兒知道這些。」

林加德小姐平靜地說：「謝謝您。」

§

在警察來去之間，白羅在花園裡遇到了魯絲．萊克和她丈夫。

她挑釁地說：「您真以為人是我殺的嗎，白羅先生？」

「我知道，夫人，不可能是您殺的……因為那些紫菀花。」

「紫菀花？我不明白。」

「夫人，那裡只有四個腳印，而且都在邊緣地帶。如果您去摘過花，應該有更多的腳印才對。這意味著在您第一次和第二次採花之間，有人已經抹平了其他腳印，只有罪犯才需要這麼做，既然您的腳印沒被抹掉，您就不是罪犯，您自然是清白的。」

魯絲的臉發亮了。

「噢，我明白了。你知道……我覺得這太可怕了，我為那個可憐的女人感到難過。不管怎樣，她寧願自己招供，而不讓我給抓起來……這是她的想法，從某方面說，這很高尚。我很不願意她因謀殺罪而受審。」

白羅柔聲說：「不要太難過，這事不會發生，醫生告訴我，她患有嚴重的心臟病，活不了幾個星期了。」

「那我很高興。」魯絲摘下一朵秋天的香球花輕輕按在臉頰上。「可憐的女人，我不知道她為什麼要這麼做……」

第四部

羅德斯三角

Murder in the Mews

01

赫丘勒·白羅坐在白色的沙灘上，望著藍得耀眼的海水。他的穿著很是謹慎：一套花花公子時尚的白色法蘭絨外衣，一頂大巴拿馬帽護住了他的腦殼。他屬於過時的一代，認為要盡量遮住身體，避免陽光直射。坐在他旁邊的帕梅拉·萊爾小姐則說個不停。她那被陽光曬黑了的身軀穿著少得不能再少，充分展示出她觀念的開放。

偶爾她的談話會中斷一會兒。此刻把一瓶立在身邊的油狀液體塗抹在自己身上。

離帕梅拉·萊爾小姐較遠的一邊是她的密友，薩拉·布萊克小姐，她臉朝下俯臥在一塊條紋華麗的毛巾上。布萊克小姐的皮膚曬得恰到好處，惹得她的朋友不止一次向她投去不滿的目光。

「我還是曬得不夠均勻，」她難過地嘟囔道，「白羅先生，您不介意吧？就在右肩胛骨下面，我搆不著，塗油總塗不好。」

白羅先生盡了自己的義務之後，用手絹仔細擦拭了沾油的手。

生活旨趣主要在於觀察、評論周圍人們的萊爾小姐繼續說道：「關於那個女人，我是對的——就是那個穿查內爾時裝的——我是說瓦倫婷・戴克斯・錢特里，我想錯不了。我一見面就把她認出來了。她真了不起，不是嗎？我是指，我能理解為何人們都為她瘋狂。她明擺著也希望他們那樣！這可是成功的重要條件。昨晚來的另外兩個人叫作戈爾德夫婦，那丈夫長得非常英俊。」

「來度蜜月嗎？」薩拉用沉悶的聲音低聲問。

萊爾小姐瞭若指掌地搖了搖頭。

「噢，不，她的衣服又不怎麼新，你常常可以由此辨認出是不是新娘！您不認為觀察別人是世界上最有趣的事情嗎，白羅先生？看看您從他們的外表上能發現什麼。」

「不光是觀察吧，親愛的，」薩拉親切地說，「你也問了許多問題呀。」

「我還沒和戈爾德夫婦講過話呢，」萊爾小姐鄭重地聲明。「不管怎樣，我都弄不明白，人為何不能對他的同類產生興趣呢？人類的本性非常值得研究。您不這麼認為嗎，白羅先生？」

這次她停了足夠長的時間，讓她的夥伴來回答。

白羅的目光始終沒離開那藍藍的海水，他回答道：「這要視情況而定。」

帕梅拉非常驚訝。

「噢，白羅先生！我認為再沒什麼比人類有趣了，他們是那樣變幻無常！」

「變幻無常？不。」

「噢，確實如此。一旦你認為自己已經徹底了解他們時，他們就做出一些根本無法預料的事情。」

赫丘勒．白羅搖搖頭。

「不，不，那並不是實情。絕少有人做事不依著他本人的個性，而且到頭來都是一成不變。」

「我完全不能同意您的看法！」帕梅拉．萊爾小姐說。

她沉默了足足有一分半鐘，才重新又發起了攻勢。

「只要我見到一些人，我就想了解他們。他們喜歡些什麼、他們相互間有什麼關係、他們在想些什麼、有何感受……這是，嗯，這是很富有刺激性的。」

「完全沒有，」赫丘勒．白羅說，「大部分人只是不斷重複他自己，其程度超乎你所能想像。這大海，」他沉思著補充道：「卻有著無窮的變化。」

薩拉轉過頭來，問道：「您認為人類傾向於重複一定的模式嗎？一套固定的模式？」

「正是。」

白羅一邊說，一邊用手指在沙子上畫出一個圖案。

「您在畫什麼？」帕梅拉驚奇地問。

「一個三角形。」白羅說。

但帕梅拉的注意力已經轉移到別處。

「錢特里夫婦來了。」她說。

一個女人走進海灘，她高高的個子，有意顯露出自己的身材。她略略點頭，笑了一下，就坐在稍遠一點的海灘上。粉紅透著金黃的絲巾從肩頭滑落，她穿著一件白色泳衣。

帕梅拉感嘆道：「她的身材多好看啊！」

而白羅卻盯著她的臉，那張現在已經三十九歲的女人臉龐。她十六歲的時候就因美貌而聞名。

他和別人一樣，了解瓦倫婷・錢特里的一切。有很多事讓她聲名遠揚，她的反覆無常，她的富有，她那雙大大的寶石藍眼睛，她在婚姻方面的冒險與投機。她有過五任丈夫和不可勝數的情人，她依次做過義大利伯爵、美國鋼鐵大王、職業網球手、摩托車賽車手的妻子。四任丈夫中，美國人已經死了，而與其他幾位都是很隨便就離了婚。六個月前，她第五次結婚，嫁給了一個海軍中校。

就是跟在她後面大步走進海灘的那個男子，他一語不發，一身黝黑的皮膚，還長了個好鬥的下巴，面孔緊繃，真有些像遠古的類人猿。

她說：「托尼，親愛的，我的菸盒……」

他已經為她準備好了。他給她點上菸，幫她從肩上脫下白色泳衣的條帶。她躺了下去，在陽光下舒展開胳膊。他則坐在她身邊，像一頭野獸守衛著自己的獵物一般。

帕梅拉把嗓音壓得非常低，說：「您知道他們令我很感興趣……他感覺好像野獸！那麼寡言寡語，還瞪著眼睛看人。我猜只有她這種女人才喜歡他，像是在指揮一隻老虎！我不知道這情形可以維持多久，她可能很快對他厭倦，我相信……現在更加確信。我總覺得，如果她要甩掉他，那他就會變得很危險。」

另一對夫婦走進海灘，很不自然的樣子，他們是昨晚來的新客人。道格拉斯・戈爾德先生及太太，那是萊爾小姐在查閱旅館客人登記簿時得悉的。她明白義大利人的規矩歷來如此，護照上會記下他們的名字和年齡。

道格拉斯・卡默倫・戈爾德先生三十一歲，馬喬莉・埃瑪・戈爾德三十五歲。

前面已經說過，萊爾小姐生活當中的癖好，就是對人的研究，和大多數英國人不同，她非常擅長和初次見面的陌生人攀談，絕不像傳統的不列顛人那樣，四天到一週的時間過後，才開始第一次謹慎的交往。因而她注意到戈爾德夫人往前走的時候有點猶豫和怕羞，就大聲說：「早安！今天天氣真好！」

戈爾德夫人是個小巧的女子，活像一隻小老鼠。她長得不錯，身材勻稱，膚色也很好。只是她那不自信和懶散的神色，使她不容易引人注意。她的丈夫正好相反，相貌堂堂，帶著近乎誇張的舉止。金色的鬈髮，藍眼睛，寬肩窄臀。他像一個生活在舞台上而不是現實生活中的人。不過一旦他開口，原來的印象就會消失。他非常樸實，不裝腔作勢，甚至可以說有點傻氣。

戈爾德夫人感激地看了帕梅拉一眼，就在她身邊坐下了。

「您的褐色皮膚真漂亮，我覺得非常棒！」

「麻煩得很，必須花很多工夫，才能曬成均勻的褐色呢。」萊爾小姐嘆息道。她停了一會兒，又接著說：「你們是剛到的嗎？」

「是的，昨天晚上到的。我們是搭乘一艘名叫『瓦坡』的義大利遊艇過來的。」

「你們以前來過羅德斯島嗎？」

「沒有。它太棒了，不是嗎？」

她丈夫說：「只可惜來一趟太遠了。」

「是的，如果它在英格蘭附近的話……」

薩拉用沉悶的嗓音說：「沒錯，那時它就會變得令人討厭了。一隊隊的人像排在板子上的魚一樣，到處都是！」

「說得沒錯，」道格拉斯·戈爾德說，「義大利的幣值簡直跌到谷底了，這真是讓人討厭。」

「的確會有不同，不是嗎？」

還是那套刻板的老生常談，沒有一點精采之處。

順著海灘不遠的地方，瓦倫婷·錢特里轉過身子，坐了起來，把一隻手橫放在胸前的泳衣上面。

她打了個哈欠，一個雖大但又優雅得像貓一樣的哈欠。她漫不經心地掃了一眼海灘這邊，眼光斜過了馬喬莉．戈爾德，再若有所思地停留在道格拉斯．戈爾德那有著鬈曲金髮的頭上。

她款款地扭動起肩膀，說話時，嗓音高得超出了應有的限度。

「托尼，親愛的，真是美妙絕倫，這太陽！我以前就是個太陽的崇拜者……你不認為嗎？」

她丈夫嘟囔了些什麼，不過沒傳到其他人的耳朵裡，瓦倫婷．錢特里繼續用那拔高了、拖長的音調說道：「把毛巾鋪得稍微平一點，可以嗎，親愛的？」

她使出渾身解數將嬌美的身段擺成各種姿態。道格拉斯．戈爾德開始朝這邊看了，他的眼神裡流露出一股興奮。

戈爾德夫人快活地低聲對萊爾小姐耳語道：「多漂亮的女人！」

帕梅拉既樂於道聽塗說，又樂意散布一些消息，她用更低的聲音回答道：「她就是瓦倫婷．錢特里，你知道，過去是瓦倫婷．戴克斯。她真有一手，是不是？他對她迷戀得不得了，從不允許她離開自己的視線。」

戈爾德夫人又朝海灘上望了一眼，而後說道：「大海太可愛了，那麼的藍。我覺得我們該到海裡游上一會兒，你說呢，道格拉斯？」

他還盯著瓦倫婷．錢特里，過了一兩分鐘，才漫不經心地答道：「到海裡去？哦，是的，的確該去。先等一會吧。」

馬喬莉．戈爾德站起身，走到海邊去了。

瓦倫婷．錢特里半邊身子轉了一下，眼睛直盯著道格拉斯．戈爾德，粉紅色的嘴唇彎出一絲笑意。

道格拉斯．戈爾德的脖子有點發紅。

瓦倫婷．錢特里說：「托尼，親愛的，你可別介意，我想要一小瓶潤膚霜，就在我梳妝台上，我是說把它拿下來給我，好寶貝。」

中校順從地站起來，大踏步走向旅館。

馬喬莉．戈爾德跳到了海水裡，大聲嚷道：「太棒了！道格拉斯。真暖和，快過來吧。」

帕梅拉．萊爾衝他說：「您不去嗎？」

他含糊地回答：「哦，我要先好好地活動一下。」

瓦倫婷．錢特里轉過身子，仰起頭，像是要叫她的丈夫，但他正巧走進了旅館的圍牆。

「我喜歡最後才洗海水浴。」戈爾德先生解釋說。

錢特里太太又坐起來，拿過一瓶防曬油，這時她遇到了麻煩……瓶蓋旋得非常緊，似乎在和她鬧脾氣。

她來了脾氣，大聲說：「哎呀！怎麼打不開了！」她看著另外幾個人。「我想……」

一向有騎士風範的白羅剛要站起身，但道格拉斯憑他年輕和反應快的優勢，立即搶先到了她身邊。

「我能幫您嗎？」

「噢，謝謝！」又是那甜膩空洞、拉長了的腔調。

「您太好了。我想打開什麼東西時特別笨，好像總是旋錯方向，噢，您打開它了！非常感謝……」

赫丘勒．白羅暗自好笑。

他站起身，沿著海灘的反方向漫步而去，他走得不算太遠，但步子很清閒，當他往回走時，戈爾德夫人從海裡出來了，跟他走在一起。游泳過後，她的臉在一頂奇特而不相配的浴帽下煥發著紅光。

她一邊喘著氣，一邊說：「我太愛這大海了，它是那麼溫暖、可愛。」

看得出來，她是個非常熱心的弄潮者。她說：「道格拉斯和我對海水浴都十分著迷，他可以在水裡面一待就是幾個小時。」

說話的時候，赫丘勒．白羅的眼睛滑過她的肩頭，落在海灘那邊另一位熱心的弄潮者道格拉斯．戈爾德先生的身上，他正坐在那兒和瓦倫婷．錢特里聊天呢。

他的妻子說：「我不知道他為什麼還不來……」

她的聲音裡帶著孩子般的困惑不解。

白羅若有所思地看著瓦倫婷．錢特里，他覺得別的女人大概也曾經說過這種話。

他聽到身邊的戈爾德夫人深吸了一口氣。

她聲音冰冷地說：「在我看來，她的確很吸引人，不過道格拉斯不會喜歡那類女人。」

赫丘勒．白羅沒有回答。

戈爾德夫人又一頭栽進海裡。

她離開了海岸，游得比較緩慢，但是非常平穩。看得出來，她對海水是多麼地喜歡。

白羅沿著原路向海灘上那群人走去。

那兒又來了一個人，老將軍巴斯，他是個常常與年輕人混在一塊兒的退伍軍人。現在他正坐在帕梅拉和薩拉中間，和帕梅拉不無誇張地談論著各類醜聞。

錢特里中校完成他的使命回來了，他和道格拉斯．戈爾德分坐在瓦倫婷的兩側。

瓦倫婷在兩個男人中間坐得筆直，用她那甜膩、拉長的腔調輕鬆地談著，不時把頭先轉向這個男人，而後又轉向另一個。

她剛講完了一則軼事。

「你猜那個傻男人說了些什麼？『雖然可能只有一分鐘，但我無論到哪兒都會把你記在心中的，夫人！』對吧，托尼？你知道，我覺得他太和氣了，我才不相信這是個和氣的世界。我是說，每個人都對我這麼好。我不知道是為什麼，但他們就是如此。不過我對托尼說過……你還記得吧，親愛的？『托尼，如果你要嫉妒的話，應該去妒忌那個警衛。』因為他太令人崇拜了。」

停了一會兒，道格拉斯．戈爾德說：「有些警衛真的不錯。」

「噢，是的，他那麼大費周章……真的是大費周章，看來卻很高興能幫我的忙。」

道格拉斯．戈爾德說：「那並不奇怪，我敢確定，什麼人都會甘願為您效勞。」

她興奮地叫嚷起來：「您真是太好了！托尼，你聽到了嗎？」

錢特里中校嘟囔了一句。

他妻子嘆息道：「托尼可從來不說這些好聽的話，是不是，我的乖乖？」

她用白皙而染了紅指甲的手撥亂了他的一頭黑髮。

他突然斜了她一眼，她低聲說：「我真不明白他是怎麼容忍我的，他非常聰明……雖然頭腦裡絕對要發狂了。我常常胡言亂語，而他好像從不介意，沒有人介意我怎麼做或怎麼說，每個人都寬容我，我覺得這對我沒什麼好處。」

錢特里中校和她另一側的男人說：「在海裡游泳的是您太太？」

「是的，可能到了我和她一塊游泳的時候了。」

瓦倫婷不太滿意。

「在這太陽底下多愜意呀，您就別到海裡去吧。托尼，親愛的，我不太想洗海水浴了，不要在這第一天，我怕會著涼，不過你現在為何不到海裡去游游泳呢，托尼，親愛的？你去的時候戈爾德先生會留在這兒陪我。」

錢特里冷冷地說：「不了，謝謝，現在還不到時候，您的妻子好像在向您招手呢，戈爾德。」

瓦倫婷說：「您妻子游得非常出色，我相信她是那種做什麼像什麼、十分能幹的女人。這些人常常能唬住我，因為我覺得她們看不起我。不論我做什麼都是一團糟，可以說是個十足的笨瓜，是不是，托尼，親愛的？」

錢特里先生還只是嘟嘟囔囔地。

他妻子深情地低語：「你太體貼人了，所以不願意承認這一點，男人們都忠誠得令人驚訝。我最喜歡他們這樣，我覺得男人比女人還要忠誠。他們從不提及齷齪的事，而一說到女人，我覺得她們的氣量太小了。」

§

薩拉．布萊克把身子轉向白羅這邊。

她咬著牙，低聲說：「要找小家子氣的例子，那位可愛的錢特里夫人絕對合適！這女人完全是個白癡！我想瓦倫婷．錢特里是我遇過最愚蠢的女人，她除了說『托尼親愛的』和轉轉眼珠之外，什麼都不會。我懷疑她腦袋裡是不是塞滿了爛棉花。」

白羅揚起了他富於表情的眉毛。

「這麼說未免嚴重了點。」

「噢，是啊。如果您願意的話，完全可以說她是個真正的『蕩婦』，她自然有她的手腕！她能離開男人一個人生活嗎？她丈夫簡直是一副雷公嘴臉。」

白羅放眼眺望著大海，說：「戈爾德夫人游得很不錯呀！」

「是啊，她可不像我們，生怕沾水上身。我不知道錢特里夫人來這兒，到底想不想到海裡去游泳。」

「不想，」巴斯將軍聲音有些嘶啞。「她才不會拿自己的妝容冒險，我可不是說她不漂亮，儘管她的牙可能長了點。」

「她朝您這兒看了，將軍。」薩拉不無惡意地說，「在化妝上面，您搞錯了，我們現在全是防水型加耐吻型的。」

「戈爾德夫人上來了。」帕梅拉通風報信。

「我們到這兒來收堅果和山楂，」薩拉哼起了小曲。「他的老婆接他回去，接他回去，接他回去……」

戈爾德夫人筆直地走上海灘。她有姣好的身材，可是她那平頂的防水帽只具備實用性，一點也不美觀。

「你不來嗎，道格拉斯？」她不耐煩地問，「海裡又舒服又暖和呢。」

「好的！」

道格拉斯匆匆起身，可是停了一會兒，這時瓦倫婷．錢特里在仰頭看著他，帶著甜蜜的微笑。

「再見囉。」

戈爾德陪他太太走下海灘。

當他們走得遠到聽不見時，帕梅拉挖苦說：「您知道，我可不覺得那樣做是聰明之舉，把你的男人從另一個女人那兒抓回去，其實是個失誤的策略。讓你看上去占有欲太強了。男人們都討厭那樣。」

「您好像很懂得丈夫的心事啊，帕梅拉小姐。」巴斯將軍說。

「懂別人的，不是我自己的！」

「哈，那正是差別所在喔。」

「是啊，但將軍，我知道如何防患未然。」

「嗯，親愛的，」薩拉說，「我好像不該戴這頂帽子……」

「我覺得她人很敏感，」將軍說，「是個漂亮而敏感的小女人。」

「說得對極了，將軍，」薩拉說，「但你要知道，敏感女人的敏感是有一定限度的。我想如果是瓦倫婷．錢特里的話，她才不會這麼敏感呢。」

她回頭望了望，又興奮地低聲說：「看看錢特里先生現在的樣子，活像個雷公，我想他應該有副讓人害怕的脾氣……」

錢特里中校此時果真瞪著走遠的那對夫婦，一臉不高興的樣子。

薩拉仰頭看著白羅。

「怎麼樣？」她說，「你對此有何想法？」

赫丘勒・白羅一語不發，又用他的手指在沙地上畫了個圖案，一模一樣的圖案——三角形。

「永恆的三角。」薩拉沉吟道，「可能您是對的，如果真是這樣，我們接下來幾週就有好戲看了。」

02

赫丘勒．白羅對羅德斯島頗感失望，他到羅德斯島來的目的是要度假、休閒，尤其想過一段遠離犯罪的假期。曾有人告訴過他，十月下旬的羅德斯島幾乎空無一人，是個安寧、與世隔絕的好地方。沒錯，錢特里夫婦、戈爾德夫婦、帕梅拉、薩拉、巴斯將軍、白羅自己和兩對義大利夫婦，是島上僅有的客人。但就在這個小圈子裡，白羅先生以他睿智的頭腦預感到某些事情即將發生了。

「我竟然用犯罪的角度在思考呢，」他暗暗責備自己。「我一定有了什麼毛病！我在想像事情的發生。」

不過他仍然很擔心。一天早晨，他下樓去，看見戈爾德夫人坐在陽台上做針線活。當他走過去時，發現一條麻紗手絹突然在眼前消失了。

戈爾德夫人的眼睛是乾澀的，卻亮得讓人懷疑。他感覺她的一舉一動太興奮了，未免有些過頭了。她說：「早安，白羅先生。」言辭中夾雜著令他不解的熱情。

他認為她不可能像外表上這樣高興見到他，畢竟她對他所知不多。儘管在業界赫丘勒・白羅是個頗為自負的小個兒男人，但他對自己的魅力還是有相當確切的了解。

「早安，夫人。」他答道，「又是個好天氣。」

「是啊，運氣真好！道格拉斯和我在度假時總是運氣不錯。」

「真的嗎？」

「當然，我們也確實事事如意。您知道，白羅先生，要是一個人見過太多的煩惱與不幸、夫妻反目，以及諸如此類的事，他就會對自己眼前的幸福感到心滿意足了。」

「聽您這麼說我很高興，夫人。」

「是的，道格拉斯和我在一起非常幸福。我們倆結婚已經五年了。您知道，五年在這年頭算是相當長的時間了……」

「毫無疑問，某種意義上，這可以視為永恆了，夫人。」白羅淡淡地回答道。

「我相信我們現在比剛結婚時還要幸福，我們倆絕對是相敬如賓。」

「那當然。」

「所以我一看見不幸的人心裡就難過。」

「您的意思是……」

「噢，我只是說說而已，白羅先生。」

「我明白，我明白。」

戈爾德夫人捏起一根絲線，對著光亮看著，繼續說道：「比如，錢特里夫人……」

「錢特里夫人？」

「我覺得她不是個好女人。」

「不，不，也許並非如此呢。」

「事實上，我敢確定她不是。但在某種意義上，她又令人覺得可憐，因為除了她的錢、美貌以及所有那一切……」戈爾德夫人的手指發顫，無法穿線過去。「她不是那種真正讓男人著迷的女人，她是讓男人很容易就厭倦的女人。您不這麼想嗎？」

「就我本人來講，我無時不厭倦她的談話方式。」

「對，我就是這個意思。她確實還有些媚人……」

戈爾德夫人猶豫了一下，她的嘴唇也哆嗦起來，手裡亂縫一氣，即使一個不如赫丘勒・白羅敏銳的旁觀者，也能察覺到她的悲痛，她語無倫次地接著說：「男人都像小孩子！他們什麼都信……」

她伏到了針線活上，那塊麻紗手絹又突然出現了。白羅想，還是換個話題為妙。

「您今天上午沒去洗海水浴？您丈夫在海灘上嗎？」

戈爾德夫人仰起頭，眨眨眼睛，又恢復了剛才富於挑戰的歡快態度，回答道：「不，今天上午沒去，我們本打算去老城的城牆那兒轉轉，只是不知怎麼的，我們……我們錯過了，他們出發時沒等我。」

事情再明顯不過了，白羅還沒來得及說什麼，巴斯將軍從下面的海灘回來了，坐在他們旁邊的一把椅子上。

「早安，戈爾德夫人，早安，白羅。今天上午你倆都當了逃兵？很多人沒去啊，你們倆，您丈夫，戈爾德夫人……和錢特里夫人。」

「還有錢特里中校？」白羅隨便問了一句。

「哦，不，他去了。帕梅拉小姐拉他去的。」將軍笑笑說，「她覺得他難以說動！你只有在書上才能找到這麼強壯而沉默寡言的男人。」

馬喬莉．戈爾德說話聲音略微發顫。

「那個男人令我害怕，他……他看上去太陰沉了，好像什麼事都……幹得出來！」

她打了個冷顫。

「我希望那只是消化不良的緣故，」將軍愉快地說，「消化不良對很多羅曼蒂克式的憂鬱和難以控制的惱羞成怒都負有責任。」

馬喬莉．戈爾德禮貌地笑了笑。

「您的好人兒在哪兒？」將軍問。

她回答起來沒絲毫猶豫，聲音既自然又愉快。

「道格拉斯？哦，他和錢特里夫人進城去了，我想他們是去看老城的城牆。」

「啊哈，是的，非常有意思，騎士時代的文化。您也應該去，可愛的夫人。」

「我下樓時太晚了。」戈爾德夫人說。

她突然站起身，低聲說了句對不起，就進去了。

巴斯在後面關切地望著她的背影，輕輕地搖了搖頭。

「可愛的女人，抵得上一打塗脂抹粉的蕩婦，就像我們不齒的某個人！嘿，那個做丈夫也夠傻的了！身在福中不知福。」

他又搖搖頭，然後站起來，往客房裡走。

薩拉・布萊克剛從海灘回來，聽到了將軍最後幾句高論。

她朝著離去的武士背後做了個鬼臉，一屁股坐到椅子裡，說：「可愛的女人！男人常常這樣讚美窩囊的女人，只是真要較勁，塗脂抹粉的蕩婦輕而易舉就能取勝。這真讓人難受，但事實就是這樣。」

「小姐，」白羅聲音裡略帶著粗魯。「我不喜歡這種事。」

「您不喜歡？我也不喜歡。不，我還是老實說，我想我確實喜歡這些，人都有邪惡的那一面，比如喜歡看到他朋友出點什麼事，或者遇到什麼不快。」

「錢特里中校在哪兒？」白羅問。

「海灘上，帕梅拉正在仔細地數落他呢……您能想像她有多快樂！他脾氣一點都沒變。我過去的時候，他滿臉陰雲。暴風雨快要來了，請相信這一點。」

「有些事我搞不懂……」白羅低聲道。

「是不容易弄明白，」薩拉說，「問題是，接下去會發生什麼事？」

白羅搖了搖頭，又低聲說：「如您所言，小姐，接下去會發生什麼事？這太令人焦慮不安了。」

「最好的辦法是不去想它。」薩拉說著往旅館裡邊走。

在門口她幾乎跟道格拉斯撞到一塊，他看來洋洋自得，卻又帶著一絲歉意。他說：「您好，白羅先生。」之後又不大自然地補充道：「我和錢特里夫人去看十字軍城牆了，馬喬莉沒去成。」

白羅的眉毛微微上揚，他想借題發揮一番，可是已經來不及了，因為瓦倫婷·錢特里正儀態萬千地走過來，嘴裡嚷著：「道格拉斯，我要一杯杜松子酒，我必須來杯杜松子酒。」

道格拉斯去叫了，瓦倫婷坐到白羅旁邊的椅子上，她今天上午真是容光煥發。

她一見她丈夫和帕梅拉走過來，就擺著手叫道：「洗了個痛快的海水浴嗎，托尼，親愛的？天氣真好！」

錢特里中校沒有答話，他大搖大擺地從她身邊過去，一句話不說，也不看她一眼，而後就消失在酒吧間門口。他的雙手緊握在身體兩側，好像一隻大猩猩。

瓦倫婷·錢特里愣愣地張著小嘴，她只說了聲「噢」，一臉的茫然不解。

帕梅拉對這一幕情景顯出極大興趣。她故作天真地坐到瓦倫婷·錢特里身邊，問她：

「你們上午玩得開心嗎？」

瓦倫婷剛說：「好極了，我們……」

白羅便站起來，很優雅地邁向酒吧間。他看見年輕的戈爾德脹紅了臉，在那兒等著杜松子酒。看起來他情緒很差，一副氣惱的樣子。他對白羅說：「那男人是個畜生！」說著，還朝錢特里中校離開的背影點點頭。

「可能吧，」白羅說，「是的，是很有可能。但是要記住，有些女人就喜歡畜生！」

「如果他虐待她，我一點也不奇怪。」道格拉斯抱怨道。

「她也許就喜歡那樣呢。」

道格拉斯・戈爾德迷惑地看了看白羅，端起杜松子酒，出去了。

赫丘勒・白羅坐在一張凳子上，要了一杯黑茶藨子酒。

當他一邊愜意地品著酒，一邊讚嘆著酒質時，錢特里走進來，一連喝了幾杯杜松子酒。

他突然說話了，聲音很粗暴，而且不止白羅一個人聽得到。

「如果瓦倫婷以為她可以像甩掉其他該死的傻瓜那樣甩掉我，她就大錯特錯了！我得到了她並且占有她。除非跨過我的屍身，別人休想把她弄到手。」

他扔下幾個錢，轉身走了出去。

03

三天後，赫丘勒・白羅前往普羅菲特山。在碧綠的冷杉林間開車的確涼爽宜人。山愈走愈高，遠在那些爭執不休而又市儈的人群之上。車最後停在飯店旁邊。白羅下了車，往樹林裡邊走，最後到了一個彷彿是世界極頂的地方。下方遙遠處，便是那深不可測、有著耀眼藍色的大海。

他終於在這兒獲得了一方安寧，拋開那些羈絆，遁於世外。白羅小心地把疊好了的外衣放在一根樹樁上，然後坐了下來。

「毫無疑問，上帝知道他在幹什麼，但是很奇怪，他竟然破天荒地造出了人類。好吧。至少暫時有段時刻，讓我能丟開那些難纏的問題。」他沉思著。

他猛然抬起頭，發現一個穿著褐色外套和裙子的小個兒女人急匆匆向他走來，是馬喬莉・戈爾德，這次她不再遮掩她滿面淚痕的樣子。

白羅無處可避，她已經到了他跟前。

「白羅先生，您無論如何都要幫幫我。我太傷心了，真不知該如何是好！唉，我該怎麼辦？我該怎麼辦？」

她那茫然的面孔對著白羅，手指緊揪著外套的袖口。當她察覺白羅的臉色有點讓她害怕時，她才收斂了一些。

「怎麼了？」她結結巴巴地問。

「想聽我的忠告嗎，夫人？您想要的就是這個吧？」

她結結巴巴地回答道：「是……是啊……」

「那我的忠告是，」他簡潔而一針見血地說，「馬上離開這個地方，趁現在還為時不晚。」

「什麼？」她瞪圓了眼睛看著他。

「您聽清楚我說的話了，離開這座島。」

「離開這座島？」

「這就是我想說的。」

她呆若木雞地盯著白羅。

「但是為什麼，為什麼呢？」

「這是我給您的忠告，如果您肯估量一下自己生命價值的話。」

她呼出了一口氣。

「啊！您這是什麼意思？您在威脅我、恐嚇我。」

「正是，」白羅嚴肅地回答，「那正是我的意圖。」

她癱倒在地，臉埋在雙手中。

「但是我不能！他不願回來。我是說道格拉斯他不願意。她不想讓他這樣做，她抓住了他……他的肉體以及靈魂。他聽不進一切針對她的批評……他為她而迷狂……他相信她對他所說的一切，說她丈夫虐待她，說她是個無辜的受害者，說從來沒人真正理解她……他再也想不到我了。我不計較這些，我不想和他作對，他要我給他自由，跟他離婚。他堅信她也會和她丈夫離婚，之後再嫁給他。可是我擔心……錢特里不會放過她的，他不是那種人。昨天晚上她讓道格拉斯看她手臂上的傷，說是她丈夫弄的。道格拉斯都要氣瘋了。他可挺有騎士風範……唉，我真害怕！會出什麼事？快告訴我怎麼辦吧！」

赫丘勒．白羅站了起來，越過海面，眺望與亞洲大陸的山巒相接的藍色海岸線，他說：

「我已經告訴你了，趁早離開這座島……」

她搖著頭。

「我不能，我不能，除非道格拉斯他……」

白羅嘆了口氣，無奈地聳聳肩膀。

／04

赫丘勒・白羅和帕梅拉・萊爾一起坐在海灘上。

她饒有興味地說：「這個三角形愈來愈明顯了，他們倆昨天晚上坐在她兩邊，互相怒目而視！錢特里喝得太多了，他在向道格拉斯・戈爾德挑釁。戈爾德表現不錯，克制了他的情緒。瓦倫婷自然喜歡這樣的情形，她像吃人的老虎一樣嗚嗚亂叫，您認為會出什麼事嗎？」

白羅搖搖頭。

「我擔心，非常擔心……」

「噢，我們都很擔心，」萊爾小姐的語音裡流露出虛假之情，她接著說：「這種事正屬於您的專業。如果您覺得會出什麼事的話，您不能先做點什麼嗎？」

「我已經做了我能做的一切。」

萊爾小姐熱切地把身子往前靠。

「您做了些什麼？」她激動地問。

「我向戈爾德夫人建議，及早離開這座島。」

「哦，所以您認為……」她停住不說了。

「是的，小姐。」

「所以那就是您認為將會發生的事情！」帕梅拉緩緩地說，「可是他不會的。他從沒做過那種事……他這人其實不壞，都怪那個姓錢特里的女人，他不想，不想……」

她停下來，而後語氣又柔和起來。

「謀殺？您心裡想的就是這個字眼嗎？」

「是在某個人的心裡，小姐，我會告訴你那是誰。」

帕梅拉突然打了個冷顫。

「我不相信。」她說。

05

十月二十日晚間所發生的一系列事件，來龍去脈已經非常清楚了。

一開始是發生在兩個男人——戈爾德和錢特里之間。錢特里的嗓門愈來愈大，有四個人聽到了他說的最後幾句話：桌子旁邊的出納、經理，巴斯將軍和帕梅拉·萊爾。

「你這個該死的下流胚！如果你和我太太以為你能代替我的位置，那你可就打錯了算盤！只要我還活著，瓦倫婷就是我的女人！」

說完，他跑出了旅館，氣得臉色鐵青。

這一幕發生在晚飯前，到晚飯後，他們不知為何又和解了。瓦倫婷請馬喬莉在月色下開車兜風，帕梅拉和薩拉跟她們同行。戈爾德和錢特里在一塊兒打撞球，之後他們走進休息室，和赫丘勒·白羅及巴斯將軍坐在一起。

幾乎是頭一次，錢特里面帶微笑，脾氣也好多了。

「玩得不錯吧？」將軍問道。

「這傢伙打得太好了，一桿連得四十六分。」

道格拉斯謙遜地表示異議。

「純屬僥倖，我敢向您保證。您想喝點什麼？我去叫侍者來。」

「杜松子酒，謝謝。」

「好的，將軍，您呢？」

「謝謝，我要威士忌加汽水。」

「和我的一樣。您要什麼，白羅先生？」

「您太客氣了，我想來杯黑茶藨子酒。」

「什麼，抱歉？」

「黑茶藨子酒，糖漿加黑茶藨子酒。」

「噢，我明白了，是種甜酒。我想他們這裡會有吧？我可從來沒聽說過。」

「對，他們有。不過它並不是甜酒。」

道格拉斯．戈爾德笑著說：「對我來講有點稀奇。不過每個男人都有自己喜歡的口味！我去叫。」

錢特里中校坐了下來。儘管生性不善言談及社交，他卻努力讓自己變得和藹一些。

「真奇怪，一個人要是沒有新聞要怎麼過？」他說。

將軍也發牢騷。

「別提了，對《大陸每日郵報》總是晚四天才到，我早已習慣了。雖然我每週還拿得到送來的《泰晤士報》和《謗趣週刊》，但是也要好長時間。」

「我不知道我們會不會為這次巴勒斯坦事件而舉行大選。」

「一切都亂了。」將軍說道。

這時道格拉斯．戈爾德又出現了，他身後跟著送飲料的侍者。

將軍開始講一九〇五年他在印度從軍生涯當中的趣聞軼事。兩個英國人即便興味索然，出於禮貌也在聽著。赫丘勒．白羅則小口品嘗著他的酒。

將軍講到高興處，四座響起了頗為勉強的笑聲。

這時女人們出現在休息室的門口。

她們四個都神采奕奕、有說有笑。

「托尼，親愛的，真是棒極了，」瓦倫婷坐在他身邊的椅子上叫道，「戈爾德夫人出了個非常妙的主意，你們真應該一塊來。」

她丈夫說：「喝點什麼？」

他同時用詢問的神色看著另外幾位。

「我要杜松子酒。親愛的。」瓦倫婷說。

「杜松子酒和啤酒。」帕梅拉說。

「雞尾酒。」薩拉說。

「好的，」錢特里站起來，他把自己未動過的杜松子酒給了他妻子。「你喝這杯吧，我再要一杯。您想喝點什麼，戈爾德夫人？」

戈爾德夫人正讓她丈夫幫她脫下外套，她轉過身笑著說：「我可以來杯橘子汁嗎？」

「好的，橘子汁。」

他向門口走去。戈爾德夫人望著她丈夫的臉，笑著說：「美極了，道格拉斯，我真希望你能來。」

「我也是，我們改天晚上再出去兜風，怎麼樣？」

兩人相視而笑。

瓦倫婷・錢特里端起杜松子酒，一飲而盡。

「噢，我渴壞了。」她說。

道格拉斯・戈爾德拿著馬喬莉的外套，把它放在一張沙發椅上。

當他轉身回來時，突然問道：「喂，出了什麼事？」

瓦倫婷・錢特里斜靠在椅子上，嘴唇青紫，手向胸口亂抓。

「我感覺……非常難受……」

她喘著氣，呼吸起來很吃力。

錢特里回到休息室，快步走到跟前。

「喂，瓦兒，怎麼了？」
「我，我不知道……那杯酒，喝起來怪怪的……」
「杜松子酒？」
錢特里費勁地轉過臉，一把抓住道格拉斯．戈爾德的肩膀。
「那是給我的酒……戈爾德，你到底在裡面放了些什麼？」
道格拉斯．戈爾德瞪著椅子上那張扭曲的臉，面如死灰。
「我，我……沒有哇……」
瓦倫婷．錢特里滑到椅子下面去了。
巴斯將軍大叫道：「叫醫生，快！」
五分鐘之後，瓦倫婷．錢特里死了……

06

第二天上午，沒有一個人去洗海水浴。

帕梅拉．萊爾面色慘白，穿了一套深色外衣，在大廳裡拉住赫丘勒．白羅，把他拖進了小寫字間。

「太可怕了！」她說，「可怕透了！您說過的！您預見到了謀殺！」

他沉重地低下了頭。

「噢，」她喊起來，腳跺著地板。「您應該去阻止的！不管怎樣，它應該被阻止！」

「怎麼阻止？」赫丘勒．白羅問她。

她突然又建議。

「您不能把那個人送到警察手裡嗎？」

「要用什麼理由？說什麼理由？在事情發生之前說有人心裡懷著謀殺的念頭？告訴你

吧，我的孩子，如果一個人決定殺害另一個人……」
「您可以警告受害者呀。」帕梅拉還在堅持。
「有時候，」赫丘勒．白羅說，「警告不起任何作用。」
帕梅拉緩緩地說：「您可以警告凶手，告訴他您知道他有什麼意圖……」
白羅讚許地點點頭。
「好，好主意。但你得考慮到罪犯的首惡。」
「是什麼？」
「自信。一個罪犯是不會相信自己的犯罪行動會失敗。」
「那是荒唐的、愚蠢的。」帕梅拉叫道，「所有的犯罪都十分幼稚可笑！所以，警察昨晚當即逮捕了道格拉斯．戈爾德。」
「是的，」他若有所思地補充道，「道格拉斯．戈爾德是個愚蠢的年輕人。」
「難以置信的愚蠢！我聽說他們找到了剩下的毒藥，那是什麼？」
「毒毛旋花苷，一種強心劑。」
「他們在他上衣口袋裡找到了剩下的毒藥？」
「沒錯。」
「難以置信的愚蠢！」帕梅拉又重複一遍。「可能他想把毒藥扔了，但毒錯了人，又嚇得他驚惶失措了。換到舞台上，那會是什麼情景？情人把毒毛旋花苷放到丈夫的杯子裡，然後，當他心有旁騖時，妻子卻代他喝了下去……想想那可怕的一刻，道格拉斯轉身過來，發現他殺死了他所愛的女人……」她打了個冷顫。「您的三角形，永恆的三角形！誰會料到竟以這種方式結尾！」

「我對此深感遺憾。」白羅低聲說。

帕梅拉看著他。

「您警告過戈爾德夫人，為什麼不也警告他呢？」

「您是說，為何我不警告道格拉斯？」

「不，我是說錢特里中校，您可以告訴他，他正處於危險之中，畢竟，他確確實實是塊絆腳石！我一點也不奇怪道格拉斯・戈爾德想用威脅的手段讓他妻子與他離婚。她是個性情溫順的女人，又那麼愛他。但錢特里是個倔脾氣，他不想給瓦倫婷任何自由。」

白羅聳聳肩。

「我對錢特里說也沒用。」他說。

「也許吧，」帕梅拉承認。「他可能會說，他可以照顧自己，並且祝您下地獄去呢。不過我總覺得應該做點什麼。」

「我想過，」白羅緩緩地說，「試試勸服瓦倫婷・錢特里離開這座島，但她絕不會相信我說的話。她是個腦瓜極不開竅的女人，什麼事都不放在心上。可憐的女人，她的愚蠢結束了自己的性命。」

「我倒認為她離開這座島也於事無補。」帕梅拉說，「他會跟著她的。」

「他？」

「道格拉斯．戈爾德呀。」

「您覺得道格拉斯．戈爾德會跟著她？噢，不，小姐，您錯了，完全錯了，您還沒認清事情的真相。如果瓦倫婷．錢特里離開這座島，她丈夫會跟著她。」

帕梅拉不解地看著白羅。

「是啊，那是理所當然。」

「而後呢，您知道，謀殺就會在別的什麼地方發生了。」

「我不明白您在說些什麼。」

「我是說，同樣的罪行將在別的地方發生……我是指瓦倫婷．錢特里被她丈夫殺害的這種罪行。」

帕梅拉瞪大了眼睛。

「您說錢特里中校——托尼．錢特里——殺害了瓦倫婷？」

「對，就是他幹的！道格拉斯．戈爾德給他拿酒來，他坐在酒杯跟前，當女人們走進來時，我們都朝門口看，他已經把毒毛旋花苷準備好了，他迅速而小心地把它倒在杜松子酒裡，之後把酒杯推給妻子，她喝了下去。」

「但毒毛旋花苷是在道格拉斯．戈爾德的上衣口袋裡發現的呀？」

「在我們都擠在那個奄奄一息的女人身旁時，把毒藥塞到別人口袋裡是很容易的事。」

足足過了兩分鐘，帕梅拉才喘出一口氣。

「但我還是不明所以！那個三角形……您說您……」

赫丘勒．白羅用力點點頭。

「我說過有個三角形，是的，可是您把它想成了另外一種。您被一些巧妙的行為矇騙了！您認為托尼．錢特里和道格拉斯．戈爾德都愛瓦倫婷．錢特里；您深信道格拉斯．戈爾德愛上了瓦倫婷．錢特里（而她的丈夫拒絕和她離婚），於是他鋌而走險，把烈性毒藥撒在錢特里的酒中，結果卻犯了致命的錯誤，瓦倫婷．錢特里代她丈夫喝了毒酒……所有這些都是假象。錢特里除掉妻子的想法由來已久。他對她膩煩透頂，我一開始就瞧出來了，他和她結婚，無非是為了她的錢財。現在他要和另一個女人結婚，所以他計畫除掉瓦倫婷，占有她的財產，這就引發了一場謀殺。」

「另一個女人？」

白羅緩緩地說：「是啊，是啊，那個小馬喬莉．戈爾德。這才是真正的三角形！只是您理解錯了，那兩個男人一點都不關心瓦倫婷．錢特里。是她的虛榮心和馬喬莉．戈爾德聰明的策畫引導您那麼想！不愧是一個聰明透頂的女人啊，戈爾德夫人，用小家碧玉式的嫻靜掩人耳目。我見過四個這種類型的女犯人，亞當斯夫人謀害丈夫被判無罪，但誰都知道是她幹的；瑪麗．帕克殺掉了姑姑、情人及兩個兄弟，最後由於露出一絲馬腳，她被抓起來了；還有羅頓夫人，她被施以絞刑；萊克莉夫人則僥倖逃脫了。這女人與他們屬於同一類，我一見到她就認出來了。這種人犯起罪來如魚得水！而且算是一次策畫相當周密的行動，您有何證據證明道格拉斯．戈爾德愛上了瓦倫婷．錢特里呢？假如您仔細想過，想到的只有戈爾德夫人的一面之辭，和錢特里嫉妒地大叫大嚷，不是嗎？」

「真可怕呀！」帕梅拉嚷道。

「他們是很聰明的一對。」白羅以職業的口吻說，「他們策畫在這兒『相遇』，演出一場謀殺。馬喬莉．戈爾德是個冷血魔鬼！她能毫不留情地把自己可憐而無辜的丈夫送到斷頭台上。」

帕梅拉說：「但他昨晚已被抓起來，讓警察帶走了呀。」

「啊，」白羅說，「但是後來，我跟警察談了談，我的確沒看見錢特里把毒毛旋花苷倒進杯子裡，和其他人一樣，我也看著走進來的夫人們。不過當我意識到瓦倫婷．錢特里中毒時，就一眼不眨地盯著她丈夫。之後，您知道，我眼見他把一包毒毛旋花苷塞進了道格拉斯．戈爾德的上衣口袋……」他神色嚴厲地補充道：「我是個不錯的證人。我的名字眾所周知，當我講完這個故事時，警察便意識到事情完全是另外一種情況。」

「之後呢？」帕梅拉著迷地問道。

「然後，他們問了錢特里中校幾個問題。他企圖以威嚇逃脫罪責，只是他不夠聰明，很快就被戳穿了。」

「所以道格拉斯・戈爾德自由了？」

「是的。」

「那……馬喬莉・戈爾德呢？」

白羅的臉色又嚴峻起來。

「我警告過她，」他說，「是的，警告過她……就在普羅菲特山頂上……那是唯一一次阻止謀殺的機會。我已經清楚地說我懷疑她了，她也明白這一點。但她相信自己聰明過人。我告訴她，如果她肯估量一下生命的價值，就該離開這座島。但她選擇留下來……」

藏在日常細節中的冒險

楊照（作家）

一開始，就都在那裡了。

一九二〇年，阿嘉莎．克莉絲蒂出版了《史岱爾莊謀殺案》，神探白羅就已經退休了。而且在這個案子裡，藉由敘述者海斯汀的轉述，就鋪陳出克莉絲蒂小說最基本的偵探原則：

「那些看來或許無關緊要的小細節……它們才是重要的關鍵，它們才是偉大的線索！」

「豐富的想像力就像洪水一樣，既能載舟亦能覆舟，而且，最簡單直接的解釋，往往就是最可能的答案。」

「沒有任何謀殺行為是沒有動機的。」

還有，一個不討人喜歡的死者，一群各有理由不喜歡死者、因而也就都有殺人動機的人，這些人彼此之間構成複雜的關係，有的互相仇視，有的互相愛戀，麻煩的是，有些愛人其實貌合神離，有些仇人其實私下愛慕；更麻煩的是，不論是愛或是仇，都有可能是扮演出來的。

一個外來的偵探必須周旋在這些嫌疑者之間，從他們口中獲取對於案情的了解，換句話說，他必須在很短的時間內，搞清楚誰是誰、誰跟誰吵架、誰跟誰偷情，然後判斷誰說的哪一句是實話、哪一句是謊言。常常謊言比實話對於破案更有幫助。

再偷偷透露一下，如果要和小說裡的凶手及小說背後的作者鬥智，就像克莉絲蒂對英國社會的了解，祕訣就在於要去追究小說裡的人物背景，尤其是他們的階級地位。基本上，階級地位愈高、權力愈大、愈有錢者，說的話就愈不要相信。例如在《史岱爾莊謀殺案》中，僕人、園丁說的話遠比有頭有臉的人說的要可信多了。就算要說謊，他們的謊言也比較天真，而且往往出於善良動機。當你歸納線索時，就會知道他們並非故意說謊，那是因為他們的認知受到蒙蔽或誤導，而你慢慢就從這蒙蔽或誤導中被引導到真相。

《史岱爾莊謀殺案》出版那年，克莉絲蒂三十歲，但書稿其實早在五年前就寫好了，畢竟要找到有人願意出版一個看來再平凡不過的家庭主婦寫的小說，並不是那麼容易。

所有和克莉絲蒂接觸過的人，都對於她的「正常」留下深刻印象。她看起來就和她那個年紀的典型英國家庭主婦一樣，害羞、靦腆，只能在社交場合勉強跟人聊些瑣事話題，完全無法演講，甚至連只是站起來對眾賓客說幾句客套話，請大家一起舉杯，她都做不到。她不演講，也很少答應接受採訪，就算採訪到她也很難從她口中得到有趣的內容。她會講的，幾乎都是記者本來就知道、或者自己就可以想得出來的。

例如說白羅這個神探的來歷。克莉絲蒂回答：他應該是個外國人，這樣就能在英國日常生活中看出英國人自己看不出的線索。她自己碰過的外國人，只有第一次大戰剛爆發時到英國避難的比利時人。比利時警察怎麼能跑到英國來？那一定是因為他已經退休了。他有潔癖，所以對於現場會有特殊的直覺，馬上感受到不對勁的地方。一個有潔癖的人，好像應該長得矮小些才相稱，一個矮小有潔癖的人最適當的名字，就是希臘神話裡的大力士「赫丘勒斯（Hercules）」，製造出荒唐的對比趣味。那白羅這個姓是怎麼來的呢？克莉絲蒂很誠實地說：「我不記得了。」

一切都如此順理成章，一切都如此合邏輯，不是嗎？有記者問她怎麼看自己的舞台劇〈捕鼠器〉，創下了英國劇場、甚至全世界劇場連演最多場紀錄的名劇？克莉絲蒂的回答也還是中規中矩，合理合節：那是一齣小戲，在一個小劇院演出，成本很低，任何人想到了都可以帶家人或朋友去看，老少咸宜，並不恐怖，也不特別荒謬打鬧，可是又什麼都有一點，包括恐怖和荒謬打鬧的成分。

她的身上找不出一點傳奇、怪誕色彩，那她為什麼能在五十年間持續寫偵探小說，創造了那麼多謀殺，還創造了那麼多詭計？

首先因為她是女性，以及她的身世，包括她的階級身分，使得她在描寫故事場景時比一般男性作者來得敏感。因為在她之前的偵探推理小說男性作家的階級身分都是高高在上，基本上他們會從較高的角度看社會，比較看不到底層的感受。

而她的婚變以及婚變中遭逢的痛苦，都使她更能體會與觀察，將英國社會的複雜細節融入小說的核心情節，讓探案與線索分析結合在一起。

克莉絲蒂一生結過兩次婚，第一次在一九一四年，婚後不久，丈夫就參加了歐戰，是英國皇家空軍最早一批飛行員。一九二六年，這個丈夫有了外遇，直率地向克莉絲蒂要求離婚，在那之前，克莉絲蒂的媽媽才剛過世，雙重打擊之下，又遇到車子無法發動，克莉絲蒂崩潰了，她棄車而走，忘記了自己究竟是誰，躲進一家鄉間旅館，登記時寫了她心裡唯一有印象的名字——她丈夫情婦的名字。

離婚後，一次在晚宴中，有人提起近東烏爾考古的最新收穫，克莉絲蒂就取消了原定要去西印度群島的計畫，改訂了跨越歐洲到君士坦丁堡的「東方快車」，是的，就是這趟旅程給了她寫《東方快車謀殺案》的靈感。不過更重要的是，在烏爾，她認識了一位年輕的考古學家，比她小十四歲，這個人後來成了她的第二任丈夫。

這位考古學家陪她去參觀在沙漠中的烏克海迪爾城，卻在沙漠中迷路困陷了。幾小時中克莉絲蒂卻沒有一點驚慌不安，當下考古學家就決定要向她求婚。

原來，克莉絲蒂的內心是有這種冒險成分的。要不然她不會兩次選到的，都是喜愛冒險的丈夫，而她本身大概也不會吸引一個在各種危險情境下挖掘古代寶藏的人，讓他願意向一個大他十四歲的女人求婚。

這樣說吧，維多利亞時代後期的英國環境，壓抑限制了克莉絲蒂冒險、追求傳奇的內在衝動，她只好將這樣的衝動寄託在丈夫和寫作上。她一邊陪著第二任丈夫在近東漫走，一邊在小說中寫各式各樣的謀殺與探案。謀殺和探案都是冒險，還有，偵探偵查中做的事——蒐集線索，還原命案過程——其實和考古學家的考掘，如此相似！

克莉絲蒂寫得最好的，正是「藏在日常中的冒險」。她個性中的雙面成分，造就了特殊的偵探魅力。既嚮往非常傳奇，卻又有根深柢固的日常邏輯信念，兩者都在克莉絲蒂的小說中扮演了重要角色。她的謀殺案幾乎都和日常習慣緊密編織在一起，日常環境成了凶手最重要的掩護。有些日常規律明顯地被破壞了，讓我們很自然以為那會是謀殺的線索，沿著這些線索形成了閱讀中的推理猜測，然而白羅早就提醒了，真正重要的反而是那些「細節」，也就是看來像是依隨日常邏輯進行的事，或說藏在日常邏輯中因而不被看重的事，那裡要嘛藏著凶手的核心詭計、煙幕，要嘛藏著凶手致命的破綻。

凶案的構想，就是如何讓異常蓋上日常、正常的面貌，又如何故意將日常、正常予以扭曲，製造假象；那麼偵探要做的，就是如何準確地在日常中分辨出真正的異常，將假的、明顯的異常撥開來，找出細節堆疊起來的異常真相。

此外，克莉絲蒂的小說裡隱藏著極其曖昧的情感價值觀，最典型、最有名的就是《東方快車謀殺案》。透過追查過程，讓讀者知道為什麼凶手要訴諸於這種手段，其動機具有可同情之處，再加上克莉絲蒂對身分階級的觀察，她比較相信或讓讀者相信那些沒有權力、地位的人，隨著偵查節奏去認識可能或必須懷疑的人。克莉絲蒂最擅長營造「多重嫌疑犯」的小說特質，因為讀者在閱讀時必須被迫去認識很多不一樣的人。在她最受歡迎的作品，大概都具備這樣的特質。

當然，她的作品中還有兩個最突出的神探，即白羅和瑪波。白羅是比利時人，但為什麼必須是外國人？這是因為英國人具有高度階級意識，這種觀念一路滲透到所有互動細節，包括人與人之間如何說話。而白羅因為不是英國人，他會發現一般英國人不太看得出來的東西，以及兩個人互動的方法哪裡不正常。至於瑪波為什麼得是老太太？她一如那個年代的老人家，總是靜靜坐著打毛線，因為不起眼，自然讓人放鬆防備，所以瑪波探案的線索都是來自於這樣的互動模式。

然而，白羅有很明顯的優勢，瑪波的身分使她基本上只能進行「靜態」的辦案，案子的空間受到侷限，白羅卻可以跨越各種空間，恣意揮灑。而且白羅擁有警官身分，可以合理出現在各種犯罪現場，瑪波能出現的地方，相形之下就勉強、不自然多了。白羅是明白的outsider，在英國，只要他出現，就會覺得有外人在而感到緊張，於是很容易露出平常不會表現的行為；瑪波則看起來是 insider，但實質上是 outsider，因為總是沒人發現她、當她空氣人。這兩人的探案，是兩個極端。雖然讀者最愛白羅，但克莉絲蒂自己偏愛瑪波勝於白羅。

不管後來的偵探、推理小說發展了多少巧妙詭計，克莉絲蒂卻不會過時，因為她的推理如此密切地和日常纏繞在一起；活在日常中，我們就無可避免被克莉絲蒂的「日常細節推理」吸引，隨時讀來都充滿驚奇趣味。

名家盛讚克莉絲蒂（依推薦時間排序）

金庸（作家）

克莉絲蒂的寫作功力一流，內容寫實，邏輯性順暢，也很會運用語言的趣味。閱讀她的小說，在謎底沒有揭露之前，我會與作者鬥智，這種過程非常令人享受。其作品的高明之處在於：布局的巧妙完全意想不到，而謎底揭穿時又十分合理，讓人不得不信服。

詹宏志（作家、PChome 網路家庭董事長）

推理小說在從先輩柯南・道爾等人的發明中出現力量時，誕生了一位《天方夜譚》故事中每天說故事說個不停的王妃薛斐拉・柴德，也就是「謀殺天后」克莉絲蒂，整個世界對聽這些故事才有如此的熱情。他們捨不得睡覺，每天問後來還有嗎、還有嗎，永遠不肯離去，這就是克莉絲蒂對推理小說的最大貢獻。

可樂王（藝術家）

所謂「克莉絲蒂式」的推理小說，就是一場和一個天才的寫作者或高明的恐怖份子在紙上捕掠捉殺的戰事。即便是一列火車、一處飯店或一間酒吧，在克莉絲蒂寫來皆充滿神祕和猜謎。在人生適合的下午裡，我總是一面嚼著口香糖，一面跟著矮子偵探白羅穿梭謀殺現場，克莉絲蒂的推理作品無疑是推理世界中最充滿「魔術性」的小說。

吳若權（作家、節目主持人）

我從小就對推理小說情有獨鍾，克莉絲蒂一系列的作品尤其令我愛不釋手。多年來，閱讀推理小說的經驗讓我覺悟：讀者在文字情節中推展開來的驚嘆，不只是因緣於故事的本身，而是自我性格的投射。從這個觀點來看克莉絲蒂一系列的作品，她簡直就是洞徹人性的算命師。而讀者，在她的文字中，發現了自己無可奉告的命運。

藍祖蔚（國家電影及視聽文化中心董事長）

做過藥劑師，難免懂得毒藥；嫁給考古學家，難免也就嫻熟文明的神祕；再加上曾經失蹤九天，一切不復記憶的離奇經驗，的確提供了寫作靈感，但若少了想像力，那些片羽靈光縱使辛辣如辣椒，卻不足以成菜。

推理小說重布局、重人物描寫，克莉絲蒂最厲害的卻是犀利的人性觀察，她一手創造的白羅探長，潔癖個性完全和她相反，更將她所憎厭的人格特質集於一身，殊不知，唯有不對著鏡子寫作，才能夠跳出框架與制式反應，開闢無限寬廣的新世界，建構多面向的詭異迷宮。

看完她的小說，你只會更加訝異，到底是什麼樣的心靈才能成就這般視野？

李家同（作家、前暨南大學校長）

克莉絲蒂的整體布局十分細膩，最後案情也都講解得非常詳細，回頭去看，在書中都找得到線索。故事的情節與內容也很好看，不是像一個流氓在街上被殺掉那麼單調。……看小說應該要花腦筋、要思考，從小就要養成思辨的能力，看她的小說，就是對邏輯思考能力極佳的訓練。

袁瓊瓊（作家）

雖然被公認是冷靜理性的謀殺天后，但是在理性之下，克莉絲蒂的底色依舊是感情。克莉絲蒂很明白，所有的慾望之後，都無非是某種愛情。在以性命相搏的犯罪世界裡，凶手以終結他人的性命來遂私欲，不過是為了成全自己的愛，或者是成全自己的恨。

鄧惠文（精神科醫師）

以推理小說作家而言，克莉絲蒂的風格相當獨樹一格。她的偵探在辦案時，靠的不光是科學證據的搜集，而是大量運用犯罪心理學，及對人性的深刻了解。例如在《五隻小豬之歌》中，白羅便是藉由聽取嫌疑犯訴說案情時所不自覺顯露的主觀意識及中心思想，而看出其中破綻，找出真凶。白羅是靠腦袋辦案，以心理層面去剖析案情，即使人們敘述的是同一件事，他可以聽出不同角色因出發點及看待角度不同所透露的情緒觀感，從而抽絲剝繭，還原事實真相。

克莉絲蒂所塑造的人物也生動且各具特色，不同個性所出現的情緒反應描寫，皆細膩而準確，讓讀者產生豐富的想像空間，一展卷便欲罷而不能。

吳曉樂（作家）

克莉絲蒂使用的語言平易近人，主要是以角色與情節的對應來斧鑿出故事的深度，堆疊出讓讀者回味的迂迴空間。而她筆下的角色往往性別、階級、性格、族群各異，塑造出多元又豐富的人物群像。

文學作品不問類型，若要流傳於世，最終仍得上溯至「人性」的理解與反思。而阿嘉莎．克莉絲蒂的作品中，我們可以看到人類屢屢得和自己的人生討價還價，或千方百計讓主觀意識與客觀條件達成某種程度的整合，讀者在重建人物的心理軌跡時，也見識到自身的是非成敗，我認為，這也是克莉絲蒂的作品能夠璀璨經年、暢銷不衰的主因。

許皓宜（心理學作家）

克莉絲蒂筆下的故事看似在談人性的醜惡，實則像一位披著小說家靈魂的心靈引導者，用她的文字訴說著人們得不到「愛」時的痛苦。於是在故事終了的剎那，你不得不對人生多了幾分「看透感」：原來，我們心裡的那些痛苦、報復與自我折磨的慾望，不是因為「憤恨」，而是起於對「愛的失落」。這或許是我們在情感世界中最珍貴且深刻的一種覺察了。

推理小說荒謬驚悚嗎？不，它其實很寫實。它幫我們說出心裡的苦、怨、醜陋的慾望，於是，我們可以重新學習愛了。

一頁華爾滋 Kristin（影評人）

從有記憶以來，閱讀克莉絲蒂最迷人之處往往不在真正的兇手是誰，而是在於「Why」（為什麼）與「How」（如何進行），在於人性與心理描摹的故事肌理。依循其書寫脈絡，會發覺不只是邏輯清晰、布局縝密、著重細節，她總能完美掌握敘事節奏，書中人物彷彿真實存在般鮮明躍然紙上，讀者情緒會隨精準文字保持流轉、跳動、收放，掩卷時並無太多真相水落石出的暢快，反倒淡淡的惆悵化為餘韻襲上心頭，原來還是種種意料之外，卻屬情理之中的人性盲目使然。私以為，那成就了克莉絲蒂的推理故事之所以無比迷人的主因之一。

冬陽（推理評論人）

雖然阿嘉莎．克莉絲蒂的作品並非我的推理閱讀啟蒙，卻是養成閱讀不輟的重要推手。首先，她無庸置疑是個說故事能手，打開我名為好奇的開關；其次是設計犯罪事件的巧妙多元，既日常又異常，凶手更是叫人意想不到。沒錯，我相信每個當讀者的都忍不住想破案，想早偵探一步識破詭計，或者像考試結束鈴響前一秒，瞎猜都要指著某個角色大喊「你就是犯人」！然後會忍不住作弊——不是翻到最後幾頁窺探真凶身分，而是往前翻查讓人起疑的段落、偵探顯然掌握重要線索的時刻，直到忍不住豎白旗投降，看神探（我知道啦，真正把我要得團團轉的聰明人是作者）頭頭是道地分析我遺漏錯置的片片拼圖，終於看清真相全貌。這，就是偵探推理，我因此熟悉遊戲規則、沉醉在每一場迷人故事裡，成為這個類型書寫的俘虜，享受至今不疲的美好滋味。

石芳瑜（作家、永樂座書店店主）

布局細膩、處處留下線索，破案解說詳細，說明了這位安靜、害羞的推理小說女王心思縝密，且充滿想像力。密室殺人，完美犯罪，《東方快車謀殺案》不愧為古典推理小說的經典。再加上神祕的東方色彩，隨著火車抵達的迫切時間感，連非推理小說迷都會神經拉緊，讀完大呼過癮。

家庭主婦缺少人生經驗？處女座的阿嘉莎・克莉絲蒂充分展現她過人的寫作天分，靠得是從小開始的閱讀，以及對偵探小說的著迷。三十歲寫下第一本偵探小說《史岱爾莊謀殺案》的克莉絲蒂，在那個時代並不能說是「早慧」，但寫作生涯五十五年中，共創作了八十部偵探小說，卻令人難以企及。這位害羞靦腆的小說女神，大概是相信只要有足夠的理由，每個人都有殺人的可能！

余小芳（暨南大學推理研究社指導老師、台灣推理作家協會常務理事）

學生時代加入推理社團，社課指定讀物便是經典作品《一個都不留》，成為我對克莉絲蒂的初步印象，自此沉浸於推理小說的世界。隔年寒假陪同學參與轉學考，在斜風細雨的走廊中，滿足讀完《東方快車謀殺案》。隨著歲月遠走，已昇華成趣味回憶。

踏入推理文學領域需要認識的作家，阿嘉莎・克莉絲蒂絕對名列其中，她的作品常有英國小鎮風光、莊園式的謀殺、設備豪華的交通工具等，還有特色鮮明的偵探活躍其中。書中少有血腥、暴力的橋段，布局巧妙且結構嚴密，手法純粹、知性，故事內容與人物性格融為一體，以高超的想像力結合說好故事的能耐，為推理小說開創新局面。克莉絲蒂推理全集重編改版，值得新舊讀者一起探索。

林怡辰（國小教師、教育部閱讀推手）

多年後，還是難忘第一次閱讀阿嘉莎．克莉絲蒂作品的感動和激動。

這套將近一世紀的作品，文筆流暢，邏輯縝密，過程中不斷與作者較量、猜出凶手，直到最後解答不禁佩服，蛛絲馬跡處處展現作者的精妙手法，於是又拿起另一部作品，再次沉溺在謀殺天后所編織的日常世界中的奇幻，無可自拔。犯罪動機和手法穿越時空限制，如今讀來合理且依舊令人感動，閱讀中趣味橫生，難怪成為後來諸多偵探小說的原型。

克莉絲蒂創作生涯中產出的八十部推理作品，至今多部躍上大銀幕，無怪乎被稱之為「經典」，喜愛推理偵探作品的人不可不讀，你會驚異於她在文字中施展的魔法！

張東君（推理評論家、科普作家）

我愛克莉絲蒂！這位在台灣有時會被稱為克奶奶的超級暢銷推理小說家，即使是自認沒讀過她的書的人，也都會在各種書籍或影視作品中看到對她致敬的片段。由於她喜歡旅行和冒險，那些經驗與體驗都成為書中的場景，因此閱讀她的作品時，不只是雀躍地跟著偵探推理，也有了虛擬的旅行體驗。或者當成旅遊導覽書，在出發去尼羅河、去英國鄉間、去搭船搭火車時，就塞一本克奶奶的作品到隨身背包中。

我還是大學新生時，就聽學姐說她哥哥經常看克奶奶的小說，而且邊看邊狂笑。於是我跟著效仿，在某次搭飛機之前買了第一本小說當旅伴，不只看得超開心，看完後還到處找尋書中出現的那種有兜帽的斗篷，當成出門時的必備用品。克奶奶的作品是跨越文字、國界的。只要看過一本，就會不停地追下去。還好，真的是還好只有八十本。何況這次是全新校訂的紀念珍藏版，當然不能錯過！

發光小魚（呂湘瑜）（文史作家、助理教授）

一部好的偵探小說，除了情節設計巧妙之外，還需要洞悉人性，如此方能合理地交代人物的言行舉止與動機。阿嘉莎．克莉絲蒂便是其中翹楚，她的作品不管是偵探、愛情小說或戲劇，必要元素都是謎題與人性。在寧靜無波的場景下暗潮洶湧，永遠都有意料之外，讀者的情緒也會隨著劇情的進行起伏糾結。克莉絲蒂觀察到時代的變化，將犯罪心理融入作品中，於是，看她的小說不只能得到解謎的快樂，同時對人性也能夠有所省思。

此外，克莉絲蒂豐富的人生歷練及旅行經歷，例如一九二二年的環球之旅、居住過也旅行過的巴黎和埃及，甚至是追隨考古學家丈夫前往的中東，都讓她的小說讀來更加充滿異國情調。如果你也愛旅行，不如就讓我們一同搭上那一班南法的藍色列車，或由伊斯坦堡出發的東方快車，跟著白羅鑽進一樁奇案，一嘗旅程中破解謎題的快感吧。

盧郁佳（作家）

國小時，家裡買了一套阿嘉莎．克莉絲蒂全集，從此成了我的毒品，在白癡課本將我的腦袋啃嚙成海綿般空洞時，撫慰受創的心靈，那時我仍對人心險惡一無所知。

數學課教你列算式，樂趣遠不如克莉絲蒂教你住宅平面圖、偷換時序的密室魔術，你從庭園長窗進房間，我從房門直通鄰房，他從走廊進房……從而學會故事是建構邏輯。她文風多變，時而《四大天王》中讓神探白羅向助手海斯汀大賣關子，眉頭緊皺，山雨欲來，預示天翻地覆，只能靠他拯救世界；時而用維吉尼亞．吳爾芙《自己的房間》中俏皮的語言，讓貧苦村姑安妮在《褐衣男子》中回憶南非出生入死的冒險，竟源於她耽讀村裡圖書館爛舊的冒險愛情小說，還有戲院每週末放映〈帕米拉歷險記〉，帕米拉每集從飛機跳落高空、搭潛艇、爬上摩天大樓，每次被黑幫老大抓到總不一刀斃命，卻老要用瓦斯毒死她，暗示續集又會逃出生天。

長大才發現，克莉絲蒂小說就是我的〈帕米拉歷險記〉：它以歌劇般輝煌龐大的天真陰謀、精細的人際觀察（一句話重音放在哪個字、從膝蓋鑑定女人的年齡等），召喚年輕讀者抱持浪漫精神投入未知的壯遊，瘋魔、衝撞、冒犯，傷痕累累毫無懼色。正如瓦斯在冒險片中太多、現實中卻太少；陰謀在現實中沒有克莉絲蒂寫得那麼複雜，但她刻畫的心理卻是現實中解謎的試金石。

賴以威（臺灣師範大學電機系副教授）

或許可以為經典下幾個定義：該領域的愛好者更都讀過；不是這個領域的愛好者，許多人也都聽過；影響後續的作品，在很多著作中都可以看到它的影子；值得反覆再三閱讀，每隔一陣子再讀都可以獲得閱讀的樂趣，有更多的體悟。我永遠記得第一次讀《東方快車謀殺案》時，被那宛如嚴謹設計數學謎題的鋪陳、推進給深深吸引、震撼。從這幾個角度來說，克莉絲蒂的推理小說被稱之為「經典」，可說是當之無愧。

謝哲青（作家、旅行家、知名節目主持人）

克莉絲蒂小說的魅力在於透過每個角色的對白，藉由不斷的說話來表現人物的個性，以彰顯其人格特質中一些無法被忽略的事實。我們從他們的言語、講話的過程和字裡行間，竟然就能知道誰是凶手。

我從克莉絲蒂的小說學到很多，除了推理小說有趣的事實之外，最重要的是，我在工作的職場跟人應對的時候，如何從語言和對話裡去捕捉某些隱而不顯的事實。許多人們欲蓋彌彰的東西，無論心事也好、祕密也好，克莉絲蒂都會用文學的手法，讓你理解語言的奧妙和魅力。

克莉絲蒂的書寫會讓你覺得彷彿自己也在現場，你可以從聽到的對話當中，學會如何理解人心的一些小技巧，這是小說家最出色、最偉大的地方。我們必須學習傾聽別人說話——這些人講話是真誠的嗎？他想要跟你分享什麼資訊？這些資訊可靠嗎？——這是我在閱讀推理小說時，最大的收穫和理解。

阿嘉莎・克莉絲蒂大事記

1890		• 九月十五日出生於英格蘭德文郡托基鎮。
1894	4 歲	• 開始在家自學，父母親、姐姐教導閱讀、寫作、算術和彈鋼琴。
1895	5 歲	• 家中經濟走下坡，舉家搬至法國，學會流利的法語。
1905	15 歲	• 在巴黎寄宿學校學鋼琴和聲樂，但生性極度害羞，未成為職業鋼琴家，最終回到英國。
1907	17 歲	• 陪同母親前往埃及調養身體，對社交活動充滿興趣，但尚未對日後感興趣的埃及古物點燃熱情。 • 回英國後繼續寫作、參與業餘戲劇表演。
1908	18 歲	• 寫出第一篇短篇小說〈麗人之屋〉，同時也寫出第一部愛情小說《白雪黃漠》，以筆名向出版社投稿，但屢遭退稿。
1912	22 歲	• 與英國皇家軍官亞契・克莉絲蒂（Archibald Christie）熱戀。 • 八月爆發第一次世界大戰，亞契奉派到法國作戰。
1914	24 歲	• 耶誕夜結婚，亞契隨即返回戰場。克莉絲蒂參與紅十字會工作，在醫院擔任護士和藥劑師，因此對藥理和毒物非常熟悉，造就後來多部推理小說情節都以毒藥殺人。
1916	26 歲	• 開始嘗試寫推理小說，寫出第一部小說《史岱爾莊謀殺案》，主角偵探赫丘勒・白羅的靈感，來自於大戰期間英國鄉間的比利時難民營。本書歷經數家出版社退稿後，終獲柏德雷・海德（The Bodley Head）圖書公司的出版機會，之後並簽下另五本小說的合約。
1919	29 歲	• 前一年亞契返回英國，八月生下女兒露莎琳。

1920　30歲　• 出版《史岱爾莊謀殺案》。

1922　32歲　• 出版第二部小說《隱身魔鬼》，主角是夫妻檔偵探湯米和陶品絲。
• 與亞契至南非、澳洲、紐西蘭、夏威夷和加拿大等國旅行十個月，在南非得到《褐衣男子》的靈感。

1923　33歲　• 三月出版第三部小說《高爾夫球場命案》，白羅再度登場。

1926　36歲　• 四月母親過世，克莉絲蒂陷入憂鬱。
• 六月在「威廉．柯林斯父子出版社」出版《羅傑艾克洛命案》。
• 八月亞契因外遇提出離婚，十二月初一次爭吵後，克莉絲蒂離家棄車失蹤，消息登上全國新聞。

1927　37歲　• 一月在悲痛心情中寫出《藍色列車之謎》，第一次創造出聖瑪莉米德村，即後來瑪波小姐居住的村子。
• 分居期間在雜誌刊登以白羅為主角的短篇小說，後來集結出版《四大天王》。
• 十二月在雜誌刊登短篇小說〈週二夜間俱樂部〉，瑪波小姐初登場，後來收錄在一九三二年出版的短篇小說集《十三個難題》。

1928　38歲　• 十月正式離婚，仍保留「克莉絲蒂」姓氏。
• 秋天搭乘「東方快車」前往土耳其的伊斯坦堡，再轉往伊拉克首都巴格達，參觀考古現場烏爾，認識考古學家伍利夫婦（Leonard and Katharine Woolley）。

1930　40歲　• 二月應伍利夫婦之邀再訪烏爾，認識考古學家麥克斯．馬龍（Max Mallowan），九月於英國愛丁堡結婚。這段婚姻開啟克莉絲蒂旺盛的創作生涯，兩人到中東考古現場的旅行為許多作品帶來靈感。

- 婚後克莉絲蒂開始維持固定的寫作行程。十月出版《牧師公館謀殺案》，是第一部以瑪波小姐為主角的小說。
- 出版第一部以「瑪麗・魏斯麥珂特」（Mary Westmacott）為筆名的《撒旦的情歌》，並陸續發表了五部非犯罪小說。

1932 42歲
- 出版《危機四伏》。

1934 44歲
- 出版《東方快車謀殺案》，是白羅海外辦案三部曲之一，故事靈感來自中東的旅行經歷。一九七四年第一次改編成電影大獲好評。

1936 46歲
- 出版《美索不達米亞驚魂》，白羅海外辦案三部曲之二。

1937 47歲
- 出版《尼羅河謀殺案》，白羅海外辦案三部曲之三，故事背景是年輕時與母親同遊的埃及。一九七八年第一次改編成電影大受歡迎。

1939 49歲
- 二次大戰期間，克莉絲蒂在大學學院醫院擔任義務藥師，學習到最新的毒藥知識，對於推理小說寫作大有助益。
- 出版《一個都不留》，是克莉絲蒂最著名作品之一。

1941 51歲
- 出版《密碼》，呈現出克莉絲蒂對戰爭的看法。
- 出版《豔陽下的謀殺案》。

1942 52歲
- 出版《藏書室的陌生人》、《五隻小豬之歌》等名作。

1944 54歲
- 以「瑪麗・魏斯麥珂特」為筆名出版第三部作品《幸福假面》，被美國書評人發現是克莉絲蒂的作品，讓她從此失去匿名創作的自在樂趣。

1950　60歲　• 獲選為皇家文學學會的會員。

1953　63歲　• 出版《葬禮變奏曲》。

1956　66歲　• 一月獲頒大英帝國爵級大十字勳章（GBE）。
• 十一月以「瑪麗·魏斯麥珂特」為筆名出版《愛的重量》，是這個筆名的最後一部作品。

1958　68歲　• 成為「偵探作家俱樂部」主席。

1960　70歲　• 馬龍獲頒大英帝國爵級大十字勳章。

1961　71歲　• 獲得艾克塞特大學頒發榮譽文學博士學位。

1968　78歲　• 馬龍獲封為爵士，克莉絲蒂亦被稱為馬龍爵士夫人。

1971　81歲　• 獲頒大英帝國爵級司令勳章（DBE），獲封為女爵士。

1973　83歲　• 出版最後一部創作《死亡暗道》，亦為湯米和陶品絲最後一次辦案。

1974　84歲　• 最後一次公開露面，出席電影《東方快車謀殺案》首映會。

1975　85歲　• 八月六日，白羅成為有史以來第一次在《紐約時報》頭版刊出訃聞的小說主角，宣傳九月即將出版的《謝幕》，這也是白羅最後一次辦案。

1976　86歲　• 一月十二日去世。
• 十月出版《死亡不長眠》，瑪波小姐的最後一次辦案。

克莉絲蒂推理原著出版年表

1920 史岱爾莊謀殺案 The Mysterious Affair at Styles（神探白羅系列）
1922 隱身魔鬼 The Secret Adversary（神探湯米＆陶品絲系列）
1923 高爾夫球場命案 The Murder on the Links（神探白羅系列）
1924 白羅出擊 Poirot Investigates（神探白羅系列）
1924 褐衣男子 The Man in the Brown Suit（神探雷斯上校系列）
1925 煙囪的祕密 The Secret of Chimneys（神探巴鬥主任系列）
1926 羅傑艾克洛命案 The Murder of Roger Ackroyd（神探白羅系列）
1927 四大天王 The Big Four（神探白羅系列）
1928 藍色列車之謎 The Mystery of the Blue Train（神探白羅系列）
1929 七鐘面 The Seven Dials Mystery（神探巴鬥主任系列）
1929 鴛鴦神探 Partners in Crime（神探湯米＆陶品絲系列）
1930 牧師公館謀殺案 The Murder at the Vicarage（神探瑪波系列）
1930 謎樣的鬼豔先生 The Mysterious Mr. Quin（神探鬼豔先生系列）
1931 西塔佛祕案 The Sittaford Mystery
1932 十三個難題 The Thirteen Problems（神探瑪波系列）
1932 危機四伏 Peril at End House（神探白羅系列）
1933 十三人的晚宴 Lord Edgware Dies（神探白羅系列）
1933 死亡之犬 The Hound of Death
1934 三幕悲劇 Three Act Tragedy（神探白羅系列）
1934 李斯特岱奇案 The Listerdale Mystery
1934 帕克潘調查簿 Parker Pyne Investigates（神探帕克潘系列）
1934 東方快車謀殺案 Murder on the Orient Express（神探白羅系列）
1934 為什麼不找伊文斯？ Why Didn't They Ask Evans?
1935 謀殺在雲端 Death in the Clouds（神探白羅系列）
1936 ABC 謀殺案 The A.B.C. Murders（神探白羅系列）
1936 底牌 Cards on the Table（神探白羅系列）
1936 美索不達米亞驚魂 Murder in Mesopotamia（神探白羅系列）

1937　巴石立花園街謀殺案 Murder in the Mews（神探白羅系列）
1937　尼羅河謀殺案 Death on the Nile（神探白羅系列）
1937　死無對證 Dumb Witness（神探白羅系列）
1938　白羅的聖誕假期 Hercule Poirot's Christmas（神探白羅系列）
1938　死亡約會 Appointment with Death（神探白羅系列）
1939　一個都不留 And Then There Were None
1939　殺人不難 Murder Is Easy/Easy to Kill（神探巴鬥主任系列）
1940　一，二，縫好鞋釦 One, Two, Buckle My Shoe（神探白羅系列）
1940　絲柏的哀歌 Sad Cypress（神探白羅系列）
1941　密碼 N Or M?（神探湯米＆陶品絲系列）
1941　豔陽下的謀殺案 Evil Under the Sun（神探白羅系列）
1942　五隻小豬之歌 Five Little Pigs（神探白羅系列）
1942　藏書室的陌生人 The Body in the Library（神探瑪波系列）
1943　幕後黑手 The Moving Finger（神探瑪波系列）
1944　本末倒置 Towards Zero（神探巴鬥主任系列）
1945　死亡終有時 Death Comes as the End
1945　魂縈舊恨 Remembered Death（神探雷斯上校系列）
1946　池邊的幻影 The Hollow（神探白羅系列）
1947　赫丘勒的十二道任務 The Labours of Hercules（神探白羅系列）
1948　順水推舟 Taken at the Flood（神探白羅系列）
1949　畸屋 Crooked House
1950　謀殺啟事 A Murder Is Announced（神探瑪波系列）
1951　巴格達風雲 They Came to Baghdad
1952　殺手魔術 They Do It with Mirrors（神探瑪波系列）
1952　麥金堤太太之死 Mrs. McGinty's Dead（神探白羅系列）
1953　黑麥滿口袋 A Pocket Full of Rye（神探瑪波系列）
1953　葬禮變奏曲 After the Funeral（神探白羅系列）

1954 未知的旅途 Destination Unknown

1955 國際學舍謀殺案 Hickory, Dickory, Dock（神探白羅系列）

1956 弄假成真 Dead Man's Folly（神探白羅系列）

1957 殺人一瞬間 4:50 from Paddington（神探瑪波系列）

1958 無辜者的試煉 Ordeal by Innocence

1959 鴿群裡的貓 Cat Among the Pigeons（神探白羅系列）

1960 哪個聖誕布丁？ The Adventure of the Christmas Pudding（神探白羅系列）

1961 白馬酒館 The Pale Horse

1962 破鏡謀殺案 The Mirror Crack'd from Side to Side（神探瑪波系列）

1963 怪鐘 The Clocks（神探白羅系列）

1964 加勒比海疑雲 A Caribbean Mystery（神探瑪波系列）

1965 柏翠門旅館 At Bertram's Hotel（神探瑪波系列）

1966 第三個單身女郎 Third Girl（神探白羅系列）

1967 無盡的夜 Endless Night

1968 顫刺的預兆 By the Pricking of My Thumbs（神探湯米＆陶品絲系列）

1969 萬聖節派對 Hallowe'en Party（神探白羅系列）

1970 法蘭克福機場怪客 Passengers to Frankfurt

1971 復仇女神 Nemesis（神探瑪波系列）

1972 問大象去吧 Elephants Can Remember（神探白羅系列）

1973 死亡暗道 Postern of Fate（神探湯米＆陶品絲系列）

1974 白羅的初期探案 Poirot's Early Cases（神探白羅系列）

1975 謝幕 Curtain: Hercule Poirot's Last Case（神探白羅系列）

1976 死亡不長眠 Sleeping Murder（神探瑪波系列）

1979 瑪波小姐的完結篇 Miss Marple's Final Cases（神探瑪波系列）

1991 情牽波倫沙 Problem at Pollensa Bay

1997 殘光夜影 While the Light Lasts

國家圖書館出版品預行編目（CIP）資料

巴石立花園街謀殺案 / 阿嘉莎．克莉絲蒂（Agatha Christie）著；宋剛譯. -- 二版. -- 臺北市：遠流出版事業股份有限公司, 2023.04
面；　公分. -- (克莉絲蒂繁體中文版20週年紀念珍藏；26)
譯自：Murder in the Mews
ISBN 978-626-361-004-0(平裝)

873.57　　　112002180

克莉絲蒂繁體中文版 20 週年紀念珍藏 26

巴石立花園街謀殺案

作者 / 阿嘉莎．克莉絲蒂
譯者 / 宋剛

主編 / 陳懿文、余式恕　校對 / 呂佳真
封面、內頁設計 / 謝佳穎　排版 / 連紫吟、曹任華
行銷企劃 / 舒意雯　出版一部總編輯暨總監 / 王明雪

發行人 / 王榮文
出版發行 / 遠流出版事業股份有限公司
地址 / 104005臺北市中山北路一段11號13樓
電話 / (02)2571-0297　傳真 / (02)2571-0197　郵撥 / 0189456-1
著作權顧問 / 蕭雄淋律師

2002年10月1日 初版一刷
2023年4月1日 二版一刷
定價 / 新臺幣380元 (缺頁或破損的書，請寄回更換)

ISBN 978-626-361-004-0

遠流博識網 http://www.ylib.com E-mail: ylib@ylib.com
遠流粉絲團 https://www.facebook.com/ylibfans